# EL CAMINO
# DE LOS MUERTOS

A TRAVÉS DEL ESPEJO A

# EL CAMINO DE LOS MUERTOS

## KEVIN BROOKS

traducción de
Ignacio Padilla

FONDO
DE CULTURA
ECONÓMICA

Primera edición en inglés, 2006
Primera edición en español, 2012

Brooks, Kevin
    El camino de los muertos / Kevin Brooks ; trad. de
Ignacio Padilla. – México : FCE, 2012
    267 p. ; 23 × 14 cm – (Colec. A Través del Espejo)
    Título original: The Road of the Dead
    ISBN: 978-607-16-0917-5

    1. Literatura juvenil 2. Literatura infantil I. Padilla,
Ignacio, tr. II. Ser. III. t.

LC PZ7                          Dewey 808.068 B263c

*Distribución en Latinoamérica y Estados Unidos*

D. R. © 2012, Fondo de Cultura Económica
Carretera Picacho Ajusco 227, Bosques
del Pedregal, C. P. 14738, México, D. F.
www.fondodeculturaeconomica.com
Empresa certificada ISO 9001:2008

Colección dirigida por Eliana Pasarán
Edición: Mariana Mendía
Diseño del forro: León Muñoz Santini
Diseño de interiores: Miguel Venegas Geffroy
Traducción: Ignacio Padilla

Comentarios y sugerencias:
librosparaninos@fondodeculturaeconomica.com
Tel.: (55) 5449-1871. Fax: (55) 5449-1873

ISBN 978-607-16-0917-5

Impreso en México • *Printed in Mexico*

# ÍNDICE.

# UNO

Cuando el Muerto atrapó a Rachel, yo estaba sentado en el asiento trasero de un Mercedes deshecho preguntándome si la lluvia pararía. No *quería* que parara. Sólo me lo preguntaba.

Era tarde, casi media noche.

Mi hermano, Cole, trajo el Mercedes al depósito de chatarra unas horas antes y me pidió que lo revisara mientras él iba a ver a alguien y resolvía un asunto. Yo llevaba cerca de una hora considerando si valía la pena desmontarlo, cuando empezó a llover, y fue entonces cuando subí a la parte trasera del auto.

Supongo que pude haber ido a otro lugar. Me pude haber refugiado en alguno de los cobertizos, o pude haber regresado a la casa, pero los cobertizos eran oscuros y estaban llenos de ratas, y llovía en verdad a cántaros y la casa estaba al otro lado del depósito…

Y, y, y.

Me gustaba la lluvia.

No quería que dejara de llover.

Me gustaba el repiqueteo sobre el techo del auto. Me hacía sentir seguro y seco. Me gustaba estar de noche en el depósito. Me sentía feliz. Me gustaba que las luces brillaran sobre las verjas como cristales en la oscuridad haciendo que todo pareciera especial. Me gustaba ver las gotas de lluvia como joyas engarzadas, los montones de metal que parecían montañas y colinas, las inestables pilas de autos deshechos, semejantes a torres de vigilancia.

Eso me hacía feliz.

De pronto una ráfaga de viento enganchó el letrero en la verja y las cadenas oxidadas de las que colgaba rechinaron y crujieron, mientras yo miraba a través del cristal destrozado del parabrisas trasero y leía aquellas palabras despintadas que me eran tan familiares: AUTOPARTES FORD E HIJOS, PARA AUTOS CHOCADOS, CAMIONETAS Y VEHÍCULOS PESADOS, AUTOS DECOMISADOS, PÉRDIDAS TOTALES, PAGO EN EFECTIVO. Fue entonces cuando empecé a sentir a Rachel en el corazón.

No sé cómo describir estas sensaciones. Cole me preguntó una vez qué se sentía saber todo lo que se puede saber y no darse cuenta de ello. Le respondí que no lo sabía. Y era la verdad.

*No* lo sé.

Las sensaciones que me llegan, las sensaciones de estar *con* otra persona. No sé qué son, ni de dónde vienen o por qué las siento sólo yo. Ni siquiera sé si son reales o no. Pero hace ya mucho tiempo que dejé de preocuparme por eso. Las siento, eso es todo.

No las siento todo el tiempo y no las siento con todo el mundo. De hecho, casi nunca me pasa con alguien que no sea de mi familia. Me llegan sobre todo de Cole; a veces de mi madre, y muy de vez en cuando de mi padre, pero las vibraciones más fuertes siempre provienen de mi hermano.

Con mi hermana, sin embargo, siempre había sido diferente. Hasta esa noche, nunca había sentido nada de Rachel. Nada en absoluto. Ni siquiera el aleteo de una vibración. No sé por qué. Quizá porque ella y yo siempre conversábamos mucho de cualquier manera, así que nunca *necesitamos* nada más. O quizá era simplemente porque se trataba de mi hermana. No lo sé. Es sólo que nunca antes había sentido ninguna vibración de Rachel. Por eso resultó tan extraño sentirla esa noche; fue raro e inesperado.

Y aterrador.

En un minuto Rachel estaba conmigo, sentada en el asiento trasero del Mercedes, mirando alrededor, y al siguiente minuto todo desapareció y yo me encontraba con ella, andando por un camino destrozado por la tormenta, en medio de un páramo desierto. Teníamos frío y miedo y el mundo parecía oscuro y vacío, y yo no sabía por qué.

Yo no sabía nada.

—¿Qué haces aquí, Rach? —le pregunté—. Pensé que volverías a casa esta noche.

Ella no me respondió. No podía oírme. Estaba a varios kilómetros de distancia. Ella no me sentía. Lo único que Rachel sentía era el frío y la lluvia y el viento y la oscuridad…

De pronto, sintió algo más: la sangre que corría hacia su corazón. Un miedo paralizante en los huesos, una presencia. Ahí había algo… Algo que no debía estar ahí.

Yo lo sentí al mismo tiempo, y ambos lo sentimos demasiado tarde.

El Muerto salió de la oscuridad y la derribó, y todo se volvió negro para siempre.

No sé qué pasó luego. Dejé de sentir. Me desmayé.

Poco después me despertó el dolor agudo, como de un cuchillo de sierra rasgando mi corazón, y supe sin lugar a dudas que Rachel estaba muerta. Su último aliento acababa de abandonarla: lo vi volar al viento. Lo vi flotar sobre un anillo de piedras y entre las ramas de un espino raquítico; entonces la tormenta llegó con una luz entre negra y violeta que cubrió el cielo y llevó el aliento de Rachel hasta el suelo. Eso fue lo último que vi.

# DOS

Tres días más tarde me encontraba en una oficina con aire acondicionado; me acompañaban mi madre, mi hermano Cole y un hombre de cara gris que vestía un traje azul oscuro. La oficina estaba en el piso superior de la estación de policía de Bow Green, y el hombre de azul era el oficial encargado de Asuntos Familiares: el detective Robert Merton.

Era un viernes a las nueve de la mañana.

No era la primera vez que nos encontrábamos con el detective Merton. El miércoles por la mañana, después de que la policía nos informó sobre la muerte de Rachel, él estuvo un rato en nuestra casa hablando con mi madre. Después, el jueves, volvió a visitarnos y esta vez habló con todos. Nos habló de lo que le había ocurrido a Rachel, lo que ocurriría y lo que podría ocurrir. Nos hizo preguntas. Nos dijo cuánto lo sentía. Intentó reconfortarnos. Trató de ayudar. Nos dio folletos, nos habló de terapias de duelo, de programas de apoyo a víctimas y de cientos de otras cosas que ninguno de nosotros quería escuchar.

Hablar, hablar, hablar.

Eso era lo único que hacía.

Sólo hablar.

No significaba nada. Se trataba sólo del detective Merton haciendo su trabajo. Eso lo sabíamos. Pero sabíamos también que ni él ni su trabajo servían de nada en nuestra casa. Era un policía. Usaba traje. Hablaba demasiado. No queríamos nada de

13

eso en casa, así que cuando llamó por teléfono el jueves por la noche para acordar otra cita, mi madre le dijo que nosotros iríamos a su oficina.

—No es necesario, Mary —le dijo Merton.

—Estaremos ahí a las nueve —respondió mi madre.

Y ahí estábamos ahora, apretados frente al pequeño escritorio, esperando que Merton nos dijera lo que tenía que decir.

Merton lucía cansado. Tenía los hombros cargados y sus ojos se veían pesados. Me pareció que él hubiera preferido estar en otro lugar. Mientras sacaba una carpeta del cajón y la colocaba en el escritorio, pude ver que se esforzaba por hallar una expresión adecuada.

—Entonces, Mary —dijo finalmente dirigiendo a mi madre una sonrisa sombría—, ¿cómo se está adaptando a las nuevas circunstancias?

Mi madre sólo lo miró.

—Mi hija está muerta. ¿Cómo cree usted que me estoy adaptando?

—Lo siento, no quise decir… —su sonrisa se distorsionó por la vergüenza—. En realidad me refería a la atención de los medios de comunicación y todo eso —entrecerró los ojos—. Escuché que ayer tuvieron un pequeño percance.

Mi madre negó con la cabeza.

—¿No? —Merton miró a Cole y luego volvió a mirar a mi madre—. Un periodista afirma que fue atacado.

—Entró a nuestra propiedad —dijo mi madre encogiéndose de hombros—. Cole lo echó de ahí.

—Ya veo —Merton volvió a mirar a Cole—. Lo mejor será que nos dejen ese tipo de cosas a nosotros. Sé que no quieren gente metiéndose en sus asuntos, pero los medios de comunicación pueden ser muy útiles a veces. Lo mejor es no apartarlos.

Cole no dijo nada, sólo veía el suelo con impaciencia.

Merton siguió mirándolo.

—Si alguien se vuelve demasiado intrusivo, lo único que tienen que hacer es avisarme —sonrió—. No puedo prometer milagros…

—Sólo dígales que nos dejen en paz —dijo Cole tranquilamente—. Si alguien más entra al jardín, le voy a romper la cara.

La sonrisa de Merton desapareció.

—Mira, haré lo mejor que pueda para proteger la privacidad de tu familia, Cole, pero te aconsejo que no hagas nada más…

—Sí, claro.

—Estoy hablando en serio.

—Yo también.

Merton, lleno de frustración, miró a Cole y él lo miró también. Merton abrió la boca y comenzó a decir algo, pero cuando notó la mirada de Cole, cambió enseguida de opinión.

No lo culpo.

Desde la muerte de Rachel, Cole se había ensimismado de tal manera que resultaba muy difícil saber si sentía algo. No había nada ahí. No había tristeza, no había pesar, no había odio, no había enojo. Era muy atemorizante.

—Estoy preocupada por él —me había dicho mi madre esa mañana—. ¿Has visto sus ojos? Les falta algo. Así se veía tu padre justo antes de las peleas, como si le diera igual vivir o morir.

Sabía que ella tenía razón. Merton lo sabía también. Por eso simulaba leer la carpeta que tenía sobre el escritorio: estaba tratando de olvidar lo que había visto en los ojos de Cole. Pero no lo conseguía. La de Cole no era la clase de mirada que se olvida con facilidad.

—Pues, bien —dijo después de un rato, mirando a mi madre—. Muchas gracias por venir a verme, Mary, pero no debieron molestarse. Como les dije antes, con mucho gusto yo los puedo ir a ver a su casa cuando quieran. Para eso estoy aquí. Cuando necesiten algo, lo que sea, día o noche…

—Estamos bien —respondió mi madre—. Preferimos estar solos, gracias.

—Desde luego —sonrió Merton—. Pero si cambian de opinión…

—No lo haremos.

Merton observó a mi madre un momento, luego asintió y continuó.

—Bien, pues. Creo que le dije por teléfono que su cuñado ha identificado formalmente el cuerpo de Rachel —hizo una pausa, como si pensara en algo—. Me parece que fue a Plymouth ayer.

—El miércoles —dijo mi madre.

—¿Perdón?

—Joe fue a Plymouth el miércoles. Regresó ayer por la mañana.

—¿Ha hablado usted con él?

Mi madre se limitó a asentir de nuevo.

Merton la miró como esperando que dijera algo más. Como no lo hizo, puso atención en la carpeta sobre su escritorio y revolvió algunos papeles.

—Bien —dijo—. Se me ocurrió que podríamos revisar de nuevo un par de cosas, si no les molesta —alzó la mirada—. Sé que es difícil, pero es de vital importancia recabar la mayor cantidad de información posible en esta etapa de la investigación. También consideramos que es mejor mantenerlos al tanto de la misma —me miró—. Si Ruben prefiere no quedarse, estoy seguro de que podemos…

—Estoy bien —le respondí.

Me lanzó una sonrisa condescendiente. Yo lo observé fijamente. Merton miró a mi madre como preguntándole "¿qué opina *usted*?"

—Ruben sabe lo que pasó —dijo mi madre—. Ya oyó la peor parte. Si hay algo más que debamos saber, él tiene tanto derecho como nosotros a saberlo. Tiene catorce años, no es un niño.

—Desde luego —dijo Merton bajando la mirada hacia la carpeta. Noté que no le hacía mucha gracia, sin embargo, no podía hacer mucho al respecto. Sacó algunos papeles y los estudió un momento. Después se puso unos lentes y revisó todo de nuevo.

Lo habíamos oído todo ya una docena de veces. Las mismas preguntas, las mismas respuestas:

Sí, Rachel tenía diecinueve años.

Sí, estaba desempleada.

Sí, vivía con su familia en Autopartes Ford e Hijos, calle Canleigh, Londres, E3.

No, no tenía enemigos.

Sí, era soltera.

No, no tenía novio.

Y luego, estaban los hechos:

El viernes 14 de mayo, Rachel tomó un tren hacia Plymouth para visitar a una antigua amiga del colegio llamada Abbie Gorman. Abbie vive con su esposo en un pequeño pueblo llamado Lychcombe, en Dartmoor. La noche del 18 de mayo, Rachel salió de Lychcombe en su camino de regreso a Londres. Nunca llegó. Su cuerpo fue encontrado la mañana siguiente en un páramo remoto, a más de un kilómetro y medio del pueblo. Había sido violada, golpeada y estrangulada.

Simple.

Sólo hechos.

Observé a mi madre. Ella no lloraba, ya había llorado todo lo que era posible llorar, pero su rostro parecía tener mil años de edad. Estaba exhausta. Hacía tres días que no dormía. Su piel estaba pálida y seca. Su suave cabello negro había perdido el brillo; sus ojos parecían embrujados y no se movían.

Le tomé la mano.

Cole me miró. Sus ojos oscuros parecían casi negros. No sabía lo que estaba pensando.

Merton continuó:

—Hasta ahora, la investigación va todo lo bien que se puede esperar, aunque todavía hay mucho trabajo por hacer. El equipo forense confía en encontrar algo, y el equipo de investigación está revisando las declaraciones de docenas de testigos. Estamos haciendo todo lo posible por averiguar qué le pasó a Rachel, pero tenemos que seguir el procedimiento y me temo que estas cosas llevan tiempo.

—¿Cuánto tiempo? —preguntó mi madre.

Merton frunció los labios.

—Es difícil decirlo.

—¿Dónde está ella ahora?

—¿Perdón?

—Rachel, ¿dónde está?

Merton dudó.

—Su cuerpo… el cuerpo de su hija está en la oficina del forense en Plymouth.

—¿Está en una *oficina*?

—No, no… —Merton negó con la cabeza—. Seguramente está en la morgue. La oficina del forense se encarga de la investigación *post mortem*…

—¿Cuándo la tendremos de regreso?

—¿Disculpe?

Mi madre se inclinó hacia adelante.

—Quiero a mi hija de regreso, señor Merton. Lleva muerta tres días. Quiero traerla a casa y enterrarla. Ella no tendría por qué estar sola en un lugar que no conoce. Ya ha sufrido suficiente. No merece sufrir más.

Merton no supo qué decir durante un momento. Miró a mi madre, miró a Cole y volvió a mirar a mi madre.

—Entiendo su preocupación, Mary, pero me temo que no es tan sencillo.

—¿Por qué no?

—Bueno, porque existe toda una serie de aspectos prácticos que debemos considerar.

—¿Como cuáles?

—Para empezar, pruebas forenses. Algunas son muy complejas y llevan mucho tiempo. Entiendo que es doloroso pensar en eso, pero hay muchas cosas que se pueden saber gracias al cuerpo de Rachel. Nos puede dar pistas acerca de lo sucedido. Y una vez que sepamos lo que ocurrió, tendremos más posibilidades de saber quién lo hizo.

*Lo hizo el Muerto*, pensé. *Fue el Muerto. Ya nunca lo van a encontrar.*

—Para decirlo en términos más sencillos —continuó Merton—, el forense no va a liberar el cuerpo de Rachel hasta que esté seguro de que no requiere más exámenes. Por desgracia, esto puede llevar tiempo, en especial si nadie ha sido arrestado como sospechoso. Una vez que se haga alguna detención, los abogados del sospechoso tienen derecho a solicitar un segundo análisis imparcial del cuerpo. Cuando esto haya ocurrido, el forense puede liberarlo. Por otra parte, si nadie ha sido arrestado, pero la policía espera todavía encontrar algún sospechoso en el futuro cercano, el forense retendrá el cuerpo por si se requiere otro análisis *post mortem* —Merton volvió a mirar a mi madre—. Lamento que sea tan complicado, pero me temo que pueden pasar tres o cuatro meses antes de que el cuerpo de su hija les sea entregado.

—¿Y qué pasa si encuentran al asesino? —preguntó Cole—. ¿Cuánto tiempo tomaría entonces?

Merton lo miró.

—Como dije, es difícil saberlo. Pero sí, cuanto más pronto encontremos al asesino, más pronto podremos liberar el cuerpo de Rachel.

Cole no dijo nada, sólo asintió.

Merton volvió a mirar sus papeles un instante, se quitó los lentes y se restregó los ojos.

—Sé que es un momento terrible para todos ustedes —dijo—, pero puedo asegurarles que haremos todo lo posible para ayudarlos a lidiar con esta tragedia —se detuvo un momento y luego prosiguió—. Si existe algún problema relacionado con sus creencias…

—¿Qué creencias? —preguntó mi madre.

—Sus creencias… sus costumbres…

—¿De qué está hablando?

Merton miró sus papeles de nuevo.

—Su esposo —dijo con cierta duda—. Barry John…

—Baby-John —lo corrigió mi madre—. ¿Qué hay con él?

—Es *húngaro*, según entiendo —dijo Merton avergonzado y sonrió incómodo—. ¿Así se dice? ¿Húngaro? ¿O prefieren *zíngaro*? La verdad no sé cómo prefieren…

—Es *gitano* —dijo mi madre simple y llanamente—. ¿Qué tiene eso que ver con lo que estamos hablando?

—Bueno, es que pensé… Quiero decir, sé que ciertas culturas tienen algunas creencias con respecto a los arreglos funerarios…

—su voz se fue apagando poco a poco y miró a mi madre como

pidiendo ayuda. Perdía su tiempo. Ella simplemente lo observó. Merton se encogió de hombros con incomodidad—. Lo siento, no es mi intención ofenderla ni nada por el estilo. Sólo trato de entender por qué quiere enterrar a su hija con tanta premura.

Mi madre lo miró.

—Mi esposo es gitano. Yo no. Él está en prisión, como seguramente sabe. Yo no. Quiero enterrar a mi hija porque está muerta, eso es todo. Es mi hija. Está muerta. Y quiero traerla a casa y dejarla descansar. ¿Es tan difícil de entender?

—No, claro que no… Lo siento…

—Y si *tanto* le preocupa mi esposo —agregó ella—, ¿por qué no le dan una licencia de caridad?

—Me temo que eso está en manos de las autoridades carcelarias. Si les parece que representa un riesgo…

—John no representa ningún riesgo…

Merton arqueó las cejas.

—Está cumpliendo sentencia por asesinato, Mary.

Cole se puso de pie.

—Anda, mamá, vámonos. No tenemos que escuchar esta basura. Te dije que era una pérdida de tiempo.

Merton no pudo evitar echar fuego por los ojos.

—Hacemos lo mejor que podemos, Cole. Estamos tratando de averiguar quién mató a tu hermana.

Cole lo miró con desprecio y habló casi en un susurro.

—Usted simplemente no entiende, ¿verdad? No nos *importa* quién mató a mi hermana. Ya está muerta. No importa quién lo hizo o por qué lo hizo o cómo murió. Está muerta. Muerta es muerta. Nada puede cambiar eso. Nada. Lo único que queremos es enterrarla. Es lo único que *podemos* hacer: traerla a casa y seguir adelante con nuestras vidas.

Cole guardó silencio durante el regreso y mi madre estaba demasiado cansada para hablar. Así que, mientras caminábamos bajo el neblinoso sol de mayo por los callejones de siempre, yo simplemente absorbí el silencio y dejé que mi mente vagara alrededor de las cosas que sabía y de las que ignoraba.

Sabía que el Muerto había matado a Rachel.

No sabía quién era o por qué lo había hecho, pero sí sabía que estaba muerto.

No sabía por qué estaba muerto.

Y tampoco sabía lo que eso significaba.

No le había dicho nada de esto a Cole o a mi madre, ni sabía cuándo lo haría, o si lo haría siquiera.

Tampoco sabía qué significaba eso.

Lo más importante es que no sabía cómo me sentía con respecto a Rachel. Después de esa noche en el asiento trasero del Mercedes, cuando lo único que sentí fue la oscuridad y la nada, mi cabeza y mi corazón estaban invadidos por todos los sentimientos del mundo, incluso algunos que nunca antes había sentido. Me sentía enfermo, vacío y lleno de mentiras. Quería odiar a alguien pero no sabía a quién. No estaba en ningún lugar, estaba en todas partes. Estaba perdido.

Cuando volvimos a casa, Cole subió de inmediato a su habitación sin decir palabra. Yo seguí a mi madre a la cocina y preparé un poco de té. Nos sentamos juntos a la mesa y escuchamos los apagados ruidos procedentes de la habitación de Cole. Pasos, gavetas que se abrían y se cerraban…

—Va a ir a Dartmoor, ¿verdad? —le dije a mi madre.

—Probablemente.

—¿Crees que sea una buena idea?

—No lo sé, mi amor. No sé si lo que yo crea tenga alguna importancia. Ya sabes cómo es Cole cuando se le mete algo a la cabeza.

—¿Qué crees que quiera hacer?

—Averiguar quién lo hizo, supongo —me miró—. Quiere averiguar quién mató a Rachel para poder traerla a casa.

—¿Estás segura de que eso es todo lo que quiere?

—No.

Miré alrededor de la cocina. Siempre ha sido mi estancia favorita. Es grande, vieja y acogedora, y hay mucho que ver en ella: fotografías viejas, postales, dibujos que hicimos de niños, patos de porcelana, platos con flores pintadas, floreros y jarras, plantas colgantes en la ventana…

El sol entraba a raudales.

Deseé que no fuera así.

—¿Quieres que vaya con él? —le pregunté a mi madre.

—Él no querrá que lo hagas.

—Lo sé.

Me sonrió.

—Me sentiría mejor si lo hicieras.

—¿Y tú? —le pregunté—. ¿Estarás bien aquí sola?

Asintió.

—El negocio está tranquilo por ahora. Al tío Joe no le molestará quedarse un par de días para ocuparse de las cosas.

—No me refería al negocio.

—Lo sé —me tocó el hombro—. Estaré bien. Probablemente me haga bien estar sola un rato.

—¿Estás segura?

Asintió de nuevo.

—Manténganse en contacto, ¿OK? Y vigila a Cole. No lo dejes hacer alguna estupidez —me miró—. Él te hace caso, Ruben. Confía en ti. Sé que no lo demuestra, pero así es.

—Lo cuidaré.

—Intenta que esté de acuerdo con que lo acompañes. Les hará la vida más fácil a ambos.

Yo sabía que Cole no aceptaría, pero de cualquier modo lo intenté.

Cuando entré en su habitación, Cole estaba sentado en la cama, fumando. Traía puesta una camiseta y unos jeans, y su chamarra estaba cubriendo una pequeña mochila de cuero que estaba en el suelo.

—Hola —dije.

Me saludó con la cabeza.

Miré la mochila.

—¿Vas a alguna parte?

—La respuesta es no —me dijo.

—¿No qué?

—No puedes venir conmigo.

Me senté junto a él. Tiró la ceniza en un cenicero junto a la cama. Le sonreí.

—De nada sirve que me mires así —dijo—. No voy a cambiar de opinión.

—Todavía no te he pedido nada.

—¿Crees que eres el único que puede leer la mente?

—Tú no puedes leer la mente —dije—. Ni siquiera puedes leer el periódico.

Me miró y siguió fumando. Lo miré a la cara. Me gusta mirar su cara. Es un buen rostro para mirar: diecisiete años, ojos oscuros; un rostro firme y puro. Es el tipo de cara que hace lo que dice. La cara de un ángel del diablo.

—Me necesitas —le dije.

—¿Qué?

—Si vas a ir a Dartmoor, necesitas que te cuide.

—Quien necesita que la cuiden es mamá.

—Entonces, ¿por qué te vas?

—Voy por Rachel. Ésa es mi manera de cuidar a mamá. La tuya es quedarte aquí —me miró—. Yo no puedo hablar con ella, Rub. No sé qué decirle. Simplemente necesito *hacer* algo.

Un destello de emoción se asomó fugazmente en su cara y por un instante comencé a sentir algo. Pero antes de que supiera qué era, Cole retomó el control de sí mismo y su cara volvió a quedar en blanco. Era muy bueno para ocultar las cosas. Lo vi apagar el cigarro y levantarse de la cama.

—¿Cómo lo harás? —pregunté.

—¿Hacer qué cosa?

—Averiguar qué ocurrió.

—Aún no lo sé… Ya pensaré en algo.

—¿Dónde te vas a quedar?

Se encogió de hombros.

—Ya veré.

—¿Cómo piensas llegar ahí?

—En tren.

—¿Cuándo te vas?

—Cuando esté listo. ¿Alguna otra pregunta?

—Sí, ¿por qué no quieres que vaya contigo?

—Ya te lo dije…

—No soy idiota, Cole. Sé cuando estás mintiendo. Sabes tan

bien como yo que mamá no necesita que nadie se quede con ella. ¿Cuál es la *verdadera* razón por la que no quieres que vaya?

Caminó hacia la mesa cerca de la ventana, tomó un par de cosas y las metió a la mochila. Jugueteó con ella un rato: la cerró, la abrió, la volvió a cerrar, y se quedó mirando el suelo. Finalmente se dio la vuelta y me miró. No sé si iba a decirme algo, pero antes de que pudiera hacerlo, sonó el teléfono.

Nos volvimos hacia la puerta para escuchar. El timbre había dejado de sonar y pudimos oír, a lo lejos, la voz de mi madre.

—¿Está hablando con papá? —preguntó Cole.

—Eso parece.

—Necesito hablar con él antes de irme.

Recogió su mochila y salió de la habitación.

—Nos vemos —le dije.

—Ajá.

Salió sin mirar atrás.

Yo no estaba preocupado. Sabía lo que tenía que hacer.

Mientras Cole hablaba con papá por teléfono, revisé un par de datos en internet y empaqué algunas cosas en una mochila. Después, me paré cerca de la ventana y esperé.

Poco después Cole salió de la casa y se dirigió hacia dos autos destrozados en el depósito de chatarra. Llevaba puesta la chamarra; la mochila colgaba de su hombro. Sacó del bolsillo una llave y abrió la cajuela de un Volvo quemado que estaba debajo de una pila de autos. Luego de mirar sobre su hombro, se asomó al interior de la cajuela y buscó algo adentro. No le tomó mucho tiempo encontrar lo que buscaba. Lo metió en la mochila, algo más en su bolsillo, se enderezó, cerró la cajuela y salió del depósito hacia la calle.

Esperé hasta que estuvo fuera de mi vista, recogí mi mochila y bajé a la cocina. Mi madre me esperaba.

—Toma —me dijo dándome 200 libras que había sacado de su monedero—. Es todo el efectivo que tengo por ahora. ¿Será suficiente?

—Cole tiene bastante —le respondí.

—Bien. ¿Sabes qué tren va a tomar?

—No me dijo, pero el siguiente hacia Plymouth sale a las 11:35. Así que supongo que será ése —doblé el dinero y lo metí en el bolsillo—. ¿Cómo está papá?

—Está bien. Te manda saludos —miró el reloj: eran las 10:45. Se acercó a mí y me abrazó.

—Será mejor que te vayas.

—¿Estás segura de que estarás bien?

Me alborotó el pelo.

—No te preocupes por mí. Sólo trata de que Cole no se meta en muchos problemas, y asegúrate de que ambos vuelvan a casa enteros, ¿de acuerdo?

—Haré lo que pueda.

El sol aún brillaba cuando salí del depósito y me dirigí a la calle. Me pregunté cómo sería el clima en Dartmoor. Me pregunté cómo sería *todo* en Dartmoor.

Un taxi negro dejaba a un pasajero al final de la calle. Esperé a que el pasajero bajara, subí al auto y pedí al taxista que me llevara a la estación de Paddington.

# TRES

Había demasiado tráfico en las calles cercanas a la estación de Paddington. Eran casi las 11:35 cuando bajé del taxi, compré un boleto y llegué a la plataforma correcta. Me subí al tren justo cuando el guardia cerraba las puertas. El vagón estaba bastante lleno, aunque no por completo. Esperé mientras los otros pasajeros encontraban sus asientos y guardaban su equipaje. El tren se alejaba ya de la plataforma. Comencé a buscar a Cole.

Era un tren largo. Mientras caminaba de vagón en vagón, me descubrí pensando en papá.

Papá me dijo alguna vez que su primer recuerdo era estar junto a un abrevadero mientras un caballo tomaba agua. Eso era todo. Ése era su primer recuerdo: estar solo en un prado de hierba alta, viendo cómo un caballo bebía de un abrevadero. Siempre me gustó aquello. Me parece hermoso conservar eso en la cabeza.

Mi padre amaba contarnos historias de su infancia. Creo que le traía buenos recuerdos. Nació y creció en una caravana de aluminio —un tráiler, como él lo llamaba—, y lo compartía con sus padres y sus dos hermanos mayores.

—Era el tráiler más hermoso de la región —decía con orgullo—. Salpicaderas de lujo, una puerta de conglomerado, chimenea de cromo con un tiro que atravesaba el techo… —papá sonreía y seguía recordando detalles: la lámpara de parafina fija en el techo, la estufa, la mesa del comedor de roble sólido, la cristalería de su madre…

A veces papá recordaba cosas que no lo hacían sonreír, como la noche en que un grupo de gente del pueblo prendió fuego al tráiler mientras la familia dormía, o cómo su padre se emborrachaba y lo golpeaba con un grueso cinturón de piel con ojales metalizados. Con frecuencia yo me preguntaba si fue por esto que mi padre se había convertido en boxeador a mano limpia: para vengarse de su padre o de la gente del pueblo o de cualquier otra persona que lo hubiera lastimado cuando era niño. Pero probablemente me equivocaba; era mucho más sencillo que eso. Como mi padre siempre dijo: los gitanos nacen para pelear; lo llevan en la sangre.

Por fin encontré a Cole en el último vagón. Estaba sentado solo en un asiento que contaba con una mesa al frente, y contemplaba el vacío a través de la ventana. No me miró mientras avanzaba por el vagón hacia él, pero supe que estaba consciente de mi presencia; pude sentir que me miraba desde dentro de su cabeza. Siguió haciendo como que no me veía hasta que llegué a su lado y me paré junto a él. Incluso entonces, no dijo nada. Simplemente volvió la cabeza y me miró con calma.

—¿Todo bien? —pregunté.

No respondió.

Moví la cabeza señalando el asiento frente a él.

—¿Hay alguien sentado ahí?

Cole no se inmutó; sus ojos lucían pétreos, fríos. Entonces supe lo que mi hermano sentía: lo mismo que cuando éramos niños y yo lo seguía a todas partes, estorbándole siempre, desesperándolo, molestándolo. No me deseaba cerca porque generalmente se metía en problemas y no quería que yo me involucrara. Nunca se atrevió a decirlo, pero yo le importaba y lo asustaba a muerte que saliera lastimado.

En ese momento, mientras me sentaba frente a él, sabía que Cole estaba sintiendo exactamente eso. No me quería a su lado porque sabía perfectamente que se iba a meter en dificultades y yo era lo único que le preocupaba.

—Mierda —dijo al fin.

Le sonreí.

Negó con la cabeza y volvió a mirar por la ventana.

Me encogí de hombros y revisé el vagón con la mirada. Estaba medio lleno. Los demás pasajeros eran bastante silenciosos; leían libros y revistas, hablaban en voz baja o miraban en silencio por las ventanas. Me pregunté a dónde irían y qué harían cuando llegaran ahí. Y me pregunté si ellos se estarían preguntando lo mismo acerca de mí.

—Ya casi llegamos a Reading —dijo Cole—. Te puedes bajar ahí…

—No pienso bajar.

Me miró.

—No te estoy preguntando, Rub. Te lo estoy diciendo: bajarás en Reading.

—¿Ah, sí? ¿Y qué harás si no me bajo? ¿Me vas a cargar? ¿Me arrojarás a la vía?

—Si es necesario…

—Gritaré si lo intentas, y todo el mundo pensará que me estás secuestrando. Los guardias detendrán el tren y llamarán a la policía y te arrestarán —le sonreí—. No quieres que eso ocurra, ¿o sí?

Respiró profundamente y suspiró.

—¿Sabe mamá que estás aquí?

— Claro que lo sabe. No me iría sin avisarle, ¿o, sí?

—¿Ella te pidió que me siguieras?

—No.

—Pero no intentó detenerte.

—Está preocupada por ti. Sabe cómo eres.

—¿Ah, sí? ¿Cómo soy?

—Le recuerdas a papá.

—¿Qué se supone que quiere decir eso?

—*Sabes* perfectamente qué quiere decir. Mamá no quiere que acabes como él.

—Bueno, pues…

—Vamos, Cole —le animé—. Todo va a estar bien. Puedo ayudarte.

—No necesito ayuda.

—Evitaré que te metas en problemas.

—No habrá *ningún* problema. Lo único que haré es echar un vistazo y hacer algunas preguntas.

—¿Qué tipo de preguntas?

Volvió a suspirar.

—Todavía no lo sé.

—Yo soy bueno para hacer preguntas.

Entornó los ojos.

—Y qué lo digas.

—Y cuando se trata de pensar, dos cabezas piensan mejor que una —le sonreí—. Sobre todo si una de esas cabezas es la tuya.

Me miró exasperado. Ya había tenido suficiente. Lo convencí de tanto hablar. Volvió a negar con la cabeza y buscó sus cigarros en el bolsillo.

—No puedes fumar aquí —le dije señalando un anuncio de *no fumar* en la ventana.

Lo miró, me miró a mí y guardó nuevamente los cigarros en el bolsillo.

—Mierda —dijo.

Después de eso dejamos de hablar por un buen rato. Cole miraba la ventana y yo compartía su silencio. Ya *estaba* con él y podía sentir la presencia de papá en su corazón. Era una sensación agradable, agradable y fuerte, y me hacía sentir seguro. Pero también podía sentir en Cole la ausencia de sentimientos que mi madre había mencionado antes. La ausencia. Lo que no estaba ahí. Aquello que ni papá ni Cole parecían tener: esa parte que nos hace cuidar de nosotros mismos y preocuparnos de si vivimos o morimos. Yo entendía que aquélla era una frialdad necesaria, una especie de desapego indispensable para sobrevivir en el mundo; pero sabía también lo que podía ocurrir si ese desapego se apoderaba de uno, y me preocupaba detectarlo en Cole.

También podía percibir que él pensaba en Rachel. Cole no estaba consciente de ello porque no había pensado en otra cosa durante tres días y sus pensamientos se habían vuelto automáticos. Como respirar. Como caminar. Como vivir. Ahora, cuando pensaba en Rachel, lo hacía con algo que no le pertenecía. Mi hermano pensaba con el centro de su mente; éste pensaba *por* él. En la oscuridad, Cole trataba de recordar la cara de Rachel: su pelo, sus ojos, su manera de sonreír e iluminar el mundo...

Pero no le servía de nada. Todo estaba demasiado lejos. Las imágenes no llegaban hasta él. Lo único que Cole conseguía ver era el cadáver desnudo de una chica a la que no reconocía.

Mi hermano ya no podía ver a Rachel.

Me pregunté si eso era lo que lo motivaba.

Cuando el tren pasó por Exeter en dirección a Plymouth, el paisaje comenzó a cambiar. La tierra color marrón cambió a rojo, el ladrillo se convirtió en granito y la luz del sol pareció perder su fuerza. Las colinas se alzaban abatidas en la distancia; proyectaban sombras grises sobre el campo y daban a todo una apariencia luctuosa y vacía.

—Estamos lejos de la calle Canleigh —le dije a Cole.

—No es tan distinto —murmuró—. Es un lugar como cualquier otro.

—¿Te parece?

Volvió la cabeza, estiró el cuello y me preguntó:

—¿Qué hora es?

Consulté mi reloj.

—Dos y media. Estaremos llegando a Plymouth en media hora.

Cole se estiró de nuevo.

—He estado pensando...

—¿Sí?

Me miró.

—He estado pensando en Rachel —se talló los ojos—. La chica con la que se estaba quedando, Abbie Gorman. ¿Qué sabes de ella?

—Pensé que *tú* la conocías. Iba a la escuela con Rachel. Sólo iban un par de años adelante de ti, ¿no?

—Yo *nunca* iba a la escuela, ¿recuerdas? Y aunque hubiera ido, ya sabes cómo son las cosas ahí: un par de años es una eternidad. Rachel no me hubiera hablado ni muerta. Vamos, Rub, debes poder decirme algo sobre Abbie. Siempre hablabas con Rachel sobre sus amigos y esas cosas.

Dudé un momento, esperando para ver si Cole se daba cuenta de lo que había dicho, aquello de que Rachel no hubiera hablado con él ni muerta. Por suerte no lo hizo, así que le conté lo que sabía sobre Abbie Gorman.

—Vivía en la granja grande en Mile End. Rachel la conoció en la primaria y luego fueron juntas a secundaria. No creo que hayan sido *mejores* amigas ni nada por el estilo, pero pasaban mucho tiempo juntas. Abbie iba a casa con frecuencia. Creo que se quedó a dormir un par de veces —miré a Cole—. ¿Estás seguro de que no la recuerdas?

Cole negó con la cabeza.

—¿Cómo era?

—En realidad no estoy seguro. Sólo hablé con ella una o dos veces. Parecía normal, amigable, bonita, un poco dura...

—¿Qué quieres decir con *dura*?

—Como que se podría cuidar ella misma si hiciera falta. Ya sabes... tenía ese aire.

—¿Como Rachel?

—Sí... Ahora que lo pienso, se parecía a Rachel en muchas cosas. La misma altura, la misma complexión, el mismo tipo de cara. Podrían haber sido hermanas.

Cole se pasó los dedos por el pelo.

—¿Cómo acabó viviendo en Dartmoor?

—Su madre vivía ahí. A Abbie la crió una tía o algo así, no sé por qué. Hace un par de años a su madre le dio cáncer y Abbie se mudó de Londres a Dartmoor para cuidarla. Debe de haber tenido dieciséis o diecisiete años. Conoció a un muchacho del pueblo, no sé cómo se llama, y cuando su madre murió, él se fue a vivir con ella y un par de meses más tarde se casaron. Rachel fue a la boda, ¿recuerdas?

Cole negó con la cabeza.

—Claro que sí —dije—. Llevaba el vestido color crema con

el sombrero y toda la cosa; *seguro* que te acuerdas. Al volver nos enseñó las fotografías y el video…

De pronto me di cuenta de que Cole estaba molesto consigo mismo por no recordarlo, así que guardé silencio y cambié de tema.

—Ya casi llegamos, mira —señalé por la ventana hacia un pueblo desordenado y gris. Cole hizo como que miraba pero yo sabía que no estaba interesado. Su rostro había muerto. No era que le importara el vestido color crema de Rachel o el gran sombrero o las fotos y el video de la boda. Más bien estaba triste por haber olvidado un momento en el que Rachel había sido feliz. Él había estado ahí y se lo había perdido.

Se lo había perdido.

Bajamos del tren y caminamos por la estación hasta una parada de taxis. Había una fila muy larga y ningún taxi. Seguí a Cole hasta el final de la fila y lo vi prender un cigarro.

—Deberías dejar de fumar —le dije.

—Debería hacer muchas cosas —respondió él exhalando el humo mientras me miraba.

Un taxi pasó de largo y se detuvo al final de la fila. Una mujer con un carrito cargado de maletas las guardó en la cajuela y subió al taxi. El auto se marchó y la fila avanzó un poco.

—No me vas a mandar de vuelta, ¿verdad? —le pregunté.

—Lo haré si no te callas.

No era una oferta muy amable, pero era lo mejor que iba a obtener de Cole. No le hacía ninguna gracia que yo estuviera ahí, pero creo que se dio cuenta de que estaba decidido a acompañarlo y que no había mucho que él pudiera hacer. Además, le gustaba estar conmigo. Siempre le había gustado. Nunca lo admitiría, pero yo podía sentirlo, muy en el fondo.

Cole también se guardaba muchas otras cosas, pero todas estaban tan profundamente enterradas que ninguno de los dos sabíamos qué eran.

Aquello no me molestaba.

Estar juntos era suficiente para mí.

Me callé y me guardé mis pensamientos.

Media hora más tarde estábamos sentados en el asiento trasero de un taxi y el conductor nos preguntaba hacia dónde nos dirigíamos. Miré a Cole cuestionándome si habría pensado en ello.

—A la estación de policía —le respondió.

—¿A cuál?

—¿Qué?

—¿A qué estación de policía quiere ir?

Cole dudó. *No* había pensado en ello.

—A Breton Cross —intervine yo.

El conductor asintió y arrancó el auto. Yo me acomodé y miré por la ventana. Cole no dijo nada durante un minuto; al final me dijo:

—Imagino que piensas que lo que hiciste demuestra algo, ¿no?

—¿De qué hablas? —dije con inocencia.

—No hay ninguna necesidad de que pongas esa cara de satisfacción. Yo hubiera llegado ahí contigo o sin ti. Simplemente me hubiera tomado más tiempo, eso es todo.

—De acuerdo —respondí.

—¿Y tú cómo sabes a qué estación de policía vamos?

—Lo busqué en internet: Breton Cross es la principal. Es ahí donde trabaja el oficial encargado del caso de Rachel. Es él a quien vamos a buscar, ¿o no?

Cole me miró.

—¿Cómo se llama?

—Pomeroy. Es el inspector en jefe.

Cole asintió. Estuvo a punto de darme las gracias pero entonces recordó quién era él y se limitó a asentir de nuevo. Yo miré por la ventana y me permití una pequeña sonrisa secreta.

La estación de policía de Breton Cross era un edificio de cinco pisos que parecía recubierto de mierda. Sólo Dios sabe de qué color se suponía que era. Tenía la tonalidad que se obtiene cuando se mezclan todos los colores de una cajita de acuarelas. Color mierda, básicamente.

Cole pagó al conductor, subimos unos escalones, cruzamos una puerta y llegamos al área de la recepción. No había mucha actividad. Una mujer borracha con pelo color ratón y un largo abrigo de nailon estaba sentada en una silla de plástico, mirando el piso, pero aparte de ella no había nadie más.

Seguí a Cole hasta el escritorio con panel de cristal en la recepción. El recepcionista, un viejo gordo con camisa blanca, simulaba estar ocupado. Escribía algo muy importante en un libraco de aspecto importante. Tan importante era lo que el viejo hacía, que no tenía tiempo de reconocer nuestra presencia. Aquello no me molestaba, pero sabía que Cole sólo podría soportarlo un poco más, así que no me sorprendió cuando, treinta segundos después, Cole levantó la mano y la dejó caer con fuerza sobre el escritorio.

El gordo dio un respingo y nos miró molesto.

—Qué demonios…

—Disculpe —dijo Cole—. Pensé que usted estaba muerto.

El gordo frunció el ceño.

—Queremos ver al inspector Pomeroy —le dijo Cole.

—¿Qué?

—El inspector Pomeroy. Queremos verlo.

—Usted no puede, así como así…

—¿Está él?

—No lo sé.

—Averigüe.

El gordo extendió la mano hacia el teléfono, pero de pronto se dio cuenta de lo que estaba haciendo: obedeciendo órdenes de un muchacho desaliñado al que no conocía. Volvió a fruncir el ceño y estaba a punto de decir algo cuando Cole se le adelantó:

—Dígale que se trata de Rachel Ford —dijo—. Dígale que sus hermanos están aquí.

El gordo miró a Cole un momento y levantó el teléfono de mala gana.

La oficina de Pomeroy olía a aromatizante de auto. Era un lugar soso: escritorio, sillas, archivero, ventana. No era la gran cosa. Tampoco el inspector Pomeroy lo era. Era uno de esos hombres que parecen no ocupar espacio. No era grande ni pequeño ni nada. Una cara normal, un peinado, un traje, extremidades y voz.

—Siéntense, por favor —dijo señalando un par de sillas frente a su escritorio.

Nos sentamos.

Pomeroy nos sonrió. No era una gran sonrisa; parecía que alguien se la hubiera labrado en el rostro con una pequeña navaja.

—Me temo que voy a tener que pedirles una identificación —dijo—. Sé que sueno un poco paranoico, pero les sorprenderían las cosas que hace la gente hoy en día para conseguir información.

Cole sacó su cartera y le mostró su licencia de conducir. Pomeroy la tomó y la observó. Reparó en que era falsa, pero no dijo nada. Asintió y se la entregó de vuelta a Cole. Luego me miró a mí.

—Dejé mi licencia en la casa —le dije.

Volvió a sonreír, pero tampoco dijo nada.

—Tengo catorce años —dije—. Lo único que tengo con mi nombre es una credencial del videoclub y me temo que la he perdido. Si quiere puede llamar al videoclub para confirmarlo. Creo que sus oficinas están en Dundee o algo así...

El inspector me indicó con la mirada que me callara.

—Dale tu credencial de la biblioteca —me dijo Cole.

Busqué en el bolsillo trasero de mi pantalón y le entregué la credencial de la biblioteca. No sé por qué no hice eso desde el principio. Supongo que simplemente no me dio la gana. Pomeroy revisó mi credencial, me la entregó y se recargó en su silla.

—Muy bien —dijo sonriéndole a Cole—. ¿Qué puedo hacer por ustedes?

Cole lo miró un instante mientras se preguntaba cómo manejar la situación. Yo me preguntaba lo mismo. Pomeroy no había dicho una sola palabra acerca de Rachel. No nos había dado el pésame, no se había disculpado, no acudió a los lugares comunes. Por mí estaba bien y estoy seguro de que por Cole también, aunque no se suponía que la cosa fuera así. Aquello resultaba un poco desconcertante.

—Esta mañana vimos al inspector Merton —dijo Cole—. Es el oficial encargado de la relación con la familia…

—Sé quién es —respondió Pomeroy.

—Nos ha mantenido informados acerca de la investigación.

Pomeroy asintió.

—Eso es parte de su trabajo.

—Claro —dijo Cole. Noté que su voz se iba tensando. Él también lo notó. Bajó la mirada hacia el piso, respiró hondamente un par de veces y volvió a mirar a Pomeroy.

—Usted es el investigador titular, ¿correcto?

Pomeroy asintió.

—OK —dijo Cole—. ¿Qué nos puede decir?

—¿Qué quieren saber?

—¿Qué tal si, para empezar, nos dice por qué nos está tratando como basura? Después seguimos con lo demás.

Pomeroy ni siquiera parpadeó.

—No *sabía* que los estaba tratando como basura. Desde luego me disculpo si así lo sienten. Les aseguro que no era esa mi intención. Simplemente estoy esperando que me digan qué es lo que quieren —volvió a mostrar su asquerosa sonrisita—. Sé que a veces resulta complicado encontrar las palabras correctas en este tipo de situaciones, pero si se trata de ver el cuerpo…

—No queremos ver el cuerpo —dijo Cole.

—Entonces, ¿qué quieren? Si lo que buscan son los efectos personales de su hermana, me temo que debo retenerlos un poco más. Probablemente se les puedan entregar algunos de ellos en un par de días, pero voy a tener que quedarme con su impermeable y con el resto de su ropa como evidencia…

—No queremos las cosas de Rachel.

Pomeroy frunció el ceño.

—Lo siento, pero no veo qué más puedo hacer por ustedes.

—Queremos enterrarla.

—¿Disculpe?

—Queremos enterrar a Rachel. No podemos hacerlo hasta que atrapen al hombre que la mató. Queremos saber cuándo van a atraparlo.

—Ya veo…

—¿Ya lo tienen?

Pomeroy se mordió los labios.

—Bueno, estoy seguro de que el oficial Merton les ha explicado que estamos siguiendo varias líneas de investigación...

—¿Como cuáles?

—En este momento no les puedo decir eso.

—¿Por qué no?

—Porque puede poner en peligro la investigación.

—¿Cómo?

Pomeroy miró fijamente a Cole.

—Lo que están haciendo no ayuda a nadie. Tienen que confiar en que haremos nuestro trabajo. Sabemos lo que estamos haciendo, créanme. No hay nada que *no* estemos haciendo para encontrar al asesino de su hermana y que se haga justicia.

—¿Saben quién lo hizo?

—Lo siento, de verdad no puedo darles más detalles. Lo mejor que pueden hacer es volver a casa y esperar. En cuanto tengamos más noticias nos podremos en contacto con el oficial Merton y él les informará —Pomeroy se puso de pie y nos miró, esperando que nos marcháramos. Como no nos movimos, negó con la cabeza—. Miren —dijo—, si quieren que me quede aquí todo el día hablando con ustedes, está bien, pero si quieren que haga mi trabajo, les sugiero que me dejen hacerlo.

Cole siguió mirándolo un momento y luego se puso de pie. Yo también me levanté. Pomeroy nos acompañó hasta la puerta. Miré a Cole preguntándome por qué se estaba dando por vencido tan fácilmente, pero cuando vi cómo miraba la nuca de Pomeroy, me di cuenta de que no se estaba rindiendo. En realidad —debí haberlo sabido—, Cole no es de los que se rinden.

En la puerta, Pomeroy hizo una pausa y puso una mano sobre el hombro de Cole.

—Sólo una cosa más —dijo en voz muy baja—. No estoy seguro de cuáles sean sus intenciones, pero confío en que no estén pensando que su situación les da derecho a recibir un trato especial. Sé que son las víctimas, sé que están pasando por un momento terrible, pero eso no los coloca por encima de la ley. ¿Me entienden?

—No —dijo Cole.

Pomeroy suspiró.

—En las investigaciones por homicidio no hay secretos, hijo. Tenemos que investigarlo todo: la víctima, sus amigos, su familia —hizo una pausa como para que asimiláramos la información y luego continuó—. Lo sé todo de ustedes y de su padre. Y no me refiero solamente a lo que está en su expediente. ¿Me entienden ahora?

Cole no dijo nada, sólo lo miró.

Pomeroy sonrió.

—Sólo les estoy diciendo que tengan cuidado, ¿de acuerdo?

Cole guardó silencio; si Pomeroy no retiraba pronto la mano de su hombro, a Cole le iba a costar mucho trabajo controlarse. Yo sabía que eso no iba a ayudar en nada, así que abrí la puerta y tomé a Cole del brazo, jalándolo suavemente. Su piel parecía de acero.

—Anda, Cole —le dije—. Vámonos.

Cole accedió de mala gana, y Pomeroy le dio una última y humillante palmadita en el hombro. Sentí sus músculos tensarse.

—Relájate —dijo Pomeroy—. Déjalo en nuestras manos —miró su reloj—. Hay un tren que sale hacia Londres en cuarenta minutos. Si me esperan abajo, conseguiré que los lleven a la estación. ¿Qué les parece?

Cole no respondió, simplemente se dio vuelta y salió por la puerta.

Mientras seguía a mi hermano por el corredor, sabía que aquello era sólo el principio. Nos quedaba mucho por hacer, pero la mecha ya estaba encendida.

# CUATRO

La gente piensa que soy un genio, pero no lo soy: simplemente siento cosas que otras personas no sienten, y también soy muy bueno para recordarlas. No es que tenga una memoria fotográfica, pero puedo recordar más o menos cualquier cosa. Datos, cifras, información… no importa de qué se trate. Puedo recordarlo siempre y cuando signifique algo para mí. Lo que me cuesta trabajo recordar es aquello que *no* me significa nada. Por eso siempre he tenido algunos problemas en la escuela. Pero como ya no voy a la escuela para no *tener* que recordar cosas que no me importan, en realidad no tengo problemas.

La verdad, esto no es importante. Sólo lo menciono para explicar por qué conocía el camino que va de la estación de policía a la estación de autobuses: había visto un mapa en internet y recordaba los detalles relevantes.

Así que no tuve que pensarlo mucho cuando, al salir de la oficina de policía, pregunté a Cole a dónde quería ir y me dijo que quería ir a la estación de autobuses.

—Está por ahí —le dije—. Por esa calle y bajando por el metro.

Nos dirigimos al metro.

Cole ya había guardado el recuerdo de Pomeroy. No lo había olvidado (él no olvidaba así como así), pero por el momento le

41

bastaba hacerlo a un lado mientras pensaba qué hacer a continuación⁙

—¿A dónde vamos?

—¿Qué?

—¿A dónde vamos?

—Te lo acabo de decir: a la estación de autobuses.

—Sí, ya lo sé. Lo que quiero decir es a dónde vamos a ir *desde* la estación de autobuses.

—A Lychcombe.

—¿Crees que eso sea una buena idea?

—Sí.

—Sabes que Pomeroy nos va a estar vigilando, ¿verdad?

—Sí.

—Y que él sabe que tienes arrestos previos.

—¿Y? Son sólo por robar autos. ¿Eso qué tiene que ver?

—¿Y qué hay de lo otro?

Cole me miró.

—¿Qué otro?

—Pomeroy dijo que lo sabía todo acerca ti y de papá, y que no se refería sólo a lo que estaba en el expediente.

—Si no está en el expediente, no hay nada de qué preocuparse, ¿o sí?

—No, pero…

—Olvídalo, Rub, ¿de acuerdo? No es nada. No estamos haciendo nada malo, simplemente vamos a Lychcombe. Ninguna ley lo prohíbe.

Cole comenzaba a tensarse de nuevo, así que decidí cambiar de tema.

—¿Por qué no tomamos un taxi? —sugerí—. Quizá tengamos que esperar durante horas a que llegue un autobús.

—Rachel subió a un autobús —respondió Cole—. Merton nos lo dijo, ¿recuerdas? Encontraron un boleto de ida desde Plymouth hacia Lychcombe en el bolsillo de su gabardina.

Lo miré.

—¿Quieres que remontemos sus pasos?

—Algo así.

—¿Crees que eso ayudará?

Se encogió de hombros.

—Quiero saber qué se siente.

Caminamos en silencio hasta la estación de autobuses. Ya estaba atardeciendo; el cielo estaba despejado y el sol aún brillaba, pero en cuanto entramos a la estación, todo adquirió un gris deprimente. Era un lugar espantoso, sombrío, feo y sin aire. Un mundo sin sonrisas.

Era una estación de autobuses.

Estudié los itinerarios. El siguiente autobús a Lychcombe saldría en media hora, y eso no estaba mal tomando en cuenta que el autobús anterior se había marchado hacía cinco horas.

Entramos a la cafetería de la estación. Cole compró un par de pastelillos, una Coca-Cola para mí, y un café para él. Nos sentamos en una mesa cerca de la ventana; nos mantuvimos un rato en silencio: Cole tomaba su café y yo mordisqueaba mis pastelillos, ambos mirando por el grasiento cristal de la ventana. No había mucho que ver. Columnas de concreto. Bancas de metal. Máquinas expendedoras de chocolate rotas. Autobuses que entraban y salían ronroneando y tosiendo hasta sus plataformas, y personas sin vida que caminaban sin rumbo, aburridas, perdidas o ambas cosas a la vez.

Aquel era un lugar muerto.

Muerto y frío.

Observé a Cole: tenía la mirada perdida.

—He estado pensando en la gabardina de Rachel —dije.

—¿Qué?

—La gabardina de Rachel.

Cole me miró.

—¿Qué hay con ella?

—No estoy seguro. Es sólo que Merton dijo que encontraron un boleto de autobús en el bolsillo de la gabardina, y Pomeroy también dijo algo al respecto.

—¿Y?

—Rachel no tenía ninguna gabardina.

—¿Qué?

—Que Rachel no tenía ninguna gabardina.

—¿Estás seguro?

—Bastante seguro.

—¿Cómo sabes que no tenía una gabardina?

—No lo sé… Simplemente lo *sé*. Nunca la vi ponerse una. Los únicos abrigos que usaba eran tipo sudadera. Rachel no era de las que usan gabardinas. Piénsalo, Cole, ¿te imaginas a Rachel con una gabardina?

Lo pensó un momento, cerró los ojos tratando de imaginarla…

—Créeme —le dije para ahorrarle la molestia—. Rachel no tenía ninguna gabardina.

—Quizá se compró una —sugirió—. Esa noche estaba lloviendo. Quizá compró una gabardina…

—O le prestaron una.

Yo miraba por la ventana mientras hablaba y los ojos se me paralizaron de pronto. Veía el fantasma de Rachel. Ahí estaba ella, la veía. Estaba justo *ahí*: sentada en una banca de la estación de autobuses, rodeada de bolsas de compras, leyendo una revista.

Sabía que aquél no era un fantasma y sabía que no era Rachel, pero por un instante mi cabeza se dejó llevar por la ilusión: *Es un error… No está muerta… Todo fue un error… Fue alguien más, fue alguien más…*

—¿Ruben?

No era un error.

—¿Rub?

Me volví a mirar a Cole.

—¿Sí?

—¿Oíste lo que dije?

—¿Qué?

Negó con la cabeza.

—Te pregunté quién le pudo haber prestado una gabardina a Rachel.

—*Ella* —dije moviendo la cabeza hacia la chica que no era un fantasma—. Abbie Gorman.

Salimos de la cafetería y nos dirigimos hacia la banca donde estaba sentada Abbie. Llevaba puestos unos jeans y un suéter negro y ajustado. Escondía los ojos detrás de unos lentes de sol.

—¿Estás seguro de que es ella? —me preguntó Cole.

—Sí.

Lo incomodaba su parecido con Rachel. Podía verlo en sus ojos, podía sentirlo luchar contra las imágenes que se arremolinaban en el centro de su mente.

Imágenes de Rachel.

Yo también podía verlas.

Mientras nos acercábamos a la banca, Abbie bajó la revista y nos miró por encima de los lentes oscuros.

—Disculpa —dijo Cole—. Espero que no te moleste...

—¿Qué? —dijo ella, cortante—. ¿Qué quieren?

—¿Eres Abbie Gorman?

Sus ojos brillaron por el miedo.

—¿Por qué? ¿Quiénes son ustedes? ¿Qué quieren?

—Soy Cole Ford y él es Ruben. Somos los hermanos de Rachel.

Abbie abrió la boca y nos miró fijamente. El miedo había desaparecido de sus ojos. Ahora había en ellos algo más, algo más profundo. No supe lo que era, pero no me gustó.

—¿Tú eres *Cole*? —dijo.

Cole asintió.

Abbie me miró a mí, y sus ojos se abrieron más conforme me reconocía.

—¿Ruben? Por Dios... Mírate. La última vez que te vi eras sólo un niño —movió la cabeza con incredulidad—. Me asustaron. No sabía quiénes eran. Pensé que querían dinero o algo así —volvió a mirar a Cole y una sonrisa se asomó a sus labios—. ¿Qué están haciendo aquí? —de repente, su cara se descompuso—. Ay, Dios, Rachel... Lo siento...

Y comenzó a llorar.

A Cole lo incomodan mucho las lágrimas. La verdad es que a mí también. No sabemos qué hacer con ellas, especialmente cuando estamos en una estación de autobuses que no conocemos y donde la gente se detiene para ver qué está pasando.

Así que los dos sentimos un gran alivio cuando llegó el autobús con dirección a Lychcombe, y Abbie se recompuso.

—Lo siento —dijo limpiándose los ojos y juntando sus bolsas—. De verdad tengo que irme. Éste es el último autobús de regreso al pueblo. Me encantaría quedarme a conversar con ustedes, pero...

—Podemos conversar en el autobús —dijo Cole.

—¿Perdón?

—Vamos a Lychcombe.

Abbie se congeló.

—¿Qué van *a dónde*?

—Vamos a Lychcombe —repitió Cole—. No te importa si te acompañamos en el autobús, ¿o sí?

—No —dijo ella entre dientes—. En absoluto.

Mi padre solía viajar por todo el país antes de casarse con mi madre. Pasó casi toda la vida viajando: trabajaba aquí y allá, hacía esto y aquello. Nunca le importó trabajar para conseguir dinero. Como la mayoría de los gitanos, no vivía para trabajar, trabajaba para vivir. Estaba dispuesto a hacer cualquier cosa: pavimentar calles, trabajar en una granja, arreglar techos, construir casas. Incluso vendió alfombras durante un tiempo. A veces se iba solo y trabajaba por su cuenta, pero por lo general viajaba con su familia y un grupo de otras familias, casi siempre sus parientes. Montaban su campamento en las afueras de algún pueblo, trabajaban la tierra o en el pueblo mismo durante algunos meses, y luego se marchaban de nuevo y probaban suerte en otra parte. Durante el verano, pasaban casi todo el tiempo (y gastaban casi todo el dinero) en ferias y carreras de caballos por todo el país: Appleby, Doncaster, Derby, Musselburgh. Mi papá solía pelear en las carreras. Peleas grandes, con mucha gente y mucho dinero de por medio.

Papá estaba tan acostumbrado a no permanecer en ningún lugar mucho tiempo que, cuando empezó a vivir con mi madre en el depósito de chatarra, se enfermó durante una temporada. No estaba acostumbrado a quedarse en un solo lugar. Trataba de actuar como si no pasara nada: "Ser gitano es un estado mental —decía—, no una actividad". Pero la verdad es que nunca se acostumbró.

En fin. Supongo que estoy tratando de decir que, aunque soy

mitad gitano y hay mucho de mi padre en mí, yo nunca he viajado. En mi mente le he dado la vuelta al mundo: en cuentos, en sueños, en pensamientos, pero en realidad nunca he salido de Londres. Eso jamás me ha molestado mucho; quiero decir, nunca he sentido deseos de viajar. Pero cuando el autobús arrancó en dirección al páramo, me di cuenta de que quizá *sí* me había estado perdiendo de algo.

Cuando el autobús salió de la estación y llegamos a nuestros asientos, los tres pasamos los cinco primeros minutos mirando por las ventanas en un incómodo silencio. Ninguno sabía qué decir. Yo estaba en el asiento detrás de Cole, y Abbie iba sentada frente a él. Ella había colocado todas sus cosas en el asiento de junto, como si no quisiera que ninguno de los dos se acercara demasiado.

Al principio no había mucho que ver a través de las ventanas. Todo se asemejaba a cualquier otro lugar, sólo que más gris. Y más feo. Las mismas tiendas, las mismas calles, las mismas caras, el mismo tránsito. Ni siquiera había otros pasajeros a quienes mirar. El autobús iba vacío; solamente estábamos nosotros, el conductor y nuestro silencio incómodo.

Poco a poco, conforme el pueblo gris daba lugar a las llanuras del campo, Cole y Abbie comenzaron a hablar. Al principio todo fue muy vacilante: forzado, prudente, difícil para ambos, pero al menos estaban hablando. Los escuché durante un rato, aunque no decían nada interesante; hablaban del tipo de cosas de las que se habla antes de empezar con lo que realmente interesa, así que dejé de prestarles atención y me concentré en el extraño mundo de afuera.

Era espectacular.

Había leído sobre Dartmoor, desde luego, especialmente en los últimos días, pero los libros no son sustitutos de la realidad, y la realidad era increíble. Nunca había visto un vacío tal.

Habíamos dejado atrás los verdes llanos y nos dirigíamos al corazón del páramo. El camino se hacía más angosto, oscureciéndose y llenándose de vegetación silvestre mientras se desplegaba frente a nosotros sobre las colinas. En la distancia, el paisaje se hacía más oscuro bajo las sombras de las siniestras elevaciones. El cielo del páramo era gris e infinito, y el aire se enfriaba minuto a minuto. Todo parecía deslavado y muerto: había hierba blanquecina al lado del camino, rocas gigantes que salpicaban los montes y pálidas colinas al fondo. El vacío era interminable. No había casas, no había autos, no había tiendas, no había gente, no había nada. Sólo un camino gris que llevaba a ningún lugar.

En la distancia, el oscuro bosque se alzaba sobre el horizonte. Más arriba del bosque había formaciones rocosas que salían de la tierra y se extendían bajo los inclinados rayos del sol de la tarde, las siluetas de las piedras formaban caras de pesadilla contra el cielo: humanos, perros, gigantes, demonios. Alrededor de las rocas había extraños árboles enanos con ramas secas esculpidas por el viento.

Los árboles me hablaban de suspiros moribundos.

Mi corazón estaba helado.

—Son dólmenes —dijo Abbie invadiendo mis pensamientos.

—¿Perdón?

—Esas rocas que se ven a la distancia: se llaman dólmenes.

—Sí —dije—. Lo sé.

Abbie me miró y de inmediato lamenté el tono de mi voz. No había sido mi intención sonar tan grosero, sólo había sonado así. Le sonreí tratando de reparar mi falta.

—Recuerdo haber leído algo al respecto —dije avergonzado—. Acerca de los dólmenes, quiero decir. Se forman con granito antiguo que se ha erosionado a lo largo de millones de años.

—¿Ah, sí?

Asentí. Ahora ella me miraba y yo debí haberme callado. Pero estaba avergonzado, y cuando estoy avergonzado no *puedo* dejar de hablar. El cerebro se me fríe y empiezo a hablar como un idiota.

—Lo siento —murmuré—. Supongo que ya lo sabías, ¿verdad? Aunque no importa... Quiero decir que no importa si no lo sabías... O sea, solamente... Ya sabes... No quise decir nada.

Abbie se había volteado hacia Cole y lo miraba con las cejas alzadas, como si yo estuviera loco.

48

Cole se encogió de hombros.

Ella me miró de nuevo. Yo miré a Cole y él me lanzó una mirada severa. Asentí, le sonreí de nuevo a Abbie y volví a observar a través de la ventana.

No estaba seguro de lo que me había querido decir Cole con aquella mirada, pero supongo que quería que me callara y pusiera atención.

Así que eso hice.

El autobús seguía su camino a través del páramo. El paisaje se tornaba más frío y gris, y yo me callé y puse atención.

Ahora Cole y Abbie hablaban en serio: hablaban de lo que en verdad querían hablar. Escuché mientras Abbie preguntaba a Cole qué hacíamos ahí y Cole evitaba cuidadosamente darle una respuesta. Escuché que ella preguntaba a Cole cómo estaba nuestra madre, y que él respondía con murmullos ininteligibles. Escuché mientras Cole le preguntaba sobre Rachel y ella le respondía que estaba devastada, que se sentía fatal, que estaba muy herida. Con el corazón roto.

Abbie no mentía. Yo podía sentir su dolor; podía oírlo en su voz y verlo en sus ojos. Lo que ella sentía por Rachel era genuino. No, no estaba mintiendo, pero tampoco decía la verdad.

—¿Podrías decirnos qué pasó? —le preguntó Cole.

Ella lo miró.

—¿La policía no se los dijo?

—Sí, pero tú estabas aquí, ¿no? Tú sabes cómo fue.

Abbie pestañeó varias veces. Cole añadió:

—En verdad sería de gran ayuda oírlo de ti. Yo sé que es difícil…

—En realidad yo no estaba ahí —respondió Abbie—. No cuando ocurrió.

—¿Dónde estabas?

—Estaba en casa de mi suegra —hizo una pausa para pensar, respiró hondo y explicó—: esa tarde Rachel y yo fuimos caminando al pueblo y tomamos un trago en el bar. Ella iba a tomar el último autobús hacia Plymouth. Sale a las ocho y media.

—¿A qué hora salieron de la casa? —preguntó Cole.

—Como al cuarto para las siete. El pueblo no está lejos… Está a veinte minutos caminando. Quizá media hora. Comenzaba a llover cuando llegamos. Recuerdo que me detuve afuera del bar y miré hacia el cielo y vi las enormes nubes negras acercándose desde el páramo. Traté de convencer a Rach de que se quedara otra noche y regresara por la mañana, pero no me hizo caso. Cuando le dije que caería una gran tormenta, se encogió de hombros y me dijo: "Déjala que caiga".

Miré a Cole. No demostraba nada en la mirada, pero yo sabía lo que estaba pensando. "Déjala que caiga" es algo que mi padre dice con frecuencia. Cuando hay algo malo en el horizonte, en el futuro, simplemente se encoge de hombros y dice: "Que caiga. Déjenla que caiga".

—En fin —continuó Abbie—. Entramos en el bar y tomamos un par de tragos, y mientras estábamos ahí comenzó la tormenta —Abby negó con la cabeza—. Era increíble. Nunca había visto algo así. El cielo se abrió y comenzó a llover a cántaros. Era como un huracán o algo parecido —miró por la ventana del autobús—. Todo estaba inundado. El camino, el páramo, todo. Mira… —señaló un lado del camino—. Todavía se pueden ver las cosas que el agua arrastró desde el páramo.

Miré por la ventana. La orilla del camino estaba cubierta de basura: lodo seco, hojas, ramas.

Abbie volvió a negar con la cabeza.

—Le dije a Rachel que no podía regresar en medio de la tormenta. Se lo *dije*. Le dije que llamaría a Vince y que le pediría que nos recogiera antes de que empeorara la tormenta, pero no quiso. Dijo que quería irse a casa —Abbie miró a Cole y luego me miró a mí—. Dijo que extrañaba a su familia.

Cole cerró los ojos un momento. Yo no cerré los míos porque sabía que si lo hacía, comenzaría a llorar.

—¿Quién es Vince? —preguntó Cole.

—Mi esposo.

Cole asintió.

—¿Pero Rachel no te dejó llamarlo?

—No. Ni siquiera me dejó acompañarla a la parada del autobús. "No tiene caso que nos empapemos las dos", dijo.

—¿A qué hora salió ella del bar? —preguntó Cole de nuevo.

—Cerca de las ocho.

—¿Y qué hiciste después?

—Nada. Yo me quedé un rato en el bar y después fui a casa de mi suegra. Ella vive en la calle detrás del bar.

—¿Y ésa fue la última vez que viste a Rachel? ¿Cuando se fue del bar?

Abbie asintió.

—Un poco más tarde me enteré de que el autobús tenía una hora de retraso por la tormenta, pero estoy segura de que Rachel subió en él. El conductor la recuerda. El autobús nunca llegó a Plymouth. Tuvo que detenerse… —Abbie se inclinó hacia adelante y señaló a través del parabrisas—. Fue justo ahí. ¿Ven esa pequeña loma al final del camino?

Los dos miramos por la ventana. Cerca de un kilómetro más adelante, el camino bajaba y se inclinaba a la derecha bajo un conjunto de árboles. Conforme nos acercábamos, pudimos ver que parte del camino se había colapsado. Había montones de tierra roja y árboles caídos que habían sido removidos con tractores hacia el borde de la carretera.

—El camino estaba bloqueado —dijo Abbie—. No se podía pasar. El autobús tuvo que dar la vuelta y regresar. Ya era bastante tarde y el trayecto empeoraba, así que para cuando el autobús regresó a Lychcombe ya eran las once. El conductor recuerda que Rachel se bajó. Él le preguntó si estaría bien y ella le respondió que no se preocupara, que tenía amigos en el pueblo y que pasaría la noche con ellos.

—Pero nunca llegó —dijo Cole.

—No… Asumimos que había tomado el tren y que había vuelto a casa. No supimos que algo malo había pasado hasta el día siguiente.

—¿Por qué no te llamó?

—El teléfono en la parada de autobuses estaba fuera de servicio.

—Tenía su teléfono celular.

Abbie negó con la cabeza.

—Aquí no hay señal. La policía piensa que quizá trató de

llamarnos y que, como no pudo hacerlo, decidió ir caminando hasta nuestra casa...

Su voz se desvaneció y bajó los ojos, dispuesta a no decir más. Pero Cole pareció no darse cuenta o simplemente no le importó.

—Así que eso es lo que pasó —dijo él—. En algún lugar entre la parada de autobús y tu casa... alguien la atacó.

Abbie asintió en silencio.

—¿Dónde estabas tú entonces? —preguntó Cole.

Abbie lo miró de pronto.

—¿Qué?

—¿En dónde estabas cuando Rachel iba camino a tu casa?

—Te acabo de decir que...

—¿Seguías en casa de tu suegra?

Su mirada comenzaba a enfurecerse.

—¿Por qué me preguntas...?

—¿A qué hora te fuiste?

Abbie miró a Cole, incrédula.

—No tienes ningún derecho a *interrogarme*.

—¿Por qué no?

—Yo era su *amiga*, por el amor de Dios. Si tú crees que...

—Yo no creo nada —dijo Cole con calma—. Sólo quiero saber qué le pasó a Rachel. Entre más me digas, más puedo saber.

Abbie siguió observándolo un momento, pero me di cuenta de que su enojo desaparecía.

—Pues sí... —murmuró al fin—. No hay mucho más que te pueda decir. No sé nada *más*. Quisiera, pero no sé más.

Cole estaba a punto de seguir preguntando, pero antes de que pudiera hablar, le toqué el hombro y le dije:

—Creo que ya casi llegamos.

Me miró y miró por la ventana. Había millas de páramo vacío frente a nosotros.

—¿Casi llegamos a dónde? —dijo—. Aquí no hay nada.

—Acabamos de pasar un señalamiento —respondí.

—¿Cuál señalamiento?

—Uno de Lychcombe.

—Tiene razón —dijo Abbie poniéndose de pie—. Es la siguiente parada, a la vuelta de la esquina.

Mientras ella caminaba frente a nosotros en el autobús, Cole siguió viendo por la ventana. Sus ojos absorbieron las colinas peladas y los conjuntos de rocas y el camino gris que subía por los montes. Sentí lo que él pensaba: *éste no es un buen lugar para morir.*

Bajamos del autobús y lo vimos partir. Nos quedamos parados un momento, hipnotizados por el infranqueable silencio del páramo. Yo nunca había oído algo así. No era un silencio mudo: estaba el suave rozar del viento sobre la hierba, el solitario balar de las ovejas en la distancia, el graznar de los cuervos en el bosque cercano... Pero de alguna manera eso lo hacía todo aún más silencioso. No había sonidos *humanos*. No había tráfico. No había voces.

Era el silencio de otro tiempo.

De otro tiempo.

Otra parada de autobuses. Otro día. Otra noche. Podía sentirlo: el cielo lluvioso y oscuro, Rachel bajando del autobús, tratando de llamar desde su teléfono celular, corriendo hasta la cabina telefónica, intentando comunicarse con Abbie. Pero el teléfono está fuera de servicio. Roto, descompuesto, no sirve. No hay señal. No hay respuesta. Ella no puede oírme. Está a miles de millas de distancia. Está completamente sola. Tiene frío y está mojada, y todo es oscuridad y viento y ahí afuera hay algo, algo que no debería estar ahí...

—No pienses en eso.

Cole estaba de pie junto a mí, con la mano sobre mi hombro.

—No puedo evitarlo —le dije.

—Lo sé.

Dio un ligero apretón a mi hombro y se volvió a mirar a Abbie. Ella nos esperaba del otro lado del camino.

—No la presiones demasiado —le dije a Cole en voz baja—. Tiene miedo de algo. Si tratas de sacarle información por la fuerza, no va a decir nada. No seas duro, ¿OK?

Cole asintió. Todavía miraba a Abbie cuando dijo:

—¿De verdad crees que se parece a Rachel?

—A veces —dije—. Otras veces no estoy tan seguro. Su cara cambia todo el tiempo. A veces parece una *anti*-Rachel.

Cole me miró.

Me encogí de hombros.

Caminamos hacia Abbie y ella nos llevó hacia una intersección en forma de V. Uno de los caminos se desprendía de la avenida principal y se dirigía hacia un valle.

—Éste es el camino a Lychcombe —nos dijo—. El pueblo está allá abajo.

Miré el angosto camino y vi un reguero de edificios grises en el fondo del valle. No había ningún movimiento además de un listón de humo que salía de la chimenea de una cabaña. El pueblo estaba completamente quieto y en silencio bajo la luz del atardecer.

Nos dirigimos hacia allí.

El camino bajaba por una pendiente que llevaba directamente a un pequeño puente de granito que cruzaba un río poco profundo de camino al pueblo. Alcanzábamos a ver millas y millas del páramo a nuestro alrededor. En ambos lados del camino, la meseta era interrumpida con grupos de rocas y robles talados. Lejos, a la derecha, podíamos ver unos ponis regordetes pastando en la hierba seca. Pude oler su aliento dulce en la distancia. También se distinguían otros olores: tierra, arbustos, enebro. Desde una antigua gasolinera a media colina llegaba el olor del petróleo, y del lado opuesto a ésta salía humo de madera que volaba sobre el bosque.

El camino lo atravesaba todo: la colina, el puente, el pueblo, y salía por el otro lado. Había una gran casa de piedra en el otro extremo del pueblo. Justo ahí, el camino viraba violentamente hacia la izquierda antes de llegar a una zona oscura del bosque que subía hacia las colinas lejanas.

Yo caminaba detrás de Cole y de Abbie. Iban diez metros por delante de mí, caminando uno al lado del otro. Pude ver que habían comenzado a hablar de nuevo, pero no podía escuchar lo que decían, así es que apuré el paso y los alcancé. Cuando llegué a donde estaban, escuché que Abbie le explicaba algo a Cole y señalaba el pueblo. Cole asentía.

—¿Tú dónde vives? —le preguntó a Abbie.

—Justo ahí —señaló a la izquierda, un punto más allá del pueblo—. Desde aquí no se ve. Está como a media milla de la orilla del bosque.

Cole asintió de nuevo.

—¿Vas a caminar hasta allá?

Abbie negó con la cabeza.

—Vince vendrá a buscarme —dijo mirando a Cole—. ¿Necesitan que los llevemos a algún lugar? Con mucho gusto podemos...

—No, muchas gracias. Caminaremos.

Abbie asintió.

—¿Qué van a hacer?

Cole se encogió de hombros.

—No mucho.

—El último autobús sale a las ocho y media. No tienen mucho tiempo. Quizá puedan tomar un taxi de regreso...

—Quizá nos quedemos a dormir.

—¿Qué? ¿Aquí? ¿En Lychcombe?

—Puede ser. Ya veremos. ¿Hay algún lugar donde quedarse? ¿Qué hay de ese bar que mencionaste?

Abbie lo miró. Resurgió el miedo en su mirada.

—¿En el bar?

—Sí —dijo Cole—, o en algún hostal o algo por el estilo.

—No lo sé —dijo, dudosa—. Supongo que El Puente puede tener habitaciones disponibles...

—¿El Puente?

—El hotel El Puente. Es el bar del pueblo, aunque en realidad ya no es un hotel...

—Sólo necesitamos una habitación.

Abbie parecía estar a punto de decir algo, pero cambió de opinión y sólo se encogió de hombros, así que seguimos caminando en silencio un rato más.

Flanqueaba el camino una breve pared de piedras coronada por pequeños arbustos. Las piedras estaban cubiertas de liquen, y cuando lo miré más de cerca pude ver cortos tallos blancos con puntas color sangre creciendo entre los líquenes: cerrillos del diablo. Los dejé en paz y miré hacia el pueblo. En ese momento se encontraba justo frente a nosotros, a unos doscientos metros de distancia. Todavía no me parecía gran cosa, pero ahora que no estábamos tan lejos me di cuenta de que había más que construcciones regadas en desorden. Había una calle principal, un par de calles laterales... autos y tiendas y gente, y algo de movimiento.

En la vieja gasolinera también había movimiento. Era un lugar sucio y destartalado que parecía a punto de cerrar sus puertas para siempre. Las dos antiquísimas bombas de gasolina estaban selladas con cinta y el edificio principal estaba tapiado. Sin embargo, no estaba desierto. Había una pipa de gasolina estacionada cerca de las bombas y, frente al edificio, un grupo de hombres pasaban el rato junto a una camioneta Land Rover verde; en el fondo pude ver un par de motocicletas y una pickup Toyota. Un hombre que llevaba un overol azul bajaba una pesada manguera desde la pipa hasta un tanque de gasolina que estaba frente a una de las bombas. El resto de los hombres lo miraba en silencio. Detrás de la pipa ronroneaba un generador.

—Ahí está Vince —dijo Abbie mirando al grupo de hombres.

No supe a quién se refería, pero de inmediato pensé que no me agradaría. Todos parecían ser malas personas.

—¿Qué están haciendo ahí? —preguntó Cole.

Pensé que se refería a los hombres en la gasolinera, pero cuando lo miré me di cuenta de que Cole ni siquiera los miraba. Miraba, en cambio, a un grupo de tráileres en un campo vacío cercano al bosque, del otro lado del camino.

—Son gitanos —respondió Abbie.

Cole la miró.

—Eso supuse.

—Ah, claro —dijo ella un poco avergonzada—. Por supuesto, lo siento —miró hacia el campamento—. En realidad no sé nada de ellos. Viven ahí desde hace unos seis meses.

Cole asintió escrutando el campamento, que estaba lejos del camino, a nuestra derecha, al final de una vía oxidada. En total eran ocho tráileres formando un semicírculo. El resto del lugar estaba salpicado de autos y camionetas: BMW, Shogun, pick-ups, camionetas. En el campamento tenía lugar cierta actividad silenciosa. Un niño jugaba con un perro, una fogata humeaba al viento, había un poni moteado que estaba atado a un abrevadero...

Me gustó.

Me hizo sentir bien.

Oí un motor que arrancaba y cuando miré hacia la gasolinera, vi que la Land Rover salía de la estación y se dirigía a nosotros por el camino. Por la manera en la que Abbie la miraba, adiviné que el conductor era Vince. Era un hombre grande. Con una gran cabeza, como de granjero. Su rostro era burdo y su pelo era grueso y color marrón.

Abbie se volvió hacia Cole.

—¿Están seguros de que no quieren que los dejemos en algún lugar?

—No, gracias.

La Land Rover se detuvo a nuestro lado. Vince bajó la ventanilla y miró a Cole de arriba abajo, despacio. Cuando terminó, se fijó en mí. No parecía estar muy impresionado.

—Está bien, Vince —explicó Abbie velozmente mientras avanzaba hacia el auto—. Son los hermanos de Rachel: Ruben y Cole.

Vince la miró.

Ella sonrió con dificultad.

—Está bien. Sólo vienen a...

Su voz se fue haciendo más débil conforme se dio cuenta de que no sabía qué estábamos haciendo ahí. Vince frunció el ceño, algo disgustado. Entonces se volvió y saludó ásperamente a Cole con la cabeza. Cole le sostuvo la mirada y lo saludó de vuelta. Vince me miró, esta vez intentando parecer comprensivo, pero no funcionó. La verdad era evidente: él quería decir algo apropiado acerca de Rachel, pero no sabía cómo hacerlo; y también quería saber qué estábamos haciendo ahí, sin embargo, no quería que nos diéramos cuenta.

Volvió a mirar a Cole.

—¿Se van a quedar en Plymouth? —su voz era profunda, con un ligero acento del oeste.

Antes de que Cole pudiera responderle, Abbie abrió la portezuela del lado del pasajero y subió a la Land Rover.

—Están pensando en quedarse esta noche en El Puente —le dijo a Vince.

Un asomo de sorpresa atravesó la cara de Vince mientras miraba a Abbie. Ella se volvió para abrocharse el cinturón de seguridad.

Vince le dijo a Cole:

—En El Puente no pasa gran cosa.

Cole se encogió de hombros.

—No importa, no queremos hacer gran cosa.

—No sé si tendrán habitaciones disponibles... —miró a sus espaldas al escuchar un ruido proveniente de la gasolinera, seguido por una risa perezosa. Yo me di vuelta para ver al hombre del overol azul haciendo aspavientos con la mano, como si se la hubiera golpeado con algo. Los otros lo señalaban y reían. Vince se volvió hacia nosotros y hundió el embrague; ahora su cara lucía mucho más cálida.

—Súbanse atrás, si quieren —nos dijo—. Yo los llevaré a El Puente. Si no tienen habitaciones, se pueden quedar con nosotros.

Los ojos de Abbie se abrieron.

—Gracias —dijo Cole—, pero creo que caminaremos.

—¿Están seguros?

Cole asintió.

Vince se inclinó sobre la guantera y extrajo un lápiz y un pedazo de papel.

—Les daré nuestro número de teléfono —dijo mientras escribía en el papel—. Llámennos si necesitan algo, ¿de acuerdo? —le tendió el pedazo de papel a Cole—. Tenemos espacio suficiente si cambian de opinión. Nadie los molestará ahí.

Cole guardó el papel en el bolsillo y le dio las gracias de nuevo. Vince se despidió con una ligera inclinación de cabeza, miró sobre su hombro para dar marcha atrás sobre el camino y se alejó a toda velocidad colina abajo.

# CINCO

La luz empezaba a desaparecer mientras caminábamos hacia el pueblo. Lo cierto es que el cielo no estaba oscuro, simplemente había cierta ausencia de luz. Era como si el día estuviera muriendo y la noche hubiera olvidado llegar.

Abajo, en el valle, el pueblo lucía vacío y muerto. Vimos pasar la Land Rover, que desapareció en la esquina al final de la calle principal. Cuando se hubo marchado, el mundo pareció detenerse de nuevo. El campamento de gitanos carecía de vida. La gasolinera estaba en calma. Ni siquiera estaba seguro de que *nosotros* estuviésemos moviéndonos. Sé que lo hacíamos: podía oír nuestros pasos, pero incluso nuestro caminar estaba impregnado de inmovilidad.

Sonido, silencio, luz, oscuridad… Algo en ese lugar hacía que todo muriera.

—¿Qué te parece? —dijo Cole al final.

—¿Qué me parece qué?

—Lo que sea.

—No lo sé —le respondí—. Creo que *algo* extraño está pasando, pero no sé qué es.

—¿Y Abbie? —preguntó.

—Está asustada. No le gusta que estemos aquí. Creo que se siente culpable de algo.

—¿Por Rachel?

—Puede ser… No lo sé.

—No mencionó la gabardina.

—No lo hizo —coincidí.

—¿Qué opinas de su esposo?

—¿Qué opinas *tú*?

Cole se encogió de hombros.

—No me inspira confianza. Tampoco me agrada… Claro que eso no importa.

Encendió un cigarro y seguimos caminando en silencio.

Conforme nos acercábamos a la gasolinera, me fijé en la pipa estacionada cerca de las bombas. El chasis era un viejo Bedford de los años setenta, parecido al que papá tenía en el depósito de chatarra: pequeño, rechoncho, cuatro llantas detrás y dos al frente, con una escalera que daba a la cabina principal. El hombre del overol azul peleaba aún con la manguera, pero los otros habían dejado de mirarlo: ahora nos miraban a nosotros. Eran cuatro: dos con aspecto de metaleros; uno con ojos de loco, como de ocho pies de altura, y un tipo flacucho en un andrajoso traje rojo.

—Sigue caminando —me indicó Cole.

—¿Qué?

—Que sigas caminando y no los mires.

Hice lo que me dijo mientras trataba de no pensar en ellos, mirando al frente, pero aún podía sentir sus miradas sobre nosotros. Era la clase de mirada de la que no puedes escapar: de villano pueblerino, de criminal de poca monta, de neandertal. Mirada de humanimal.

—¿Qué están haciendo? —le pregunté a Cole.

—Nada… Sólo miran. No te preocupes —dijo tocándome el brazo—. ¿Sabes algo sobre pipas de combustible?

—¿Qué?

—Me pregunto qué hace esa pipa ahí. No está descargando combustible… El lugar está cerrado. Supongo que están ordeñando las bombas. ¿Tú qué crees?

—Sé lo que estás tratando de hacer, Cole —le dije.

—No estoy tratando de hacer nada…

—Claro que sí: estás tratando de distraerme para que no piense en esos locos de la estación de gasolina.

—Ah, ¿sí?

—Sí.

—¿Está funcionando?

—En realidad, no —levanté la mirada—. Sabes que caminan hacia nosotros, ¿verdad?

—Sí.

—No vas a hacer ninguna estupidez, ¿verdad?

—No.

Los cuatro hombres cruzaban la calle y se dirigían hacia nosotros: Traje Rojo venía al frente; los otros tres caminaban alienados tras él. Cole me tocó otra vez el brazo y ambos nos detuvimos. Yo sabía que no *debía* mirar a aquellos tipos fijamente: era la peor opción posible, pero no podía evitarlo. Nunca antes había visto a un hombre flacucho con un traje rojo en medio de Dartmoor.

¿Cómo podía no ver *eso* fijamente?

Traje Rojo sonreía: me sonreía. Su pelo casi a rape era tan rojo como su traje. Tenía los dientes afilados y había algo extraño en sus ojos. No sé *qué* era lo extraño, pero ahí estaba. Todo en él era raro.

Se detuvo frente a nosotros y metió las manos en los bolsillos. Los otros se detuvieron tras él.

—¿Todo bien? —dijo mirándome fijamente.

No respondí. Sabía que si decía algo mi voz sonaría temblorosa, así que mantuve la boca cerrada y esperé a que Cole hiciera lo suyo. No tuve que esperar mucho tiempo.

—¿Se les ofrece algo? —le preguntó Cole a Traje Rojo.

Rojo lo miró sonriente.

—¿Disculpa?

—Ya me oíste.

La sonrisa de Rojo se tensó.

—Sólo estoy saludando —dijo encogiéndose de hombros—. Los vi hablando con Vince hace un momento…

—¿Eso es todo?

Rojo lucía confundido. Cole se le acercó.

—¿Eso es todo lo que quieres?

—No entiendo lo que…

—Estás en mi camino.

La sonrisa desapareció del rostro de Rojo y sus ojos se helaron. Detrás de él, el grandulón comenzó a pestañear como desaforado y caminó un poco hacia el frente. Cole lo ignoró y se acercó a Rojo; lo miró detenidamente a los ojos.

—Estás en mi camino —dijo de nuevo, en voz muy baja—. Si no te quitas en este momento, vas a salir lastimado.

Antes de que Rojo pudiera responder, el grandulón se puso delante de él y trató de alcanzar a Cole. Mi hermano ni se movió. Simplemente bajó el hombro y dio al grandulón un puñetazo en la garganta. El hombre trastabilló hacia atrás, con los ojos saltones a punto de estallar, y Cole le dio otro golpe en la cabeza: el grandote cayó al piso como un costal. Mientras caía, ahogándose y chillando, tratando de respirar, Cole se volvió hacia Rojo.

Rojo levantaba las manos y caminaba hacia atrás, sus ojos sorprendidos se alternaban entre el grandulón y Cole.

—Mierda —dijo sacudiendo la cabeza—. No hacía falta que hicieras eso.

—No *hace falta* que haga nada —murmuró Cole dirigiéndose a los dos metaleros. Estaban de pie, observando al grandulón tirado en el suelo mientras su rostro iba adquiriendo un extraño tono azul. Los metaleros miraron a Cole, vieron que él los miraba a ellos y se apartaron del camino.

—Vamos, Rub —dijo Cole poniendo la mano sobre mi hombro.

Mientras pasábamos frente a ellos, Rojo y los dos metaleros se hicieron a un lado para dejarnos pasar. Cole no los miró; creo que ya ni siquiera notaba su presencia. Pero yo sí. Seguimos camino abajo y pude sentir que sus miradas me quemaban la nuca.

—Prometiste que no harías ninguna estupidez —le dije a Cole.

—No lo hice.

—Pudiste haberlo *matado*.

—Sí, pero no lo maté, ¿verdad?

—Por Dios, Cole. ¿Por qué siempre tienes que…?

Me interrumpió un repentino grito a nuestras espaldas.

—¡Hey! ¡Hey! ¿Me estás oyendo, mestizo?

Era Rojo. Cole y yo lo ignoramos y seguimos caminando.

—Los veo más tarde —gritó Rojo—. ¿Me oyen? A los dos, ¿eh? Los veo más tarde…

Miré a Cole.

—Te dijo *mestizo*.

—¿Qué te hace pensar que me lo dijo a mí?

—Dijo que nos vería más tarde.

—Supongo que así será.

Mientras caminábamos colina abajo, me di cuenta de que ahora teníamos otro tipo de público. Más allá de las vías podridas que llevaban hasta el campamento de los gitanos, tres figuras nos miraban en silencio: un hombre bajito con la nariz rota, una niña de ojos enormes y una chica mayor con un bebé en brazos. Había dos perros acostados junto a la chica del bebé: uno de caza y un Jack Russel de tres piernas. La chica tenía más o menos la misma edad de Cole, sus ojos verde pálido y su pelo negro como el ala de un cuervo. Estaba callada, inmóvil, y era hermosa. Miré a Cole; él la veía fijamente y pude sentir que algo se removía en su interior. No estaba seguro de qué era, pero no me pareció correcto sentirlo, así que lo dejé por la paz y me salí de su cabeza.

Nos acercamos a los tres gitanos, que seguían mirándonos. Era imposible leerles los ojos.

—¿Te vieron golpear al grandulón? —le pregunté a Cole.

—Sí.

—¿Crees que sepan quiénes somos?

—Probablemente.

Estábamos ya muy cerca de ellos. Oí que el bebé gorgoteaba. Vi el brillo del pelo azabache de la chica. Vi cómo estudiaba a Cole mientras él saludaba al hombre con un movimiento casi imperceptible de la cabeza. El hombre se mantuvo inmóvil por un instante; después él también asintió.

Eso fue todo.

Pasamos junto a ellos sin decir palabra y seguimos nuestro camino al pueblo.

Por la forma en que Cole lo explicaba, todo parecía muy sencillo.

—Iremos al hotel El Puente, comeremos algo y mañana a primera hora empezaremos a buscar en el pueblo.

Pensé en preguntarle qué era lo que buscaríamos, pero preferí callar. Estaba demasiado cansado y hambriento para pensar en eso; lo único que quería era comer algo e irme a acostar.

Desafortunadamente, las cosas no ocurrieron así.

Los problemas comenzaron sobre al angosto puente de piedra que llevaba al pueblo. Estábamos justo a la mitad y yo le decía a Cole que el puente estaba hecho de enormes planchas de granito, y que seguramente estaba ahí desde el siglo XIV. Él hacía su mejor esfuerzo por no bostezar cuando, de pronto, oímos el motor de un auto rugir a gran velocidad detrás de nosotros. Nos volvimos y vimos la pick-up Toyota acelerando hacia nosotros, que estábamos a punto de cruzar el puente. El grandulón estaba tirado sobre el asiento del pasajero y Traje Rojo conducía, sonriendo como un lunático mientras pisaba el acelerador y se dirigía directo hacia nosotros. El estómago me dio un vuelco y se me helaron las piernas. Por un segundo pensé que moriríamos. De verdad pensé que ya éramos historia. Lo más extraño fue que aquello no parecía molestarme. Estaba petrificado pero no sentía miedo. En realidad no sentía nada. No fue sino hasta que Cole me agarró del brazo y me lanzó contra uno de los soportes de piedra en la orilla del puente, y que el auto pasó como un bólido junto a nosotros, envuelto en una nube de risas y gritos… No fue sino hasta entonces que comencé a sentir algo; e incluso en ese momento no sabía bien qué era lo que sentía.

Pudo haber sido miedo o sorpresa o ganas de vomitar…

O tal vez haya sido algún tipo de amor.

Cole me tenía abrazado y estábamos de pie sobre una columna del puente. Estaba hecha de granito, era muy angosta y se alzaba diez metros sobre el río. Las aguas lucían frías y cobrizas. Cole estaba de espaldas al río y luchaba por mantener el equilibrio. Yo intenté bajar hacia el puente para darle más espacio, pero él me aferró de nuevo y me detuvo.

—¿Qué…? —comencé a decir.

Entonces pude oírlo: el sonido de dos motores de motocicleta. Levanté la mirada y vi a los dos metaleros gritando mientras bajaban la colina, directo hacia nosotros.

Cole se puso frente a mí, con los ojos fijos sobre las motocicletas que se aproximaban.

—¿Qué haces? —le pregunté.

No me respondió, pero no importaba. Sabía lo que mi hermano estaba haciendo: trataba de bajar al puente. Iba a atacar a los motociclistas. Me moví para evitar que bajara. Cole se movió hacia el otro lado; volvió a moverse; dejó de moverse y me miró diciéndome con los ojos que me quitara de su camino.

—No seas estúpido, Cole —le dije—. Detenerlos no nos va a ayudar en nada, ¿o sí?

Los motociclistas ya estaban cruzando el puente. Cole los miró. Pude ver los ojos de mi hermano mientras las motocicletas se acercaban rugiendo. En el último momento se alejaron un poco de nuestro lado del puente y siguieron su camino hacia el pueblo.

Después de un largo par de segundos, Cole se volvió hacia mí.

—Está bien. Ya me puedes soltar.

Ni siquiera me había dado cuenta de que lo estaba apretando con fuerza.

Cinco minutos más tarde estábamos parados afuera del hotel El Puente. Se trataba de un gran edificio de piedra en medio de la calle principal. De la pared caía pintura blanca descascarada que dejaba ver parches de granito gris. Las ventanas estaban cubiertas por una gruesa capa de polvo. El letrero sobre la puerta mostraba un dibujo del puente que acabábamos de cruzar. Decía: *Hotel El Puente. Vinos y cervezas finas. Cenas familiares. Habitaciones disponibles.* Un pizarrón en la puerta anunciaba: *¡Futbol en vivo!* Y en otro aviso se leía: *No se admiten húngaros.*

—Parece lindo —dije.

Cole gruñó.

Las luces de la calle estaban encendidas, sin embargo, no había mucho que ver. El pueblo estaba desierto. Las calles y las aceras estaban completamente vacías. Muchas de las casas tenían tapiadas las ventanas y las puertas, y el único comercio que habíamos visto hasta ese momento era un expendio de periódicos con la ventana pintada de blanco.

—¿Estás listo? —me preguntó Cole.

Lo miré.

—¿Estás seguro de que es una buena idea?

—Necesitamos un lugar donde quedarnos —respondió sencillamente.

—Lo sé, ¿pero ya viste lo que hay ahí?

Vio la pick-up Toyota y las dos motocicletas estacionadas afuera del hotel.

—No te preocupes —dijo.

—¿Y ya leíste esto? —le pregunté señalando el anuncio de *No se admiten húngaros* que estaba en la puerta.

Cole se encogió de hombros.

—¿Qué tiene?

Lo miré.

—Nosotros no somos húngaros, ¿o sí? —añadió—. Somos mestizos. No dice que no se acepten mestizos.

—No.

—Entonces, ¿cuál es el problema?

—Ninguno… No hay ningún problema.

—Bien, vamos a entrar.


La puerta principal del hotel nos llevó hacia un corredor mal iluminado y repleto de aire estancado. Una puerta del lado derecho daba directo al bar, y puertas dobles a la izquierda llevaban al comedor, o lo que solía ser el comedor. Quedaban algunas mesas aquí y allá, y una o dos sillas polvosas, pero aparte de eso, la habitación estaba tan vacía como todo lo demás por esos rumbos: la máquina de cigarros tras la puerta, la recepción al final del pasillo, el portapapeles donde uno esperaría encontrar folletos turísticos colgado de la puerta. Todo vacío. Incluso el sonido proveniente del bar parecía vacío: las voces, el choque de los vasos, las risas beodas. Era un sonido lleno de nada. No me gustaba lo que oía. Cuando Cole abrió la puerta y los dos entramos, todo cayó de pronto en un profundo silencio, y eso me gustó aún menos.

El bar era una habitación angosta y rectangular de techos altos y blancos, con una alfombra roja y mugrosa. Del lado izquierdo había una barra de madera a todo lo largo de la pared. El resto del lugar estaba ocupado por una docena de mesas y sillas. En la parte trasera había un televisor de pantalla ancha que proyectaba un canal de deportes. El bar estaba lleno y casi todas las mesas estaba ocupadas. Ahí no había vacío; era una habitación llena de caras, y todas las caras nos miraban a Cole y a mí. Viejos, jóvenes, mujeres jóvenes que parecían viejas: había de todo. Todos diferentes pero al mismo tiempo iguales: amargados y muertos, entre los que no éramos bienvenidos.

Revisé las caras y localicé a Traje Rojo casi de inmediato. Estaba sentado cerca de la ventana, junto a un par de tipos con jeans apretados y un viejo con ojos color ámbar y barba de cuáquero. Traje Rojo nos sonreía. El tipo de la barba parecía no haber sonreído en toda su vida.

En definitiva, aquélla era una situación espeluznante. Lo único bueno era que al final de la barra estaba sentado un policía. No es que pareciera un gran policía: tenía la cara roja y sudorosa, los ojos vidriosos. Fumaba un cigarro y engullía cerveza. Como fuera, aquello era mejor que nada.

Pronto sabría que estaba equivocado.

Las miradas fijas no molestaron a Cole. Simplemente se quedó parado un momento, mirando con tranquilidad a su alrededor. Se desabotonó la chamarra y comenzó a caminar hacia la barra. Lo seguí de cerca; no había mucho espacio en la barra. Los que se encontraban ahí no se esforzaron por dejarnos pasar, pero de alguna manera, Cole consiguió abrirse paso sin tener que empujar muy fuerte. En una ocasión dijo "con permiso". Detrás de la barra, un hombre con camisa blanca tomaba whisky y fumaba recargado sobre la caja registradora.

—Necesitamos una habitación —le dijo Cole al hombre.

—¿Que qué?

—Que necesitamos una habitación.

Alguien del otro lado de la barra soltó una carcajada.

—¿Quiénes *necesitamos*? —preguntó el cantinero.

—Mi hermano y yo.

El cantinero me miró y luego a Cole.

—¿Ése es tu hermano?

Cole asintió. El cantinero negó con la cabeza y dijo:

—No aceptamos niños.

—¿A qué se refiere?

—¿A qué crees que me *refiero*?

—No lo sé —dijo Cole tranquilamente—, por eso le estoy preguntando.

El cantinero vació su whisky de un trago, dio una calada a su cigarro y lo apagó de un golpe en el cenicero que había frente a él. Alguien lo llamó desde el otro extremo de la barra.

—Will, un par de tarros cuando puedas.

Will asintió y comenzó a servir un tarro. Cole lo observaba y yo me di cuenta de que el bar volvía a llenarse de ruido. La gente hablaba. La gente bebía. La gente reía.

Me coloqué detrás de Cole y le susurré al oído:

—Vamos, salgamos de aquí.

Cole no se movió, sólo siguió mirando a Will el cantinero. Lo miró llenar los tarros y llevarlos a sus dueños. Lo miró recoger el dinero y meterlo en la caja registradora. Lo miró sacar el cambio y llevarlo a los clientes. Entonces dijo:

—Oiga, señor, le estoy hablando.

Will se detuvo y lo miró. La habitación volvió a quedar en silencio. Lo único que yo escuchaba era el latido de mi corazón.

Will le respondió a Cole:

—Mira, muchacho, te lo acabo de decir: no aceptamos niños. Si tú quieres una habitación, está bien, pero el mocoso no se va a quedar aquí.

Me miró de nuevo y, por alguna extraña razón, le sonreí. No sé por qué… Quizá fue porque nunca nadie me había llamado mocoso. No sé bien qué quiso decir, pero en cierta forma, me gustó.

—¿Cuántos años tienes, niño? —me preguntó Will.

—¿Qué?

—¿Que *cuántos* años tienes?

—Cuarenta y seis —me oí decir—. Sé que es difícil de creer, pero tengo una extraña enfermedad glandular que me hace ver eternamente joven. Es un problema genético… Ha estado en mi familia durante años.

Me miró por un momento, negó con la cabeza y se volvió hacia Cole.

—Vamos —dijo moviendo la cabeza hacia la puerta—. Fuera de aquí los dos.

—Quiero una bebida —respondió Cole.

—Ve a buscarla en otra parte.

—Me gusta este lugar. Tiene buen ambiente —sacó un billete de veinte libras y lo puso sobre la barra—. Un tarro de cerveza, por favor —dijo, y me preguntó—: ¿Tú qué quieres, Rub?

—Otra cerveza.

Cole asintió y le dijo a Will:

—Dos cervezas —empujó el billete hacia Will—. Y una para usted.

Will no se movió; sus ojos miraron por un instante hacia un lado y vi que el policía se acercaba a nosotros. Era calvo y gordo: cabeza gorda, boca gorda, barrigón. Su cara brillaba por el sudor. Tenía un cigarro entre los labios. Se detuvo frente a nosotros y pude oler la cerveza y el humo de cigarro en su aliento.

—Muy bien, muchacho —le dijo a Cole—. Ven conmigo afuera un momento.

Cole lo miró de arriba abajo.

—¿Y usted quién demonios es?

El policía puso su mano sobre el hombro de Cole, quien la miró. El policía agregó:

—Tú no eres de los que escucha, ¿verdad?

—Quite su mano de…

—Cállate. ¿Qué se te dijo esta tarde?

—¿Qué?

—¿Qué te dijo Pomeroy?

—No dijo…

—Yo te diré qué es lo que *no* dijo. No les dijo que vinieran aquí y se pusieran a golpear gente, ¿verdad? Tampoco les dijo que vinieran a molestar a los habitantes del pueblo. No, lo que les dijo fue que no se metieran en problemas y que nos dejaran este asunto a nosotros. *Eso* les dijo. ¿Lo recuerdan?

Cole no respondió.

El policía sonrió.

—Yo sé que están bajo mucha tensión en estos momentos, por lo de su hermana y todo eso, pero se les advirtió que no pueden inmiscuirse en la investigación, ¿verdad? —mientras todavía miraba a Cole, el policía fumó y dejó salir el humo por un lado de la boca—. Así es que, mira, esto es lo que quiero que hagan: al final de la calle High hay un teléfono público. Vayan ahí y llamen un taxi. Espérenlo cerca de la cabina, suban al taxi y díganle al conductor que los lleve a Plymouth. Cuando lleguen a la estación, suban al tren y regresen a Londres. Hagan eso por mí y me olvidaré de todo lo demás, ¿de acuerdo?

Cole lo miró largamente, evaluando sus opciones. Yo sabía bien lo que mi hermano deseaba hacer: quería partirle la cara al policía, romperle la cabeza y estrellarla contra la barra. Sin embargo, Cole no era estúpido; sabía que había un momento y un lugar para todo, y aquellos no eran ni el momento ni el lugar.

Siguió mirando al policía, dejando claras sus intenciones y luego asintió.

—Muy bien —dijo el gordo policía soltando el hombro de mi hermano—. Vayan, pues.

Caminamos hacia la salida. Pude sentir la mirada del hombre con la barba de cuáquero clavada en Cole. Todos lo miraban fijamente, pero el hombre de la barba era distinto. Él sabía quién era Cole. Sabía que traería problemas. Presentía la tormenta.

Fuera del hotel, guardé silencio mientras Cole revisaba su teléfono celular. Por la manera en que lo inspeccionaba y por cómo lo cerró de golpe, supuse que no tenía señal. Me miró. Saqué el teléfono de mi mochila, lo vi y negué con la cabeza.

—Mierda —dijo.

Comenzamos a caminar hacia la cabina telefónica al final de la calle. No estaba lejos. Ahí nada estaba lejos. Podías recorrer el pueblo en medio minuto. Las cabañas a cada lado de la calle lucían grises, frías y sin vida, y pude ver otras tres con las ventanas tapiadas. Al final de la calle había una casa más grande, hecha de piedra; ésa no estaba tapiada. No era tan grande, aunque parecía enorme junto a las demás, como un centinela gris en aquel pueblo negro.

Seguí a Cole y observé a mi alrededor. La noche había terminado de caer y casi pude sentirla enroscarse en el mundo. Era una noche distinta de las que yo conocía: más fría, más oscura, más amplia. Abrumaba los sentidos. Podía distinguir el olor del páramo circundante. Podía oír los ruidos secretos de las colinas. Cuando levanté la vista, lo único que alcancé a ver fue un océano de estrellas contra un cielo perfectamente negro, como un millón de ojos brillantes. Nunca había visto tantas estrellas. Quería mostrárselas a Cole. Quería pararme a su lado y que las viéramos juntos, en silencio, preguntándonos qué querían decir…

Pero sabía que aquello no sucedería. A Cole no le interesan ese tipo de cosas. Para él las estrellas no son más que estrellas: ahí están… y nada más. ¿Qué hay que verles? Además, aunque hubiera querido verlas, en realidad él no estaba de humor para estrellas en ese momento. Todo le hervía por dentro. Lo supe por su manera de andar: la quijada apretada, los ojos quemando grandes agujeros en la oscuridad. Era mejor no molestarlo. En el bar había logrado controlarse, pero no haría falta mucho más para que diera la vuelta y regresara a destrozarlo todo.

Así que vi las estrellas solo.

Cuando llegamos a la cabina telefónica, Cole sacó de su bolsillo el pedazo de papel que le había dado Vince. Lo desdobló y miró el número de teléfono. Pude sentir que disminuía su furia para dejar paso al resentimiento. No quería tener que hacer esto; no quería *tener* que pedir ayuda. Y su-

71

puse que si yo no hubiera estado ahí, no lo hubiera hecho. Si Cole hubiera estado solo, simplemente habría robado un auto y habría manejado un rato hasta poder dormir en algún sitio apartado.

—¿Quieres que yo lo haga? —le pregunté.

Me miró.

—Dame —dije quitándole el papel de la mano—. ¿Tienes monedas?

Sacó un par de monedas del bolsillo y me las entregó. Fui hacia la cabina y marqué el número. Respondió Vince. Al principio fue muy cortante, pero en cuanto le dije quién era y lo que había pasado en el hotel, su tono cambió y sonaba muy amigable.

—¿Dónde están ahora? —preguntó.

—En la cabina telefónica del pueblo.

—Muy bien. Espérenme ahí y los iré a buscar. Llego en cinco minutos, ¿OK?

—Sí, gracias… Eres muy amable…

Colgó antes de que yo pudiera continuar.

Miré a Cole. Estaba parado fumando, con la mirada perdida. Puse más monedas en el teléfono y llamé a casa. Mi madre respondió casi enseguida.

—¿Cómo les va? —preguntó—. ¿Está todo bien?

—Sí, todo bien. Nos vamos a quedar en casa de Abbie Gorman esta noche. La encontramos en Plymouth.

—¿Cómo está Cole?

—Está bien.

—¿Han tenido algún problema?

—No…

—No me mientas, Ruben.

—No miento, de veras. Todo está bien. Se está portando muy bien.

La oí suspirar. Mamá conocía muy bien a Cole.

—Y tú, ¿cómo estás? —le pregunté.

—Bien.

—¿Está contigo el tío Joe?

—Sí, se va a quedar un par de días. ¿Cuándo creen volver?

—No estoy seguro —dije—. Mañana vamos a echar un vistazo por el pueblo a ver si podemos encontrar algo.

—¿Crees que encuentren algo?

—No lo sé, mamá. Este lugar no es la gran cosa. Si hay algo, no debería tomarnos mucho tiempo encontrarlo. Quizá un par de días.

—Bueno, pues tengan cuidado, ¿OK?

Hablamos un poco más de cosas sin importancia: del depósito, el negocio, lo que pasaba, lo que no… Entonces oí que un auto se acercaba a la cabina. Era Vince en la Land Rover.

—Tengo que irme, mamá —le dije—. Te llamo mañana.

Nos despedimos, colgué el teléfono y salí de la cabina. Cole estaba junto a la Land Rover hablando con Vince. Caminé hacia ellos.

—¿Con quién hablabas? —me preguntó Cole.

—Con mamá.

—¿Cómo está?

—Bien.

Miré a Vince. Estaba sentado en el asiento del conductor con los brazos ligeramente recargados sobre el volante, mirándonos fijamente. Por un momento, me pareció una araña cabezona esperando el momento preciso para paralizar a su víctima y envolverla con hilos de seda y llevarla hasta su guarida…

—Pueden meter sus mochilas en la parte de atrás —dijo.

Miré a Cole. Asintió. Pusimos las mochilas en la cajuela de la Land Rover, subimos al auto y nos adentramos en la oscuridad.

# SEIS

No tardamos mucho en llegar del pueblo a casa de Vince y Abbie. Un camino serpenteante nos llevó a través del bosque hasta una llanura en el páramo, y luego por un trecho de completa oscuridad que pudo haber sido cualquier cosa: el cielo, el espacio, la tierra, el mar. Era imposible saberlo. Para el caso pudo haber sido el vacío mismo.

—¿Todo bien? —me preguntó Vince.

—Ajá —murmuré contemplando a mi alrededor—. Qué vacío está todo, ¿no?

—Te acostumbras.

Después de un par de minutos, Vince bajó la velocidad, pisó el embrague y la Land Rover dio la vuelta por una curva hacia un camino empinado. El camino era un poco más ancho que la Land Rover y, en la oscuridad, los rayos de luz de los faros iluminaban las orillas a ambos lados como si fueran los muros de un túnel.

Cerré los ojos y me sujeté con fuerza.

Un poco más adelante volví a sentir que Vince disminuía la velocidad. Cuando abrí los ojos, virábamos hacia un jardín. Del otro lado de ese jardín había un par de luces pálidas que brillaban por las ventanas de una pequeña casa blanca, junto a la que se adivinaba la silueta de construcciones más grandes. Un granero, letrinas, cobertizos. En el otro extremo se podían distinguir los parches de granito en el campo.

Vince dio vuelta hacia el jardín y se estacionó frente a la casa.

—Ya llegamos —dijo apagando el motor y mirando a Cole—. Deben estar hambrientos.

Cole se encogió de hombros.

Vince me miró a mí.

Le sonreí.

—No queremos molestar…

—No es molestia —dijo—. Le diré a Abbie que les prepare algo.

Bajamos de la camioneta y seguimos a Vince hacia la casa.

Nunca antes había estado en una granja, así que no sabía si se trataba de una granja típica o no, pero supuse que sí. Vigas de madera, pisos de madera, leños crepitando en el fuego, una estufa antigua en la cocina. Una despensa en el patio trasero.

Fuimos con Abbie al piso superior, donde nos mostró una habitación pequeña. Tenía una cama doble, un sofá-cama y muebles de pino.

—El baño está en el corredor —explicó—. Hay suficiente agua caliente por si quieren darse un baño. La comida estará lista en diez minutos.

—Gracias —respondí.

Se quedó de pie en la puerta, un poco incómoda, y percibí la tristeza que la invadía. También pude percibir que Abbie sentía otras cosas, pero no estaba seguro de lo que eran. Algún tipo de añoranza, quizá… El deseo de estar en otro sitio; también un poco de desesperanza. Fuera lo que fuera que añorara, ella no creía poder conseguirlo.

—¿En esta habitación se quedó Rachel? —le pregunté.

Abbie asintió.

—Se le olvidaron algunas cosas: un par de camisetas, ligas de pelo… Las iba a enviar a tu casa, pero la policía no me lo permitió.

Miré la cama.

—¿Ahí durmió?

Abbie asintió de nuevo. Yo seguí mirando la cama un momento, tratando de pensar en algo que decir, pero no se me ocurría nada. No era momento de hablar. Miré a Cole. Estaba parado en mitad de la habitación, haciendo lo que suele hacer: dejar que las cosas sucedan.

Le sonreí a Abbie.

Me sonrió de vuelta.

—Bueno —dijo—, los veo abajo —se dio la vuelta y salió de la habitación.

Oímos sus pasos por la escalera de madera y Cole cerró la puerta, tiró su mochila sobre la cama y se acercó a la ventana.

—¿Estás bien? —le pregunté.

—Sí.

—¿Crees que podamos hacer esto?

—¿Hacer qué?

—No sé… Esto que estamos haciendo.

Dejó de mirar por la ventana y se dirigió a mí.

—Ya lo estamos haciendo. Ya estamos aquí, ¿no? Estamos en medio de todo. Seguramente tú lo sabes mejor que yo.

—Sí, supongo que sí.

—Entonces, ¿por qué lo preguntas?

—Me siento inseguro —le respondí sonriendo—. A veces necesito saber qué estás pensando.

—Tú *sabes* lo que estoy pensando.

—Necesito oírlo.

Me miró con la cabeza perfectamente quieta. Sus ojos eran tan oscuros como la noche.

—¿Quieres saber lo que estoy pensando? —dijo suavemente.

—Sí.

Hizo una pausa y se movió hacia la puerta.

—Necesito ir al baño. *Eso* es lo que estoy pensando.

—Ya lo sabía —le dije.

—Eso pensé.

—Eso también lo sabía.

Cole abrió la puerta y salió sin mirarme.

Mientras esperaba a que Cole regresara, me acosté boca abajo sobre la cama. Estaba recién tendida: las sábanas y el edredón estaban limpios y frescos; las almohadas eran mullidas y firmes.

No había ningún rastro físico de Rachel; sin embargo, aún podía sentir su presencia. Cerré los ojos y enterré la cara en la almohada y pude oler su piel dormida. Pude oler sus sueños. Pude ver su cara en la oscuridad. Sus ojos estaban cerrados, su aliento era dulce. Su pelo negro y brillante estaba regado suavemente sobre la almohada blanca.

Sus labios se movieron.

*Vayan a casa, Rub*, me dijo. *Dejen que los muertos entierren a sus muertos. Vayan a casa.*

Cuando bajamos, la comida ya estaba sobre la mesa de la cocina. Había jamón, pollo, ensalada, pan. Agua embotellada, cerveza, vino. Abbie abrió la botella de vino y comenzó a servirle un poco a Cole.

—No, gracias —le dijo Cole.

—¿Seguro?

Cole asintió.

—¿Y tú, Ruben? —me preguntó.

Negué con la cabeza.

—¿Me puedes dar agua, por favor?

Me sirvió un vaso de agua y Vince abrió un par de cervezas. Le dio una Cole antes de que pudiera negarse.

—Salud —dijo y dio un largo trago.

La voz se le arrastraba un poco, y adiviné que no era la primera cerveza de la noche. Cole levantó la lata y brindó con él, pero no bebió. Yo choqué mi vaso con el de Abbie. Ella le dio un gran trago a su copa de vino y luego comenzamos a comer.

—Entonces —dijo Vince mordiendo una pierna de pollo—, ¿no los dejaron quedarse en El Puente?

Miré a Cole. Su cara expresaba: *Díselo tú.* Yo *ya* le había contado por teléfono, pero supuse que era algún modo de comenzar la conversación, así que hice lo propio y le volví a decir lo ocurrido. No entré en detalles ni mencioné nada del policía; no obstante, me quedó la impresión de que él ya lo sabía.

—Pues, bueno —dijo Vince cuando terminé—, aquí estarán mejor de todas formas. La verdad es que El Puente es un chiquero.

—¿Están a punto de cerrar? —le preguntó Cole.

Vince dejó de masticar un instante; pestañeó un par de veces y comenzó a masticar de nuevo.

—¿Quién te dijo eso? —le preguntó a mi hermano.

—Nadie, simplemente parece estar a punto de cerrar. El comedor...

—Ah, sí... Lo están remodelando.

—¿Y el resto del pueblo? —dijo Cole—. Las casas, las tiendas, la gasolinera: ¿también las están remodelando?

Un rastro de enojo nubló la cara de Vince. Se limpió la boca con una servilleta y alcanzó la lata de cerveza.

—Están haciendo muchos trabajos en el pueblo —dijo—. Muchas construcciones, mucha inversión. En todo el páramo. Hace un par de años, la economía estaba muy mal... Todo estuvo cerrado durante algunos meses —miró a Abbie—. La cosa se puso dura por un tiempo, ¿verdad?

Abbie asintió y dijo:

—Yo llevaba aquí sólo un par de meses. Mi madre estaba enferma, la granja parada... Fue muy duro. Muchos negocios quebraron: granjas, bares, restaurantes...

—¿Cómo se las arreglaron?

Abbie miró a Vince y luego a Cole.

—Bueno, no fue fácil...

—Pero lo lograron...

Abbie observó a mi hermano un instante y siguió comiendo. Cole abrió una botella de agua y sirvió un poco en su vaso.

—¿No te vas a tomar la cerveza? —preguntó Vince.

—Ahora no.

Vince se encogió de hombros y mordió un pedazo de pan.

—Supe que hubo algunos problemas en la gasolinera hace un rato.

Cole movió los hombros con indiferencia.

—No fue nada, sólo un pequeño pleito.

—¿Sí? Pues vaya pleito. El Gran Davy sigue en el hospital.

—¿El Gran Davy?

—Sí, el tipo al que golpeaste: Gran Davy Franks. Yo me iría con cuidado si fuera tú. No se le va a olvidar lo que le hiciste.

—No se supone que se le olvide. ¿Quién es el tipejo del traje rojo?

—¿Qué?

—El flaco pelirrojo con el que hablabas en la gasolinera. ¿Cómo se llama?

—Redman —respondió Vince con cautela—. Sean Redman. Todos lo llaman Rojo. ¿Por qué lo…?

—¿A qué se dedica?

—¿Qué?

Cole ya no comía. Estaba sentado a la mesa y veía a Vince con cientos de preguntas ardiendo en sus ojos. Noté que Vince comenzaba a molestarse. La verdad no me importaba; había caído en la cuenta de que Traje Rojo en realidad sí se llamaba Rojo.

—Ese tal Redman —repitió Cole—, ¿a qué se dedica?

Vince frunció el ceño.

—No se dedica a nada. Simplemente… no lo sé. Hace algunos trabajos aquí y allá. Trabaja en granjas, en la construcción, en lo que haya. ¿Por qué quieres saberlo?

—Por curiosidad —dijo Cole—. Me preguntaba cómo supo quiénes éramos, eso es todo.

Vince se encogió de hombros.

—Ya sabes cómo son las cosas en un lugar como éste. Nunca pasa nada… todos se conocen. Las noticias viajan rápido.

Los ojos de Cole se oscurecieron.

—Yo no diría que nunca pasa *nada*.

—Lo siento —murmuró Vince al darse cuenta de lo que había dicho—. No me refería a… Sólo quise decir que…

—Sé lo que quisiste decir —Cole dejó de mirarlo, como si no existiera, y comenzó a conversar con Abbie.

—Dijiste que Rachel dejó algunas cosas. ¿Unas camisetas o algo así?

Abbie asintió.

—La policía se lo llevó todo cuando revisaron la habitación.

—¿La policía local?

—No tenemos policía local.

—¿Qué hay del tipo que estaba en El Puente?

—¿Disculpa?

—Había un policía en el bar de El Puente: gordo, calvo, borracho.

—Suena a Ron Bowerman —respondió Abbie con cautela, y miró a Vince—. A veces Ron va a beber a El Puente, ¿verdad?

—Algo así —farfulló Vince.

Abbie siguió hablando con Cole.

—Ron es el oficial de la comunidad rural en esta zona. Su base está en Yalverton, pero se encarga de todos los pueblos locales.

—¿Está involucrado en el caso de Rachel?

—Pues, no exactamente...

—¿Qué quiere decir eso?

Abbie dudó un momento y volvió a ver a Vince, pero se encontró con una cara completamente en blanco; tragó lo que estaba comiendo y le dijo a Cole:

—Ron fue el primero en llegar a la escena del crimen.

—¿Él la *encontró*?

Abbie negó con la cabeza.

—No, un hombre que trabajaba en el bosque fue quien la encontró. Llamó por radio al servicio forestal y de ahí se comunicaron con Ron. Él fue allá y acordonó el área hasta que llegaron los detectives de Plymouth. Después ellos se encargaron. No creo que Ron haya tenido nada más que ver con el caso.

Mientras nos decía eso, yo pensaba en lo que Bowerman habría visto. Debió de ver el cuerpo desnudo de Rachel, desnudo y golpeado y maltratado. Debe de haberla *visto*. Él estuvo ahí. Él *estuvo* con ella. Y ahora, menos de una semana después, se dedicaba a humillar a su hermano y echarlo de un bar...

Miré a Cole. El odio en su corazón lo estaba matando. Trataba de controlarse por ahora, pero yo sabía que no lo haría por mucho tiempo más. Cuando llegara el momento (y no me cabía la menor duda de que llegaría), Ron Bowerman desearía no haber nacido.

—¿Dónde encontraron su cuerpo? —le preguntó Cole a Abbie.

—Como a una milla de aquí —le respondió señalando por

la ventana—, por allá. Hay un camino por el páramo que atraviesa el bosque hacia el lago Dolmen…

—¿Podemos ir? —le preguntó Cole.

—¿Cuándo?

—Ahora.

Abbie negó con la cabeza.

—No, ahora no. No se ve nada a esta hora de la noche. Nunca encontraríamos el lugar.

—Tampoco podríamos encontrar el camino de regreso —añadió Vince.

—Quizá mañana —dijo Abbie.

Cole asintió en silencio y miró por la ventana. La oscuridad era impenetrable. No se veía nada, ni luces, ni movimiento, ni vida… pero Cole seguía mirando.

Abbie murmuró algo a Vince y comenzó a limpiar la mesa. Vince fue al refrigerador y regresó con otra cerveza. Comenzaba a parecer bastante borracho. Tenía la cara más roja que antes, los ojos desenfocados. Cuando volvió a sentarse, tuvo que estirar un brazo para no perder el equilibrio.

—¿Todo bien? —me preguntó mientras abría la cerveza.

Asentí y miré a Cole. Mantenía la vista en la ventana, seguía mirando la oscuridad.

—¿Cole? —lo llamé.

Pestañeó y me miró.

—¿Estás bien? —le pregunté en voz baja.

No me respondió, sólo pestañeó de nuevo y miró hacia donde estaba Abbie secándose las manos con una toalla de cocina.

—¿A qué hora regresaste esa noche? —le preguntó a Abbie.

—¿Perdón?

—La noche en que Rachel murió… Dijiste que estabas en casa de tu suegra.

—Ya hablamos de eso…

—Lo sé, lo siento. Sólo quiero saber algunas cosas.

—Está bien —suspiró—. Sí, estaba en casa de mi suegra.

—¿Y a qué hora llegaste aquí?

Abbie miró a Vince, quien la vio a su vez. Abbie volvió a mirar a Cole mientras seguía secándose las manos.

—No lo recuerdo exactamente… Era tarde —volvió a mirar a Vince—. Era como la una de la mañana, ¿no?

—Algo así —dijo Vince dando un trago a la cerveza—. Yo la iba a recoger, pero el auto no arrancó. Tuvo que caminar de regreso —le dijo a Cole.

Cole miró a Abbie.

—¿Regresaste caminando?

Ella asintió.

—Me empapé…

—¿Caminaste desde el pueblo hasta aquí?

Abbie asintió de nuevo, pero más despacio, observando la toalla enroscada en sus manos. Cole la miró fijamente. Yo también. Los dos pensábamos lo mismo: si había caminado de regreso desde el pueblo aquella noche, tendría que haber recorrido el mismo camino que Rachel. La misma noche, el mismo camino.

La misma noche.

El mismo camino.

Cuando Abbie finalmente levantó la mirada, estaba pálida y tenía los ojos anegados de tristeza y culpa.

—Lo siento —dijo ella—. Iba a decirles… de verdad. Me siento fatal. No sabía cómo…

—¿La viste? —preguntó Cole en voz baja—. ¿Viste a Rachel?

Abbie negó con la cabeza.

—Yo estaría diez minutos detrás de ella… quizá menos —se limpió una lágrima—. Por Dios, si tan sólo yo hubiera salido unos minutos antes…

—No fue tu culpa —le dijo Vince.

Ella le lanzó una mirada y por un momento pude ver algo tras sus lágrimas. Pude ver asco y enojo. Vi odio. Todo desapareció de sus ojos tan rápido como llegó, pero estaba seguro de que no me equivocaba. Vi lo que su mirada hizo en Vince: parecía un hombre al que le hubieran dado una bofetada. También Cole lo notó.

—¿Qué le pasó a tu auto? —le preguntó Cole a Vince.

—¿Qué?

—Dijiste que el auto no arrancaba. ¿Qué le pasó?

—El carburador —respondió Vince encogiéndose de hombros—. Al principio pensé que era la lluvia, ya sabes... diluviaba. Pensé que el motor estaba mojado. Pero cuando lo sequé todo, seguía sin encender. Al día siguiente le tuve que poner un carburador nuevo —volvió a encogerse de hombros—. Fue mala suerte.

—¿Por qué dices eso? —preguntó Cole.

—Pues... ya sabes.

Cole lo observó y Vince dijo:

—Quiero decir que quizá pudimos haber visto algo, ya sabes, si el coche no se hubiera descompuesto y yo hubiera ido por Abbie...

—¿Pudieron haber visto a Rachel?

—Sí.

—¿Pero no la vieron?

—No.

Cole miró a Abbie.

—¿Y tú no viste nada cuando venías de regreso?

Abbie negó con la cabeza.

Cole guardó silencio.

Todo estaba en silencio.

Empezaba a confundirme un poco. Estaban pasando muchas cosas que yo no entendía. Había demasiados sentimientos. Demasiadas direcciones. Demasiadas líneas y colores en mi cabeza. Demasiadas sombras.

—Creo que será mejor que nos vayamos a acostar —dije.

Cole me miró. Sus ojos decían *todavía no, no he terminado*.

—Estoy cansado —dije mientras le daba una patada por debajo de la mesa.

Me miró un instante.

—Sí, está bien. Supongo que ha sido un día muy largo. Tienes razón —dijo frotándose el cuello mientras se volvía hacia Abbie—. ¿Te importa si nos vamos a acostar?

—Claro que no...

Cole le sonrió. Eso me tomó por sorpresa. Yo sabía que aquella era una sonrisa falsa, pero de todas formas daba gusto verla. Cole no sonríe mucho en los buenos tiempos, y desde la muerte de Rachel no había estado ni remotamente cerca de hacerlo.

Siguió sonriendo mientras dimos las buenas noches y nos marchamos. Pero en cuanto salimos de la cocina, su cara volvió a ser fría y la sonrisa desapareció como la luz detrás de un sol nublado.

Hasta donde podía recordar, nunca antes había pasado la noche en la misma habitación que Cole. Nunca fue necesario. A diferencia de Cole, que nació en un tráiler, yo nací y crecí en la casa del depósito de chatarra. En lo que a casas se refiere, no es la más elegante del mundo, pero lo que no tiene de elegante lo tiene de grande. Si algo no le falta a esa casa son habitaciones. Tiene *muchas:* salas, comedores, baños, recámaras. Tiene tantas recámaras que yo solía dormir en una diferente cada semana. En ocasiones, ni siquiera estaba en el mismo *piso* que Cole, ya no digamos en la misma habitación.

Así que esto de compartir una habitación con mi hermano era una experiencia nueva para mí. Y me gustó.

Aunque no dormimos gran cosa.

Durante la primera hora, más o menos, simplemente nos sentamos en la cama y conversamos en susurros. Cole me preguntó qué estaba sintiendo sobre Abbie y Vince, Rojo, Pomeroy y Bowerman. Se lo dije con mucho gusto, pero después de un rato noté que él no respondía. La información sólo iba en una dirección y yo no obtenía nada, así que cuando Cole hizo una pausa para encender un cigarro, aproveché la oportunidad para preguntarle qué pensaba *él* de todo.

Al principio no me respondió. Prendió el cigarro y abrió la ventana para que saliera el humo. Se quedó de pie junto a ella mirando al jardín.

—¿Cole? —dije.

—¿Mmm?

—¿Que qué *piensas* tú?

—¿Qué pienso de qué?

—De todo… de lo que sea. Le hiciste muchas preguntas a

Abbie y a Vince. Sobre lo del auto, sobre el lugar donde encontraron a Rachel…

—Baja la voz —me recordó—. Nos van a oír.

—Si no me respondes, voy a empezar a gritar.

Exhaló el humo por la ventana y me miró.

—¿Qué quieres saber? —me dijo tranquilamente.

—*Lo que sea* —suspiré—. Solamente quiero saber qué está pasando.

—Todavía no estoy seguro.

—¿Pero tienes alguna idea?

—En realidad no. Es sólo un presentimiento —se acercó a la cama y se sentó junto a mí—. Necesito tiempo para pensar bien las cosas. Yo no soy como tú, Rub. Soy lento. Me toma un rato entender las cosas.

—Hoy no fuiste lento —le dije—. Disparabas preguntas como una ametralladora.

—Sí, pero no sabía lo que hacía. Sólo preguntaba lo que me llegaba a la cabeza. No sé lo que significa nada de lo que me dijeron.

—¿Pero crees que signifique algo?

—Sí, tiene que ser así. Es decir, a Vince no le agradamos, ¿verdad?

—No.

—Entonces, ¿por qué estaba tan ansioso de que nos quedáramos aquí?

—Quiere saber lo que estamos haciendo. Quiere saber dónde estamos. Quiere tenernos vigilados.

—Correcto. Y está coludido con el tal Redman y con Bowerman. Y ambos quieren que nos larguemos de aquí.

—Todos quieren que nos larguemos de aquí.

—Exacto. Y sabes lo que eso significa, ¿verdad?

—¿Qué?

—Pues que o todos tienen algo que ocultar, o le tienen miedo a *alguien* que oculta algo.

Seguimos hablando un rato más acerca de sentimientos y de gabardinas y de autos y de coincidencias. Y aunque no llegamos

86

a ninguna conclusión, sabíamos que nos estábamos acercando a algo; sólo era cosa de averiguar lo que era.

En algún momento de la madrugada oímos que Vince y Abbie subían a acostarse. Dejamos de hablar y escuchamos, aunque no se oía gran cosa: pasos, murmullos, ruidos en el baño, puertas que se abrían y se cerraban. Al final, cerraron la puerta con seguro y la granja volvió a quedar en silencio.

Cole se asomó por la ventana, que seguía abierta. La noche estaba completamente silenciosa. Pero mientras Cole estaba ahí parado como una silueta dibujada contra el cielo negro, pude oír el murmullo del viento que bajaba desde las colinas y subía por el páramo. Sonaba frío y solitario, como un último suspiro, y cuando cerré los ojos y abrí la mente pude verlo todo de nuevo: el círculo de piedras, el árbol cortado, la última exhalación de Rachel robada por el viento...

—¿Qué es eso? —dijo Cole.

Abrí los ojos y lo miré. Se había dado la vuelta y miraba fijamente la puerta de la habitación.

—Escucha.

Al principio no pude oír nada, sólo el quejido del viento en medio del silencio mortecino de la granja, pero de pronto... justo cuando estaba a punto de decirle algo a Cole, reconocí el inconfundible sonido de un llanto. Al principio era apagado y poco claro, así que costaba trabajo saber de dónde provenía; sin embargo, ambos sabíamos que era Abbie. Estaba en su habitación, llorando a moco tendido, tratando desesperadamente de no hacer ruido. La imaginé apretando la almohada contra su cara, tratando de ahogar el sonido de sus sollozos. Imaginé sus hombros temblando, el estómago revuelto, su respiración entrecortada...

No me pude imaginar lo que hacía Vince.

Miré a Cole. Era difícil saber lo que estaba pensando, pero supuse que no serían pensamientos de compasión. Encendió otro cigarro y me miró inexpresivo.

—¿Qué opinas? —le pregunté.

No dijo nada, sólo se encogió de hombros.

El sonido del llanto se hacía más débil. Regresaba el silencio. Observé la puerta pensando en Abbie y Vince en su habitación, y me pregunté qué sentían el uno por el otro.

—No son muy felices, ¿verdad? —le pregunté a mi hermano.

Se encogió de hombros.

—¿Quién lo es en realidad?

Lo miré.

—Yo creo que Rachel era feliz la mayor parte del tiempo.

—Sí.

Permanecimos sentados en silencio un rato más, juntos y solos con nuestros pensamientos. Los míos eran casi todos buenos: Rachel sonriendo, Rachel riendo, Rachel cantando cuando pensaba que estaba sola en la casa. Yo tenía razón. Rachel *había* sido feliz casi todo el tiempo.

—No es justo, ¿verdad? —le dije a Cole.

—No.

—¿Por qué no se muere la gente que es una basura?

—Porque el mundo es una basura.

Nos dormimos cerca de las tres de la mañana. Cole me cedió la cama y se estiró en el sofá sin tender. No se veía muy cómodo pero no parecía importarle. Ni siquiera se molestó en desvestirse.

—¿Por qué no te tapas? —le sugerí—. Seguro hay cobijas en alguno de los armarios.

—Estoy bien —respondió.

—Te vas a congelar. Déjame buscar una cobija…

—¿Ruben?

—¿Qué?

—Cállate y duérmete.

Me callé y me dormí.

El sueño no duró mucho.

Estoy bajo tierra. Tengo frío. Está oscuro. Un hedor venenoso impregna el aire y se me pega en la piel como neblina. Por un instante creo que estoy despierto y que el hedor es sólo un pedo, pero en mi corazón sé que estoy equivocado. No es ningún pedo: esto está podrido.

Esto *no es humano.*

Se trata del Muerto.

Puedo sentirlo. La piel cubierta de desperdicios. Las manos bañadas en sangre. Su olor a descomposición. Es la muerte de su cuerpo: la piel se le despelleja, los dientes están flojos, por su boca reptan moscardones y en sus ojos hay larvas frescas, gusanos, bacterias. Puedo sentirlo todo. Puedo sentir sus entrañas reventadas, volviéndose líquido, fermentándose. Puedo sentir los insectos que se alimentan del líquido pestilente…

Y ahora, lo peor es que puedo sentir que el Muerto me siente soñando con él, que me dice lo que le hizo a Rachel, me lo muestra, me lo dice, me lo muestra, me lo dice… Me muestra el miedo mortal en la cara de Rachel. Me obliga a verlo. Me obliga a sentirlo. Y yo estoy llorando como nunca antes he llorado, y le ruego que se detenga. Y lloro y grito y sollozo como un loco: no, ay, no no no no *¡NO!* Nada debería ser así, nunca… *¡NADA!* Nada nada *NADA* oh Dios oh Dios *OH DIOS.*

—¡Ruben!

Me tiene atrapado…

—*¡Ruben!*

Me está sacudiendo…

—*¡RUBEN!*

Mis ojos se abrieron de pronto y el Muerto se murió. Yo estaba sentado en la cama, detenido en los ojos negros de Cole. Tenía sus manos sobre mis hombros. Mis ojos estaban desorbitados. Temblaba como una hoja.

—Está bien —me dijo con calma—. Soy yo… Estabas soñando.

Un sudor frío brotaba de mi cuerpo y el corazón me latía como un martillo. Sentía los gritos de mi sueño atorados en la garganta.

—N-no puedo respirar —resoplé.

—Sí puedes —dijo Cole—. Cálmate. Respira despacio. No tan rápido… Con calma, respira un poco y saca el aire.

Inhalé, tosí y me dio una arcada. Todavía podía oler al Muerto. Su hedor a muerte seguía dentro de mí. Lo sentía bajo mi piel, envenenando mi sangre, arrastrándose hasta mi corazón. Me producía ganas de vomitar. Era aterrador. No *quería* tener que respirar ese olor.

—Vamos, Rub —dijo Cole apretándome los hombros—. Sólo respira… Mete aire a los pulmones. Vas a estar bien.

—No me quiero morir —le dije.

Cole se congeló por un momento y me dijo:

—¿De qué estás hablando? No te vas a *morir*.

—No quiero estar con él.

—¿Con quién?

—Con el Muerto.

Ahora lloraba. No sólo por mí sino por Rachel. Lo que hacíamos no estaba bien. La estábamos llevando de vuelta ahí… de vuelta hacia el Muerto. No era *correcto*. Queríamos llevarla a casa para meterla en una caja y enterrarla junto a él. Abajo, en la tierra oscura y fría, con los insectos…

—¿Ruben? —dijo Cole—. ¿Quién es…?

—No está bien… —respondí.

—¿Qué?

—No está *bien*.

—Ruben… mírame.

—No deberíamos estar…

Me detuve de pronto cuando Cole tomó mi cabeza en sus manos. Sus dedos se sentían frescos, firmes y fuertes.

—Está bien —me dijo con firmeza—. Mírame, ¿OK? Mírame.

Lo miré a los ojos a través de un velo de lágrimas. No dijo nada. Cole acunó mi cabeza en sus manos y dejó que mis lágrimas cayeran entre sus dedos hasta que el río se secó. En todo ese tiempo, sus ojos no se apartaron de los míos: me mantenían a flote en la oscuridad como un faro en invierno. No sé cuánto tiempo estuvimos así sentados, pero al final me di cuenta de que ya no temblaba y mi respiración se había normalizado. Cole retiró las manos de mi cara; sin embargo, aún podía sentir su tacto refrescando mi piel.

Lo mejor de todo es que me sonreía.

—¿Estás bien? —me preguntó—. ¿Te sientes mejor?

Asentí.

—Qué bueno —me dijo—. Fue sólo un sueño, Rub. Lo sabes, ¿verdad? Los sueños no significan nada.

—Éste sí.

Sus ojos no se despegaban de mí.

—¿Quieres hablar de eso?

—No es sólo… No es sólo el sueño.

—No entiendo.

—Te lo iba a decir.

—Decirme *qué*.

Bajé la vista, incapaz de mirarlo a los ojos. Cuando hablé, mi voz apenas era audible.

—Yo lo vi hacerlo, Cole. Yo estuve ahí. Yo lo vi matar a Rachel.

—¿A quién?

—Al Muerto.

Le conté todo lo que pude. Le dije lo que sentí aquella noche en el Mercedes. Le dije que había estado con Rachel en el páramo. Le conté del Muerto. Incluso le hablé del círculo de piedras y del árbol enano. Cole no dijo nada cuando dejé de hablar, simplemente se acercó a la ventana y se quedó ahí viendo el cielo del amanecer. Yo seguía sentado en la cama, observándolo, esperando que dijera algo. Una suave brisa entró por la ventana y saturó el aire con una esencia dulce. La habitación parecía brillar con una perezosa luz negra azulada.

Después de un rato, Cole se acercó y se sentó a mi lado.

—¿Por qué no me lo dijiste antes? —me preguntó.

En su voz no había enojo ni amargura. No estaba enojado conmigo por no decirle lo del Muerto: sólo quería saber por qué no se lo había dicho.

—No lo sé —respondí con honestidad.

—¿Pensaste que no te creería?

—No.

—¿Entonces?

—No lo sé. Quizá sólo estaba esperando a averiguar si significaba algo.

—¿Por qué no habría de significar algo?

—Porque hasta ahora no importaba quién había matado a Rachel, ¿no? Tú mismo lo dijiste cuando hablamos con Pomeroy: "No importa quién lo hizo o por qué lo hizo o cómo murió. Está muerta. Muerta es muerta. Nada puede cambiar eso. Nada: motivos, venganza, castigo, justicia. Nadie puede cambiar lo que ya está hecho" —lo miré—. ¿Cierto?

—Cierto.

—Entonces, hasta ahora el Muerto no significaba nada. No importaba quién fuera. No cambiaba nada.

—Hasta ahora.

—Sí, ahora las cosas son distintas. Ahora sí significa algo. Si queremos averiguar y demostrar que él mató a Rachel, podemos llevarla a casa y dejarla descansar. Eso es lo que quiere mamá, ¿verdad?

—Sí.

—Para eso estamos aquí.

—Así es.

—Y eso es lo único que importa.

Cole encendió un cigarro, fumó pensativo durante un rato, digiriendo lo que le acababa de decir. Vi el humo flotar en la brisa y me pregunté si era cierto lo que acababa de decirle a mi hermano. Supuse que, en general, sí lo era. Y aunque no fuera así, estaba bastante seguro de que Cole tampoco me decía todo lo que sabía.

Pero así estaba bien.

—Está bien —dijo en voz baja—. Háblame del tal Muerto.

—No hay nada más que decir —le respondí—. Ya te dije todo lo que sé.

—No, no lo has hecho: ¿por qué le dices el Muerto?

—Porque está muerto.

—Pero le dices así desde *antes* de que matara a Rachel, y no podía estar muerto entonces, ¿o sí?

—Sí, ya estaba muerto…

—Vamos, Rub. No puedes matar a alguien si ya estás muerto.

—No estaba *físicamente* muerto.

—¿Qué quieres decir? —dijo frunciendo el ceño—. ¿Qué otros tipos de muerto *hay*?

—Ya estaba como muerto —traté de explicar—. Ya se había decidido. Creo que ya ni siquiera importaba si mataba a Rachel o no. Él iba a morir hiciera lo que hiciera.

—¿Alguien ya había decidido matarlo?

—Sí.

—¿Quién?

—No lo sé. Lo único que sé es que no había nada que pudiera hacer para evitarlo. Una vez que se decidió, no hacía falta más. De ahí en adelante, estaba muerto.

—¿Y ahora está muerto de verdad?

—Muerto y enterrado.

—¿Dónde?

—No sé. Creo que por aquí cerca, pero no estoy seguro.

—¿Estás seguro del resto de lo que me contaste?

—No.

—¿Pero lo sentiste?

—Creo que sí.

—¿*Crees* que sí?

—Sí —respondí—. Creo que sí.

Dudé por un momento, pensando si podía dar a Cole la respuesta que esperaba. En realidad, nunca antes habíamos hablado de las cosas extrañas que siento, y yo sabía que él me creía, pero nunca se lo había tratado de explicar. Nunca pensé que querría oírlo, y ahora tampoco estaba seguro. No obstante, sabía que si no se lo decía ahora, quizá después ya no lo haría. Así que, antes de cambiar de opinión, abrí la boca y comencé a hablar.

—Es difícil de explicar —le dije—, pero cuando tengo esas sensaciones, no puedo controlarlas. Simplemente llegan. Y no puedo *manipularlas*. No son hechos o pensamientos o simples sensaciones. En realidad, ni siquiera son sentimientos. Sólo les llamo así porque es la mejor palabra que encuentro.

Miré a Cole para ver cómo iba asimilando todo hasta el momento. Su cara estaba en blanco, pero sus ojos me pedían que continuara.

—No *sé*... lo que son —continué—, y casi nunca sé lo que significan. A veces es sencillo. Casi todo lo que siento es sencillo —le sonreí aunque él no sonrío de vuelta—. No me llega todo. Sólo me llega lo que me envían.

—¿Quién te lo envía? —me preguntó.

—No lo sé.

Cole asintió.

—¿Qué hay de las cosas que te llegan que no son sencillas?

—No lo sé... Es como si me llegara todo en desorden. Llega en pedazos, fragmentos, notas, capas, matices. Y cuando eso pasa, tengo que adivinar o sentir el resto, y entonces tengo que tratar de reconstruir lo que falta. Por eso a veces no estoy seguro. Sé que algo debería estar ahí, pero no sé qué estoy buscando. Ni siquiera sé *qué* estoy viendo. Es como tratar de hacer un crucigrama tridimensional con muchas pistas faltantes, y las pistas que *sí* tengo están escritas en un idioma que no comprendo.

Cole asintió de nuevo. Se pasó los dedos por el pelo y me miró.

—Muy raro —dijo pensativo.

—Sí.

—¿Pero es real?

—Sí, tan real como cualquier otra cosa. Nunca miente.

—Pero eso no quiere decir que estés seguro.

—No.

—¿Estás seguro acerca de lo de Rachel?

—Absolutamente.

—¿Y del Muerto?

—Sí, estoy seguro. Es sólo que no tengo detalles.

—¿Y lo que soñaste es real?

—Creo que una parte sí... La otra parte era sólo un sueño —cerré los ojos mientras volvía a sentir el terror de aquel sueño: el frío, la oscuridad, la muerte. Miré a Cole—. ¿Cuándo estás muerto se siente algo?

—No —respondió—. Eso *es* la muerte: no sentir nada.

— Y si no se siente nada, no hay nada que temer, ¿verdad?

—Absolutamente nada.

Volvimos a dormirnos cuando la primera luz del día despuntaba en el cielo. Mi último pensamiento antes de caer rendido fue sobre Rachel. Podía verla con claridad: la piel dormida, el pelo negro y brillante, la cara sobre la almohada junto a mí.

*Vayan a casa, Ruben*, me susurró de nuevo. *Dejen que los muertos entierren a sus muertos.*

*Vayan a casa.*

# SIETE

No estoy acostumbrado a las mañanas silenciosas. Estoy acostumbrado al ruido del depósito de chatarra, al quejido de la trituradora de autos y de los imanes gigantes que ahogan el tráfico de la mañana en las calles de Londres. Así que cuando desperté aquel día en medio del silencio, me tomó un momento recordar dónde estaba. Cuando lo supe (Dartmoor, granja, habitación), noté también lo cansado que estaba. Sólo había dormido una hora en toda la noche. Me pesaban los párpados, me dolía el cuerpo y me zumbaba la cabeza.

Cerré los ojos y traté de volver a dormir, aunque sabía que no lo conseguiría. La luz del sol entraba por la ventana, las aves cantaban… Había *demasiado* silencio. Podía oír todo en exceso: Abbie y Vince en la cocina en el piso de abajo, Cole en el baño, un perro que ladraba a lo lejos. Y ahora podía, además, oler el desayuno: huevos con tocino, pan tostado, café…

Todo estaba bien, pero yo deseaba no estar ahí. Quería estar en *mi* casa, en *mi* habitación, en *mi* cama, oliendo *mi* desayuno.

Al cabo de unos minutos se abrió la puerta de la habitación y entró Cole.

—Vamos, Rub —me dijo—. Es hora de despertar. Tenemos mucho que hacer hoy.

No me moví.

Podía sentir su mirada sobre mí. Lo oí cruzar la habitación. Luego me oí a mí mismo maldecir mientras él me quitaba de

97

encima el edredón y lo lanzaba al suelo. Sólo tenía puestos unos calzoncillos y la repentina corriente de aire frío me heló la piel.

—¡Carajo, Cole! —le dije enfurecido mientras me erguía sobre la cama—. ¡Podía haber estado *desnudo*!

Ni siquiera me miró. Simplemente se dio media vuelta y se dispuso a sacar algo de su mochila. Lo miré y recordé que el día anterior, antes de salir de casa, Cole había sacado algo de la cajuela del Volvo destrozado que estaba en el depósito de chatarra. Traté de ver qué hacía, pero me daba la espalda y yo no alcanzaba a ver la mochila. Aun así, sabía lo que estaba haciendo. Me dije que tendría que tratar el tema con él más tarde. Salí de la cama y me vestí.

—¿Cuál es el plan? —le pregunté.

—Quiero ir al pueblo para investigar un poco y ver qué podemos averiguar. Quizá alguien nos pueda decir algo. Luego, tal vez vaya al campamento de los gitanos —respondió mientras volvía a cerrar su mochila y se daba la vuelta para verme—. No entiendo qué hacen aquí.

—¿Los gitanos?

—Sí. Es decir, aquí no hay nada para ellos. No hay trabajo, no hay dónde vender nada. ¿Hay algún mercado por aquí?

—No, que yo sepa.

Negó con la cabeza.

—Ni siquiera es un buen lugar para acampar.

—Quizá haya algo de trabajo y no lo sabemos. Hay muchas granjas.

—Son granjas de ovejas y ganado. Los gitanos no trabajan con ganado.

—Quizá se las roban.

—Ya nadie roba ganado. No vale la pena el esfuerzo. ¿Sabes cuánto pagan por una oveja?

—Bueno, entonces puede que estén aquí para cuidarnos.

—¿Qué?

—Sí, como ángeles.

—¿Ángeles?

Le sonreí.

—Ángeles de la guarda.

Ni siquiera se tomó la molestia de decirme que yo era un idiota, sólo movió la cabeza con un gesto de desaprobación y se puso los zapatos.

—En fin —dijo—. En un rato más iré a hablar con ellos, si me da tiempo.

—¿Crees que quieran hablar con nosotros? Ya sabes lo que algunos de ellos piensan de papá.

—Que piensen lo que quieran —me miró—. Tú no vas a ir.

—¿Por qué no?

—Te quedarás aquí.

—¿Qué?

—Quiero que te quedes aquí...

—Claro que no —le dije—, iré contigo. No te voy a permitir que...

—Óyeme bien —dijo levantando la mano para callarme—. Sólo escúchame un minuto —miró la puerta y bajó la voz—. Algo está pasando aquí, ¿cierto?

—Sí, pero...

—Necesitamos averiguar qué es —me miró—, ¿verdad?

—Sí, supongo que sí, pero...

—No se trata de suponer, Rub. Necesitamos saber qué pasa. Uno de nosotros se tiene que quedar aquí.

—Está bien, ¿pero por qué tengo que ser yo quien se quede?

—Porque si tú vas al pueblo y te encuentras con Rojo y con El Gran Davy o con alguien más, te van a matar de un susto —hizo una pausa y me miró a los ojos—. Y si te quedas aquí puedes ir a ver el lugar en el que encontraron el cuerpo de Rachel.

Sabía a qué se refería y sabía que tenía razón. Tenía sentido que él fuera al pueblo y tenía sentido que yo me quedara en la casa. No me hacía mucha gracia, pero no se suponía que nos tuvieran que *gustar* las cosas, ¿verdad?

—¿OK? —preguntó Cole.

—Sí, OK. Le pediré a Abbie que me diga dónde encontraron el cuerpo. Quizá me pueda dibujar un mapa o algo así.

—No, haz que te lleve ella misma. No vayas solo. Si Abbie no quiere llevarte o si piensa salir, espera a que yo regrese e iremos juntos.

—¿Por qué?

—Porque lo digo yo.

Lo miré. Su rostro claramente me decía: *no discutas*, así que no lo hice.

—Está bien —le dije—. ¿Hay algo más que quieres que haga?

—¿Como qué?

—No lo sé… Es decir, ¿cómo se supone que averigüe lo que está pasando? ¿Qué debo hacer?

—Nada. Sólo quédate aquí y observa qué sientes —casi me sonrió—. A ver si te llega algo.

En el desayuno no pasó gran cosa. Vince estaba en silencio, concentrado en comer, y Abbie ni siquiera se sentó. Daba vueltas por la cocina preparando café y pan tostado, sin estorbar. Tenía los ojos algo rojos de tanto llorar, pero supongo que los míos también lo estaban.

Afuera, el cielo lucía claro y brillante, y un sol pálido y blanco comenzaba a entibiar el aire.

Cuando Vince terminó de comer, limpió su plato con una rebanada de pan, se la metió en la boca y lo empujó todo con un largo trago de té.

—¿Necesitan que los lleve a algún lugar? —le preguntó a Cole—. Voy a ir a Plymouth en un momento más.

—¿Me podrías dejar en el pueblo?

—Sí, claro —dijo mientras se terminaba el té—. ¿Vas a algún lugar en particular?

—En realidad, no —Cole lo miró—. ¿Me recomiendas algo interesante?

—No se me ocurre nada —dijo. Dejó la taza sobre la mesa y se puso de pie—. Estaré listo en cinco minutos, ¿de acuerdo?

Cole asintió. Vince salió de la habitación y subió por las escaleras. Abbie se acercó y comenzó a limpiar la mesa.

—¿Vas a salir hoy? —le pregunté a Abbie.

Se encogió de hombros.

—No creo.

—¿Te importa si me quedo aquí contigo?

Se detuvo un momento.

—¿No vas a ir con Cole?

—Estoy un poco cansado —dije—. Prefiero quedarme aquí, si no te importa.

—Sí, está bien —respondió con indiferencia, recogiendo los platos y llevándolos al fregadero—. Yo no voy a salir.

Cinco minutos más tarde oí que Vince encendía la Land Rover. Salí al corredor y vi a Cole bajando las escaleras con su mochila al hombro.

—¿Cuánto tiempo te vas a tardar? —le pregunté.

—No lo sé… lo que haga falta. Si voy a llegar tarde, te llamo.

—No se te olvide…

—Sí, ya sé. No tengo señal en el teléfono celular. Te llamaré desde un teléfono público —dijo caminando hacia la puerta—. Te veré más tarde.

—Cole —lo llamé mientras abría la puerta y se volvía para mirarme.

—¿Qué?

—¿En verdad necesitas eso? —dije señalando con la cabeza la mochila.

Pestañeó sin entender de qué le hablaba.

—¿A qué te refieres?

—Sabes a qué me refiero.

No supo qué decir. Me vio a los ojos tratando de dilucidar si yo en verdad sabía lo que llevaba en la mochila o si estaba haciendo suposiciones. Lo dejé mirar. En realidad, para mí no había diferencia, yo mismo no sabía si estaba haciendo suposiciones o no.

Mientras esperaba que mi hermano dijera algo, oímos en el jardín el claxon de un auto. Cole se asomó a la puerta, hizo a Vince una seña con la mano y se volvió hacia mí.

—Será mejor que me vaya. Te veré más tarde, ¿OK?

Antes de que yo pudiera decir otra cosa, Cole salió al jardín y cerró la puerta principal.

Subí las escaleras y fui al baño. Cuando salí, bajé a la cocina y me uní a Abbie, que estaba ahí. Ella lavaba los platos y me sonrió rápidamente cuando me senté a la mesa.

—¿Todo bien? —me preguntó.

—Sí.

—Parece que nos abandonaron.

—Sí.

Volvió a sonreír y siguió lavando los platos. Sabía que debía esforzarme más por conversar, pero no podía dejar de pensar en Cole. Estaba preocupado por él. Me preocupaba a quién se podría encontrar en el pueblo: a Rojo, a Davy, a Bowerman, al temible tipo de la barba. Lo más probable era que se los topara tarde o temprano. De hecho, conociendo a Cole, lo más seguro es que los estuviera buscando. ¿Y qué pasaría cuando los encontrara?

Era eso lo que me preocupaba. Sólo esperaba que mi hermano pudiera terminar el día sin matar a nadie.

—¿Quieres una taza de café? —me preguntó Abbie.

—¿Perdón?

—Café —repitió mostrándome una taza.

—Ah, sí. Sí, por favor —le sonreí—. Perdón, estaba pensando en otra cosa.

—Pues sí —dijo—, me imagino que no estarás durmiendo muy bien.

No supe qué decir: pensé que seguramente me había oído llorar la noche anterior, y que sabía que yo la había oído llorar a *ella*. Así que sólo me encogí de hombros y le sonreí otra vez; me sonrió de vuelta y se dispuso a preparar café.

—¿Sabes qué va a hacer Cole en el pueblo? —me preguntó como sin querer.

—Sólo iba a ver, creo.

Abbie asintió.

—¿Qué cree que va a encontrar?

—No lo sé, quizá algo acerca de Rachel…

Abbie no dijo nada. Siguió preparando el café: llenaba las tazas, sacaba la leche del refrigerador, buscaba cucharas. Me pareció ver el brillo de una lágrima en uno de sus ojos, pero quizá estaba equivocado.

—¿Qué hicieron cuando ella estuvo aquí? —le pregunté.

—¿A qué te refieres?

—Tú y Rachel, ¿qué hicieron?

Se encogió de hombros.

—No mucho. Pasamos el rato, ya sabes: conversábamos, co-míamos, salíamos a caminar de vez en cuando —sonrió con tristeza—. Lo pasábamos muy bien. Por aquí no hay mucho que hacer y Vince casi nunca está, así que me siento un poco sola. Fue bueno tener algo de compañía, para variar.

—¿Y la granja? —le pregunté—. ¿No te mantiene ocupada?

—¿Cuál granja?

—Ésta… Todo esto —dije mirando por la ventana—. Todos estos campos y el granero y eso… ¿Esto no es una granja?

—Lo era. La mayor parte ya no nos pertenece. Mi madre vendió mucha de la tierra cuando enfermó. Vince y yo tratamos de mantener las cosas a flote cuando ella murió, pero no fun-cionó. Tuvimos que vender lo que quedaba —también miró por la ventana—. Las construcciones que están afuera todavía son nuestras, aunque no sirven de mucho. Y también la casa… pero eso es todo —me miró—. ¿Quieres leche y azúcar?

—Sí, por favor. Cuatro de azúcar.

—¿Cuatro?

—Me gusta el azúcar.

Se entretuvo con la leche y el azúcar un rato. Trajo a la mesa las tazas con café y se sentó junto a mí.

—Fui amiga de Rachel mucho tiempo, ¿sabes? Éramos muy cercanas.

—Lo sé: recuerdo que ibas a nuestra casa después de la es-cuela.

Sonrió de nuevo.

—Eso fue hace mucho tiempo.

—¿Alguna vez has pensado en volver?

—¿A Londres? —negó con la cabeza—. A veces lo extraño, pero no podría regresar. No podría irme de esta casa: era de mi madre. Nació aquí y murió aquí. Significa mucho para mí. Ade-más, Vince nunca viviría en Londres —rió—. Nunca se adap-taría, lo vuelve loco.

—¿Él es de por aquí?

Abbie asintió dando un sorbo a su café.

—Nació aquí en el pueblo. Nunca ha vivido en ningún otro lugar.

—¿Qué le parecía Rachel?

Abbie se congeló; la taza de café se quedó a medio camino y sus ojos se helaron. Sabía que había dicho algo malo: lo supe en cuanto lo dije. Hice una pregunta de más. Estaba presionando demasiado. La miré con inocencia con la esperanza de que me perdonara, pero sabía que estaba perdiendo mi tiempo. Lo único que podía hacer era verla y esperar a que bajara la taza y me mirara con los ojos llenos de odio.

—No puedes dejar la cosa en paz, ¿verdad? —me dijo con la voz helada.

—No quise…

—Claro que sí. Tu hermano y tú no han dejado de hacer preguntas impertinentes desde que llegaron. ¿Dónde estabas cuando murió Rachel? ¿Qué estabas haciendo? ¿Qué viste? ¿Qué hiciste? ¡Por Dios! —dijo con furia mientras negaba con la cabeza—. Ya les dije todo lo que sé acerca de Rachel. Ya les dije lo que pasó. Ya les dije dónde estaba. Ya les dije que lo siento. ¿Qué más quieren de mí? ¡Y ahora me sales con esto! Me interrogas acerca de Vince como si él tuviera algo que ver…

—No dije eso, sólo estaba preguntando si…

—¡No mientas! —dijo casi gritando—. Eres peor que tu hermano. Al menos él tiene el valor de ser honesto. Al menos él no simula que el resto de la gente le importa.

No podía discutir con ella. No quería discutir con ella. Aunque hubiera querido, no hubiera sabido qué decir. Me quedé sentado tratando de no parecer culpable; sin embargo, seguramente no lo conseguí.

Abbie siguió mirándome con odio un rato más y luego volvió a negar con la cabeza; se puso de pie y salió de la cocina sin decir palabra.

Esperé hasta que Abbie estuvo en el piso superior y azotó la puerta de su habitación. Cerré los ojos y rebobiné la cinta en mi cabeza para reproducir los últimos quince minutos de la conversación. Todo era muy interesante. No estaba seguro de lo que aquello significaba, pero me dio mucho en qué pensar.

Cuando terminé de reflexionar, bebí el resto de mi café frío y azucarado y salí a respirar un poco de aire fresco.

A la luz del día, la granja lucía mucho más pequeña. Cuando llegamos por la noche, me dio la impresión de que era un lugar grande y viejo con hectáreas y hectáreas de tierra y construcciones abandonadas. Pero ahora, al cerrar la puerta y caminar hacia la intemperie, pude ver lo que era en realidad, y no era gran cosa: un pedazo de tierra cubierto de baches, un granero desvencijado y un par de letrinas mohosas.

Eso era todo.

Caminé hacia el granero. Aunque el sol había salido y hacía algo de calor, el suelo estaba mojado y lodoso; se podía caminar, pero sonaba cuando lo pisaba y no olía bien. Con cada paso se desprendía un olor gaseoso. Era el olor de las cosas muertas, de las cosas podridas. Me recordó el sueño de la noche anterior. También me recordó la tormenta (la tormenta de Rachel) y no pude evitar preguntarme si la humedad bajo mis pies provenía de las mismas nubes que habían empapado a mi hermana.

No sabía qué pensar.

Así que no lo hice.

Despejé mi mente y seguí caminando hacia el granero. Las orillas de la granja estaban llenas de restos de cosas comunes en un lugar como ése: cajones, costales, rollos de alambre, metal corrugado, un desaguadero, una guadaña, resortes, llantas, engranajes y cadenas. En el depósito de chatarra todas esas cosas hubieran parecido exóticas, como restos de otro mundo, pero aquí simplemente lucían tristes y abandonadas. Cosas muertas en un lugar muerto.

Me detuve afuera del granero y miré a mi alrededor. La tierra no tenía una frontera bien delimitada: no había bardas ni verjas ni arbustos, sólo se mezclaba incómodamente con el páramo. Y el páramo era enorme. Parecía no tener fin. El cielo, el campo, las colinas, los colores; por donde mirara, en cualquier dirección, había cientos de millas de vacío.

Todo era infinito y enorme, y me hizo sentir muy pequeño. "Eres *verdaderamente* pequeño", me recordé a mí mismo. Entré en el granero sonriendo como un estúpido y miré a mi alrededor. Era un granero grande, de madera, del doble de tamaño que la casa, con piso de tierra, sin ventanas y con una puerta doble al frente. La luz del sol se colaba entre las rendijas de la madera, iluminando nubes de polvo. El aire estaba en calma, con un fresco silencio interior. Era el tipo de silencio que casi puede olerse. Todo el edificio estaba pintado de negro, por dentro y por fuera. Aparte de algunos restos de material agrícola (partes de un tractor, costales de semillas, pacas de paja), el granero estaba vacío. Había una escalera que llevaba hasta una pequeña puerta en el techo que daba a un tapanco. Pensé en echar un vistazo, pero no parecía muy seguro. Además, quizá no había nada arriba, así que me ahorré la molestia.

Volví a salir al jardín. No estaba muy claro cuántas pequeñas construcciones había en total, pues estaban cubiertas con plástico corrugado y vigas de madera. Eso las convertía en un único edificio mutante. Sólo distinguí dos puertas, y supuse que originalmente habían sido sólo dos. Ambas estaban cerradas con candado y cadenas, y las ventanas estaban tapiadas. Los candados no serían problema: podía abrirlos con los ojos cerrados. Sin embargo, yo estaba a plena vista, era de día y podía sentir que alguien me observaba.

Me alejé de las letrinas y me dirigí al camino, mirando sobre mi hombro. No vi a Abbie observarme. No vi *nada*, en realidad. El sol se reflejaba sobre las ventanas como una gran bola de fuego. No se podía ver nada detrás de los vidrios. Pero luego de protegerme los ojos con la mano y mirar hacia otro lado, con las retinas aún rodeadas por un círculo rojo en mitad de un halo de luz, me pareció reconocer una cara que me observaba desde una de las ventanas.

El camino iba colina arriba desde el granero y serpenteaba por los campos del páramo. Había algunas ovejas pastando a lo lejos, y a la derecha también había vacas y ponis en los amplios prados. Aparte de eso y de algunos cuervos en vuelo, el páramo estaba vacío.

No sabía hacia dónde me dirigía. Sólo caminaba y pensaba sin rumbo. Mis ojos estaban abiertos, pero el resto de mis sentidos estaba apagado. Trataba de sentir a Cole: dónde estaba, qué hacía, en qué pensaba. Supuse que no sentiría nada porque así no funciona la cosa. No puedo sentir algo cuando quiero: tiene que llegar por sí solo. *Tratar* de sentir algo es como tratar de oír algo. Si no está ahí, no puedes oírlo, no importa cuánto lo intentes. Eso no quiere decir que no valga la pena intentarlo, ¿cierto?

De modo que seguí tratando mientras caminaba por la vereda, abriendo el corazón y la mente por si acaso, pero no me llegó nada. Aquello no me molestó. Eso no quería decir que todo estuviera bien, pero estaba seguro de que si Cole tuviera problemas, yo lo sabría.

Caminé sin rumbo, perdido en mis pensamientos, sin darme cuenta de dónde estaba o hacia dónde iba. Podía sentir el aire tibio sobre la piel. Podía sentir la altura del cielo sobre mí, y la solidez del suelo bajo mis pies. Me sentí insignificante de nuevo. Tan pequeño como las cosas que están bajo la tierra: los gusanos, los escarabajos… No obstante, eso estaba a un mundo de distancia, y la superficie de la vereda era firme y segura. Eso, a su vez, me hizo sentir increíblemente *grande*. También me llevó a sentirme capaz de cualquier cosa.

Lo *supe:* en ese pequeño instante supe que podría hacer *absolutamente cualquier cosa.*

—Oye.

La voz llegó desde el vacío.

Cerré mi mente y me concentré mientras me percataba de que iba llegando al final del camino. Había una intersección en donde se unía la vereda con el camino que venía desde el pueblo. Al otro lado, un montículo de piedras formaba una pequeña valla en la orilla de un bosque. En el muro había un hueco, un lugar por donde se podía cruzar hacia los árboles. Ahí estaba parada la gitana.

Era la muchacha que habíamos visto el día anterior junto al hombre y al bebé. Los dos perros estaban otra vez con ella: el callejero y el Jack Russel de tres patas. Y los tres me observaban. Tenían cierta calma inquietante en la mirada y yo no sabía hacia dónde dirigir la vista mientras me acercaba a ellos. Tampoco sabía cómo caminar. De pronto, el proceso de trasladarme se volvió muy complicado: piernas, pies, rodillas, brazos, músculos, huesos, articulaciones, nervios… No podía recordar cómo *funcionaba* todo aquello.

—¿Estás bien? —me preguntó la muchacha mientras me acercaba, bamboleante. Asentí balanceándome un poco. Ella sacó una botella de agua del bolsillo y me la acercó—. Toma, parece que tienes calor.

—Gracias.

Destapé la botella y le di un largo trago. La chica me miraba sonriente. Llevaba puesto un suéter negro holgado, unos jeans y un par de tenis morados. De cerca se veía aún más hermosa: era pálida, tenía el pelo oscuro, la piel clara y brillante. Había cierta pureza en sus curvas y contornos.

—¿Te la vas a tomar *toda*? —me preguntó.

Dejé de beber y empecé a disculparme. Pero se me había olvidado tragar, así que en lugar de pedir una disculpa escupí una bocanada de agua. La chica y los perros dieron unos pasos hacia atrás, sorprendidos.

—Mierda —dije secándome la boca—. Lo lamento…

La chica rió.

—¿Siempre eres tan *cool*?

—Se hace lo que se puede.

Me quitó la botella y la guardó. Miró hacia el cielo entrecerrando los ojos, se pasó los dedos por el pelo y me miró.

—Soy Jess Delaney —dijo.

Asentí sin saber qué decir.

Ella vio a sus perros y tocó la cabeza del callejero.

—Él es Finn —me dijo—, y el pequeño se llama Trip.

Miré al perro de tres patas. Era viejo y desgarbado, y yo no le interesaba en lo más mínimo.

—¿Trip?

—Sí, en realidad se llama Tripié. Perdió la pata cuando era un cachorro.

Al principio me pareció que la chica sugería que el perro había dejado su pata en algún lugar, sin embargo, me di cuenta de lo idiota que era la idea cuando ella dijo:

—Se le quedó atrapada en una trampa para conejos.

Me sentí muy avergonzado y traté de encontrar algo qué mirar, algo que no fueran los ojos verdes de Jess. Así que me concentré en Finn, el callejero. Era alto, estilizado y color marrón. Sus ojos estaban rodeados por un aro con un tono hollín que lo hacían lucir verdaderamente triste. Lo observé un rato más hasta que me incomodó el silencio, así que volví a mirar a Jess, que me sonreía.

—Tú eres Ruben Ford, ¿verdad?

—¿Cómo lo…?

—Te vi ayer con tu hermano. Mi tío me dijo quiénes eran.

—¿Cómo?

—Mi tío… el tipo viejo con la nariz rota. Me dijo que ustedes eran hijos de Baby-John Ford —mi gesto de sorpresa pareció divertirla—. No pongas esa cara —sonrió—. Tu padre es famoso. Todo el mundo sabe quién es Baby-John Ford.

—¿Ah, sí?

—Sí. Fue uno de los mejores luchadores a puño limpio de su época. Se cuentan muchas historias sobre él. Y claro, está el asunto del juicio. Y ahora, esto… —su cara se oscureció de pronto. Bajó la mirada y se frotó la frente antes de volver a mirarme—. Lo siento… Ya sabes, lo de tu hermana… Sé que no sirve de nada que te lo diga…

—No, está bien, de verdad —le sonreí—. Es mejor oír eso a que te digan que lo olvides y vuelvas a casa.

Su cara volvió a iluminarse.

—¿Eso es lo que ha estado pasando?

—Sí, más o menos.

—¿Y por eso se están quedando en casa de los Gorman?

Lo pensé un momento y asentí.

—Sí, supongo que sí —la miré—. ¿Tú conoces a Abbie y a Vince?

—En realidad, no. Quiero decir, sé quiénes son… —volvió la vista hacia los perros—. Por la mañana vi a tu hermano con

109

Vince. Iban hacia el pueblo —hizo una pausa, levantó la cabeza y me miró con cierta duda en los ojos—. Tu hermano no estará pensando en crear problemas en el pueblo, ¿verdad?

Yo la miré, preguntándome cuánto sabría y cuánto estaría tratando de adivinar… Por un instante pude ver algo de mí en sus ojos. No sólo mi visión de su visión de mí, sino algo más allá: un *sentimiento* sobre mí. Mi sentimiento sobre Cole, su sentimiento sobre mí, todo envuelto en sus ojos. Esta tal Jess Delaney era algo en verdad diferente.

—¿Sabes dónde encontraron el cuerpo de Rachel? —le pregunté.

—Sí —dijo—. No está lejos de aquí.

—¿Me podrías llevar?

Me observó un momento y sin decir palabra dio la vuelta y caminó hacia el bosque. Sus perros la siguieron, Finn trotando lentamente y Trip dando saltitos a su lado. Me encogí de hombros y los seguí hacia la sombra de los árboles.

# OCHO

Dentro del bosque todo era oscuridad, frío y calma inquietante. Los pinos eran como torres que ocultaban el cielo, convirtiendo la luz del día en anochecer. La gruesa alfombra de agujas bajo nuestros pies absorbía todo el sonido. Nada se movía. Nada se agitaba. Hasta las aves guardaban silencio. Era como atravesar una catedral antigua.

Caminamos en reverente silencio por el bosque, cruzamos un camino de tierra, una zanja, y cruzamos por una vereda que serpenteaba entre parches de tojo antes de convertirse en un camino más ancho a campo abierto, rumbo a las colinas. Mientras subíamos por el camino poco empinado, comencé a sentir algo que no podía explicarme. El páramo se sentía distinto: fuera de lugar y de tiempo, y había algo en el aire que me hizo pensar en tristeza y melancolía, en lágrimasy sudor, en un rocío blanco como la muerte ascendiendo por las colinas y envolviéndolo todo en un manto de quietud.

Miré a Jess y me di cuenta de que ella también sentía eso.

—Es el Lychway —dijo.

—¿Disculpa?

—Este camino por el que vamos se llama el Lychway. Al parecer, si vivías por aquí en el siglo XIII y querías enterrar a tus muertos en el camposanto de una iglesia, tenías que llevar los cuerpos a través del páramo hasta la parroquia de Lydford.

111

La ruta funeraria era conocida como el Lychway —dijo Jess mientras me miraba—. Lyche significa cadáver.

Miré a la distancia, imaginando una procesión funeraria en tiempos medievales, cargando el cuerpo colina arriba, sorteando rocas y riachuelos, recorriendo el desolado camino a través del páramo...

—Algunos le llaman el Camino de los Muertos —dijo Jess.

La miré.

—Eso significa Lychway —explicó—: el Camino de los Muertos.

Seguimos caminando en silencio.

De vez en cuando perdíamos el camino y lo volvíamos a encontrar con cierto esfuerzo, cruzando rocas mohosas y hierba de tres pies de alto. Yo me desorientaba con facilidad, pero Jess y los perros caminaban con la confianza indiferente de las criaturas que nunca en su vida se han perdido. Mientras ella caminaba en línea recta y yo trataba de seguirla de cerca, los dos perros trotaban delante de nosotros en zigzag, olisqueando aves y conejos. Lucían tranquilos, salvajes y contentos.

Habíamos dejado atrás el bosque. Aún se veía oscurecer los flancos de la colina, pero conforme avanzábamos más y más alto, los árboles se fueron adelgazando y espaciando hasta que lo único que quedó fue una cima con hierba seca, piedras y uno que otro arbusto marchito.

—Dijiste que no estaba lejos —le dije a Jess casi sin aliento.

—No está tan lejos como parece —respondió—. Sólo hemos caminado media milla.

Me costó trabajo creerlo: me parecía estar a mil millas de cualquier cosa. La verdad es que no estaba acostumbrado a caminar por el bosque ni a subir colinas. Estaba acostumbrado a las calles y los autobuses, al metro y al tren.

—No me respondiste lo que te pregunté acerca de Cole —me dijo ella.

—¿Qué me preguntaste?

—Que si estaba pensando en crear problemas en el pueblo. ¿Eso planea?

—Probablemente —dije—. Aunque no hace falta mucho

esfuerzo para que algo salga mal ahí. Ya viste lo que pasó ayer en la estación de gasolina.

—Sí —sonrió—, lo vi. ¿Sabes lo que dijo mi tío Razón cuando vio caer al Gran Davy?

—¿Razón?

—Mi tío, ya te dije. Él estaba conmigo cuando los vimos cerca del campamento.

—¿Se llama Razón?

—Sí.

—Ah… —la miré—. ¿Quiénes eras los demás que estaban con ustedes? La niña y el bebé.

—La niña es mi hermana Freya.

—¿Y el bebé?

—¿Qué con él? —preguntó ella con una sonrisa juguetona—. ¿Qué te pasa? ¿Por qué me ves así?

—¿Así cómo?

—Así —dijo haciendo una cara que me imagino era una imitación de mi gesto de sorpresa. Sonrió y dijo —¿Pensabas que el bebé era mío?

—No pensaba *nada*.

—Mentiroso —dijo todavía con una sonrisa—. En fin, cuando mi tío vio a tu hermano golpear al Gran Davy, me dijo: "Ese chico es un Ford. Yo he visto ese golpe antes. Ése es un Ford, sin duda".

—¿De verdad?

Jess asintió.

—Mi tío era boxeador cuando era joven. Vio algunas de las peleas de tu padre. Y apostaba. Creo que una vez ganó mucho dinero. Tu padre siempre le agradó.

—¿Y qué piensa de él ahora?

—¿A qué te refieres?

—Pues, ya sabes…

—¿Qué?

—Que se casó con una no gitana… —me encogí de hombros con incomodidad—. Ya sabes lo que pasó: cuando mi papá se casó con mi mamá y compraron la casa y todo eso, los otros gitanos lo desconocieron. Incluso algunos de su familia siguen sin hablarle.

Jess no respondió durante un rato. No creo que sintiera vergüenza ni nada, pero yo sabía que era un tema delicado. Algunos gitanos piensan que casarse con no gitanos es algo malo. No les gustan los mestizos, como nos llaman algunos. Creen que somos sucios, corruptos e impuros. Y la verdad, no los culpo, porque seguramente muchos lo somos. En lo personal, a mí no me importa lo que la gente sea: vendedor, sastre, soldado, marinero, rico, pobre, mendigo, ladrón. No entiendo qué importancia tiene. Si alguien es buena persona, es buena persona, y si no, no. El problema es que otros no lo ven así. No ven personas, ven gente. Ven gitanos, y los gitanos no les *agradan*. Ven blancos y los blancos no les *agradan*. Ven a un gitano casado con una mujer blanca y les *desagrada por partida doble*.

—¿Es cierto lo que cuentan de tu padre? —me preguntó Jess.

—¿Por qué? ¿Qué cuentan?

—Que mató a un hombre en una pelea a puño limpio. ¿Es cierto?

—Sí.

—¿Era uno de los hermanos Docherty?

Asentí.

—El más joven: Tam Docherty. Fue una pelea limpia. No hubo nada injusto. Mi padre simplemente tiró un buen golpe, Tam cayó y se golpeó la cabeza contra una piedra. Nadie culpó a mi padre. Si la policía no hubiera estado ahí, nada hubiera ocurrido —cerré los ojos recordándolo todo, como si hubiera sido el día anterior: la llamada a media noche, los susurros, Cole entrando en mi habitación para explicarme qué pasaba mientras mamá lloraba, gritaba y maldecía a papá por ser tan soberbio. Mi padre ni siquiera había *querido* pelear contra Tam Docherty. Hacía mucho tiempo que se había retirado de las peleas y ahora era un hombre de familia. Un hombre de negocios. Pero Tam no paraba de retarlo, lo insultaba, lo humillaba, y al final papá no aguantó más.

—La policía ya estaba ahí —le conté a Jess—. Se lo llevaron detenido y al día siguiente lo acusaron de homicidio.

—Dicen que todo estaba planeado —respondió Jess.

—¿Dicen? ¿Quiénes?

—Todos. Dicen que los Docherty organizaron la pelea y que avisaron a la policía para vengarse de tu padre porque mató a Billy McGinley.

—¿Quién es Billy McGinley?

Jess me miró segura de que yo sabía quién era él, pero me lo dijo de todas maneras:

—Es un primo de los Docherty.

—¿Ah, sí? ¿Y por qué querría matarlo mi padre?

—Porque Billy violó a la hija de su mejor amigo, y era sólo una niña. Y porque tu padre es un tipo decente —respondió Jess tocando ligeramente mi brazo—. Al menos eso es lo que piensa mi familia de él. Pensamos que es un tipo decente que tuvo mala suerte. De lo otro, lo de casarse con una *no gitana* y comprar una casa... Sé que a algunas familias no les gustó, especialmente a los más viejos, pero a la mayoría de nosotros nos parece bien. Cada vez más gitanos están sentando cabeza —sonrió con tristeza—. Ya no hay a dónde ir. A la gente no le agradamos cuando viajamos y no le gusta que acampemos. En ocasiones, la única salida es desaparecer.

Ahora caminábamos lentamente y ambos comenzábamos a cansarnos. En la distancia se podía distinguir un dolmen que brillaba bajo la luz del sol. El aire tembloroso lo hacía parecer una cara: una cabeza plana con nariz ancha y un par de cuencas de ojos ambarinos...

—Lo mismo va a pasar si se quedan ustedes aquí —dijo Jess—. No los van a dejar en paz.

—¿Quiénes?

—Davy, Rojo, Bowerman... Todos ellos. No los quieren aquí. No los van a dejar en paz hasta que se vayan. Ellos tienen mucho que perder.

—¿A qué te refieres?

Se enjugó el sudor de la frente.

—Supongo que Vince y Abbie no les dijeron nada acerca del hotel, ¿o sí?

—¿Te refieres al hotel de El Puente?

—No exactamente...

Se detuvo de pronto al oír, del otro lado de la colina, el estallido de un disparo. Yo me detuve junto a ella. Los perros también hicieron un alto: perfectamente quietos, las orejas paradas y los ojos alerta. El disparo retumbó en las colinas. Jess miraba a la distancia, cubriéndose los ojos del sol.

—¿Qué pasa? —le pregunté.

Jess no respondió.

—¿Jess? —volví a decirle—. ¿Qué pasa?

Bajó la mano y me miró. Sus ojos estaban cubiertos por una máscara de tranquilo silencio, pero ya la conocía lo suficiente como para ver a través de ella, de modo que supe que mentía cuando sonrió, negó con la cabeza y me dijo que seguramente se trataba de alguien cazando conejos. Algo más estaba ocurriendo.

Se sentó en una piedra cubierta de liquen y tomó agua de su botella. Me extendió la botella y me senté a su lado. La máscara había desaparecido de sus ojos y pude ver que estaba a punto de decirme algo. Pensé, ingenuamente, que me explicaría por qué acababa de mentirme, pero no lo hizo. En lugar de eso, mientras yo daba grandes tragos, comenzó a contarme sobre un gran hotel y un hombre llamado Henry Quentin.

La esencia de todo era que el pueblo entero estaba en proceso de ser comprado. Todo dentro de él y los alrededores: cada casa, cada granja, cada tienda, cada edificio se había vendido o estaba en proceso de venderse.

—Esto viene ocurriendo desde hace un par de años —explicó Jess—. Al principio nadie en el pueblo quería vender. Muchos habían vivido aquí toda la vida: sus familias están aquí, sus raíces, su historia. Éste es su hogar. No *quieren* vivir en ningún otro sitio. Pero conforme se fueron haciendo ofertas y éstas aumentaban, algunos cambiaron de parecer —se encogió de hombros—. No los culpo. Quiero decir, era mucho dinero, cantidades absurdas, mucho más de lo que valían sus propiedades. Con el tiempo, simplemente ya no pudieron resistirse. Después, todo creció como una bola de nieve. Los que no querían vender se dieron cuenta de que no valía la pena quedarse porque no quedaría nada: no habría tiendas, bares, escuelas, trabajo… No habría Lychcombe —hizo una pausa mirando hacia el pueblo—.

Ya casi no hay nada —dijo—. Todavía quedan algunos que no han cedido, pero no creo que duren mucho.

—No lo entiendo —dije—. ¿Por qué querría alguien comprar un pueblo entero? Especialmente éste. Es decir, aquí no hay nada.

—Todavía no hay nada, pero pronto lo habrá —me miró—. ¿Has oído hablar de un lugar llamado Dunstone Castle?

—No.

—Es un hotel de lujo al otro lado del páramo, a unas diez o doce millas de aquí. Era un castillo... Bueno, todavía *es* un castillo, supongo. Lo compraron hace un par de años y lo reconstruyeron por completo: los edificios, los campos, todo. Ahora está lleno de piscinas, campos de golf y salones de conferencias. Incluso tiene un helipuerto privado. Viene gente de todo el mundo a quedarse ahí.

—Ahí hay mucho dinero —murmuré.

—Exactamente. Es por eso que quieren construir otro hotel aquí.

—¿Aquí?

Jess asintió.

—Al parecer, aquí van a construir un hotel más grande que el de Dunstone. Un hotel nuevo y de lujo: restaurantes, campos de golf, caballos, caza, pesca... No van a reparar en gastos.

—Y sin gente del pueblo que moleste.

—Será sólo un lugar callado y tranquilo en el páramo...

—Un paraíso privado.

Jess me sonrió.

—Van a hacer una fortuna.

—¿Quién?

Negó con la cabeza.

—Nadie lo sabe. Quien sea que está detrás de todo esto, no se involucra a este nivel. Todos los negocios de compraventa de propiedades se hacen a través de un intermediario. Le asignan la tarea a alguien, y ese alguien consigue a alguien que consiga a alguien del pueblo que se hace cargo del trabajo sucio a nivel local.

—¿Qué clase de trabajo sucio?

—Comprar gente, principalmente. Convencerlos de que vendan.

—¿Convencerlos?

Se encogió de hombros.

—No todos saben qué es lo que más les conviene.

Ahora comenzaba a entender las cosas. Comenzaba a encontrar las piezas que faltaban: las capas, los claroscuros... Las cosas que conforman el panorama completo.

—¿Y quién es el encargado de convencerlos?

Jess me miró.

—Su nombre es Henry Quentin. Seguramente lo vieron en El Puente la otra noche.

—¿El hombre de la barba?

—Sí.

—¿Él vive en el pueblo?

Jess asintió.

—En la gran casa de piedra al final de la calle High. No sé mucho acerca de él, pero sé que está haciendo mucho dinero con todo esto. Recibe un sueldo de la gente del hotel y una comisión sobre lo que compra, además de un bono gordo y jugoso cuando se termine de comprar todo. También he oído decir que tiene algunos negocios adicionales: cosas que la gente del hotel ignora —me miró de nuevo—. Por eso no los quiere a ustedes husmeando por aquí. Henry no es el único que está haciendo dinero con esto, tiene a medio pueblo en el bolsillo. Y como ustedes pueden complicar las cosas... bueno, pues no les hace gracia.

Volvió a destapar la botella de agua y le dio otro trago. La miré y me pregunté por qué me estaba diciendo todo aquello. ¿Me hacía una advertencia amistosa? ¿Había algo más, algo que aún no me había dicho?

Tendría que esperar para saberlo.

El sol estaba justo sobre nuestras cabezas y brillaba con un resplandor blanco que tiritaba en el aire como un rocío invisible. En aquel silencio sin tiempo sentí el aliento de Rachel en el viento. No estaba lejos. Podía sentir su presencia, su dolor, su muerte. Estaba ahí *conmigo*. Había estado conmigo todo el tiempo: conmigo, con Jess, con los perros, en el bosque, en las colinas... Había estado con nosotros todo el camino. Sin embargo, ahora estaba justo ahí, justo en ese instante, en ese tiempo.

Jess se puso de pie y guardó la botella de agua.

—¿Listo? —dijo mirándome.

Me levanté y seguimos subiendo por la colina.

—Aquí la encontraron —musitó Jess—. Bajo el espino.

Estábamos de pie junto a un antiguo círculo de piedras al final de una pequeña vereda cubierta de hierba, cerca de la cima de la colina. Las viejas piedras de granito estaban medio enterradas a un metro una de la otra, formando un círculo de cuatro metros de diámetro. En medio del aro había hierba verde y brillante, pero afuera no había nada más que piedras y hierba seca. No entendía nada: la geografía, la historia o la forma del lugar, pero no importaba. No necesitaba entenderlo.

Aquel era el lugar.

El círculo de piedras, el árbol cortado, el viento moribundo...

Ahí ocurrió todo.

Seguro que se veía distinto a la luz del día. Sin la lluvia torrencial, sin la noche, sin la luz violeta que mezclaba el cielo con la tierra... Tendría que haberme costado más trabajo creerlo, pero no. Era media noche en mitad del día y yo podía ver a Rachel tirada ahí, desnuda y muerta en la oscuridad.

Lo veía todo con demasiada claridad.

Podía sentir su muerte.

Los perros de Jess también sentían algo. Estaban sentados a un lado del círculo de piedras, chillando suavemente. Su pelaje estaba erizado, tenían las orejas pegadas a la cabeza y sus lomos se arqueaban por la mitad. No sabía si lo que sentían era la muerte de Rachel o si había algo más dentro del círculo de piedras que los atemorizaba; algo que sólo ellos podían sentir: un aura, un poder, una fuerza desconocida. No sabía si creer en esas cosas, pero al pasar la vista por entre las rocas cubiertas de liquen y el árbol esculpido por el viento, supe qué era lo que sentía: la muerte de Rachel, la respiración del Muerto, la lluvia corriendo enrojecida de tanta sangre.

Y eso sí que podía creerlo.

Veía al Muerto entre las sombras del espino. Era oscuro, anguloso y sucio. Su cara era como un cuchillo negro. Tenía las manos cubiertas de cicatrices. Sangraba por los rasguños y las mordidas. Sus ojos eran amarillos. No tenía a dónde ir. No tenía dónde esconderse.

Giré el cuerpo para mirar a Jess. Ella estaba de pie un par de pasos detrás de mí. Los perros habían ido a echarse a su lado con las cabezas pegadas a la tierra.

—¿Quién es él? —le pregunté.

—¿Quién?

—Ya *sabes* quién.

Pestañeó, y por un momento pensé que mentiría de nuevo. Sin embargo, cuando habló, su voz sonaba honesta.

—Lo siento —dijo—. Iba a decírtelo... Es sólo que no sabía si debía hacerlo. Es decir, no existe ninguna prueba... En realidad son sólo rumores...

—Dime su nombre —dije en voz baja.

Me miró.

—Selden. Su nombre es John Selden.

—¿Selden?

Jess asintió.

Atraje al Muerto a mi mente y traté de ponerle el nombre a la cara resquebrajada: *Selden, Selden, ¿John Selden?*... Las palabras encajaban. El nombre se *convirtió* en él: *él* era John Selden.

—¿Quién es? —le pregunté a Jess—. ¿A qué se dedica?

Jess negó con la cabeza.

—No es nadie... No *hace* nada. Por lo general anda por ahí, solo, perdiendo el tiempo en el páramo y en el bosque —dijo ella con un gesto de repugnancia—. Es un asco de tipo. Una vez lo sorprendí mirándome. Paseaba a los perros y comenzaron a ladrarle a un árbol. Cuando alcé la vista vi a Selden sentado en las ramas con una asquerosa sonrisa en la cara —Jess me miró—. Nadie lo ha visto desde que mataron a Rachel. La policía lo ha estado buscando, ha hecho preguntas, revisó su habitación...

—¿Cómo habrá llegado aquí? ¿Qué hizo para traer a Rachel hasta aquí?

—El camino hacia el pueblo está justo ahí —dijo Jess señalando a la derecha de la colina—. ¿Lo ves? Detrás de ese pequeño matorral.

Había una pequeña entrada al lado del camino, que atravesaba el matorral colina arriba… No estaba lejos: a menos de cien metros de distancia. No estaba tan lejos como para cargar un cuerpo. Miré el camino imaginando al Muerto escalando la colina, sorteando las piedras, cargando el cuerpo de mi hermana a través de la tormenta…

*¿Por qué?*

*¿Por qué lo hizo?*

*¿Por qué mató a Rachel?*

*¿Por qué la trajo hasta aquí?*

*¿Por qué?*

Sentí que mi cabeza daba vueltas con tantas preguntas. ¿Por qué nadie había mencionado antes a Selden? ¿Por qué Jess me hablaba de él ahora? ¿Quién era él? ¿De dónde salió? ¿Quién lo mató? ¿Y por qué? ¿Qué hicieron con su cuerpo?…

De pronto sentí otra cosa: un familiar bombeo de sangre en mi corazón. Era la misma sensación que tuve la noche en que murió Rachel, sólo que esta vez provenía de Jess. Tenía la mirada al frente, más allá del círculo de piedras donde tres figuras encorvadas se dirigían colina arriba en dirección nuestra. Caminaban hombro con hombro. Los dos de los extremos tenían escopetas; el que caminaba al centro era Rojo.

# NUEVE

Observé con atención a los tres hombres mientras se acercaban al círculo de piedras. Rojo no había cambiado nada: vestía aún el desgarbado traje rojo, tenía la misma sonrisa de dientes afilados y me clavaba su mirada desconcertante; llevaba las manos en los bolsillos y el cuello del saco alzado; lucía como un extraño pandillero rural. Los otros dos eran como un par de vegetales con pies. El de la derecha parecía una papa: una gran cabeza, ojos pequeños como semillas, piel escamosa. El de la izquierda semejaba un germen de frijol por las piernas largas, la cabeza de bulbo, los dedos como rábanos y un par de ojos que harían llorar a una cebolla. El Hombre Papa llevaba puesta una chamarra militar y botas; el Flaco llevaba un chaleco de nailon y una gorra de beisbol. Cada uno traía una escopeta en el hombro y ninguno sonreía.

Llagaron a la orilla del círculo de piedras y noté que Jess se me acercaba. No dijo nada, aunque tampoco hacía falta: yo ya estaba completamente con *ella*, compartiendo todos sus sentidos y viendo a los tres hombres a través de sus ojos. Jess reconoció a Rojo y al Hombre Papa, pero nunca antes había visto al Flaco. Sin embargo, sabía quién era. Jess conocía a varios hombres de su tipo y yo también. Era de esos que se alimentan del miedo de los otros, al igual que sus dos compañeros. Los tres se estaban preparando para comer.

Sus bocas babeaban ante el olor de nuestro miedo y no había

nada que pudiéramos hacer para esconderlo. Sentíamos *miedo*, punto. Pero aún podíamos funcionar. Pudimos ver el brillo de las escopetas. Pudimos ver el conejo muerto metido en el bolsillo del Hombre Papa. Pudimos ver, también, la mancha de sangre de conejo en su cara.

Pensamos que quizá se detendrían en la orilla del círculo de piedras, pero no fue así. Ellos no percibían nada, no podían notar aquello que no se ve. Atravesaron sin pensarlo el anillo de piedras y pasaron por debajo del espino, sobre el fantasma de Rachel, a través de la sombra del Muerto, y se detuvieron frente a nosotros.

—Oye —dijo Rojo—, ¿cómo andas de suerte?

Era el tipo de pregunta que hacen los que se alimentan de miedo para empezar una pelea. *¿Qué me ves? ¿Cuál es tu problema?* Y ambos sabíamos que era inútil responderle. Rojo también lo sabía. Lo supe por sus ojos risueños, por cómo movía la cabeza y por cómo le temblaban los hombros. Me di cuenta por la forma en que se limpió la nariz con la manga del saco.

—¿Todo bien? —preguntó.

Mi mente volvió a la noche anterior. *¿Todo bien?* Me había preguntado cuando los encontramos, y yo entonces no respondí. Solamente esperé a que Cole hiciera lo suyo, pero ahora yo estaba solo. Con Jess.

Rojo me sonrió.

—¿Dónde está Jackie Chan?

—¿Quién?

Dio un puñetazo al aire, cerca de mi cara, pero cuando lo vi apretarse el cuello y hacer como que se asfixiaba, entendí que estaba actuando lo que Cole le había hecho al Gran Davy.

—Debe ser estupendo tener un hermano así —dijo sonriendo al tiempo que soltaba su propio cuello—. A mí me gustaría tener un hermano que me quitara de encima a los malos —se tomó un momento para escrutar con exageración los alrededores—. Pero parece que hoy estás solo.

—Yo no diría eso.

—¿Ah, no? —volvió a mirar en torno suyo, viendo a través

de Jess como si no estuviera ahí—. Pues yo no veo a nadie más. ¿Tú ves a alguien más, Nate? —le preguntó al Hombre Papa.

—No, no veo un carajo —gruñó el tal Nate.

Rojo volvió a mirarme.

—Yo creo que estás viendo fantasmas, muchacho. Por aquí hay muchos: duendes y mierdas de ésas, ánimas y espíritus —alzó la mano abriendo mucho los ojos y gimiendo como un niño que juega a la casa embrujada. Bajó la mano y me guiñó el ojo—. Así es, por aquí *siempre* hemos tenido muchos muertos.

Ahora yo pensaba en Cole. Deseaba que estuviera ahí conmigo, deseaba poder soportar este tipo de cosas sin que el corazón se me saliera del pecho como una rana dando brincos. Deseaba tener algún control sobre las cosas que me ocurrían por dentro: los mecanismos, las señales, las reacciones. Pero sabía bien que perdía el tiempo.

—¿Qué están haciendo aquí? —me preguntó Rojo—. Esto es parte del bosque y es propiedad privada. No pueden estar aquí.

—Están rompiendo la ley —dijo Nate, el Hombre Papa. Su voz era tan lenta y su acento tan denso que me costó trabajo entender lo que decía. Lo miré. Tenía los labios blandos y la lengua demasiado gorda para el orificio de su boca.

—¿Qué? —pregunté.

—¿Qué? —me imitó.

Jess soltó un suspiro, un forzado bostezo de aburrimiento. De pronto toda la atención se concentró en ella. Nate y el Flaco la miraron, pero Rojo hizo algo más histriónico: abrió mucho los ojos y dio un paso hacia atrás, falsamente sorprendido, como si Jess hubiera aparecido de la nada.

—¡Mierda! —dijo llevándose la mano al pecho—. ¿De dónde saliste? ¡Casi me da un infarto! ¿Cómo hiciste *eso*?

Jess no dijo nada, sólo lo vio mientras negaba ligeramente con la cabeza.

Rojo se inclinó hacia adelante e hizo un cuenco en la oreja.

—¿Cómo dices? Anda, háblame. Dime cómo lo hiciste. *Anda*, no tengas pena, no muerdo —dijo esperando que Jess respondiera. Como ella no lo hizo, Rojo volvió a sonreír y le habló como si se dirigiera a un niño idiota—. ¿Ha-blas-es-pa-ñol? ¿No? ¿Eres una mugrosa gitana? ¿Sí?

Los ojos de Jess no reflejaban nada.

Rojo se enderezó y habló con el Hombre Papa:

—¿Conoces alguna palabra en el idioma de los gitanos, Nate?

—Tráiler —gruñó—. Caravana… Soy inocente…

—Topo —añadió el Flaco.

—¿Topo? —rio Rojo.

—Sí, se los zampan.

—Se zampan lo que sea —dijo Nate.

—¡Eso quisieras! —dijo y los tres echaron a reír.

Sus risas eran el sonido de tres adultos idiotas riendo en un parque. No obstante, era obvio que aquello no le molestaba a Jess. Sabía tan bien como yo que no era más que un ruido molesto. Era sólo el calentamiento, un pequeño ensayo para ir preparando el ambiente. Cuando las risas cesaran, sería momento de preocuparse.

Miré a Jess y noté que tenía los brazos junto al cuerpo, con las palmas de las manos hacia el suelo, manteniendo en guardia a los perros detrás de ella. Estaban sentados y quietos, con las quijadas apretadas y los ojos fijos en Rojo y sus compinches.

—Dale el conejo —le ordenó Rojo a Nate.

—¿Qué?

—Que le des el conejo.

—¿Para qué?

Rojo lo ignoró y se dirigió a Jess:

—¿Quieres el conejo? ¿Quieres un lindo conejito? —dijo frotándose la barriga y haciendo como que comía algo—. Ñam, ñam, muy rico. ¿Te gusta? —sonrió—. ¿Te gusta la carne fresca? Fresca y sabrosa…

—A ver, imbécil —dijo Jess en voz muy baja—. Acabemos con esto, ¿sí?

Rojo dio un paso hacia atrás, repitiendo el gesto de sorpresa.

—¿Disculpa? ¿Dijiste *algo*?

—Mira —le dijo Jess—, tenemos mejores cosas que hacer que estar aquí oyendo tus estupideces todo el día, así que por qué mejor no te dejas de rollos y vas al grano. Ya hicimos la parte de los chistes sucios y de gitanos… ¿Qué más quieres hacer? ¿Quieres asustar al muchachito? ¿Quieres impresionar a tus amigos? ¿Quieres decir un par de porquerías más?

Nate y el Flaco sonreían con sorna, pero a Rojo aquello no le pareció gracioso. Su sonrisa se convirtió en una pálida cicatriz a media cara.

—Anda —lo retó Jess—. Di algo gracioso. Insúltame. A ver qué otra cosa de gitanos se te ocurre —dijo tronando lo dedos—. Ya sé, ¿qué te parece algo sobre la endogamia? El tema de la raza y el incesto *siempre* funciona. Dos insultos por el precio de uno.

La cara de Rojo se había transformado en una máscara blanca con manchas rojas. Su piel estaba tan tensa que sus labios apenas se movieron cuando habló.

—¿*Raza*? Ustedes no son una *raza*. Son sólo un desperdicio de sangre.

—¡Eso es! —dijo Jess mientras aplaudía—. ¡Excelente! ¿Qué más me tienes?

Anticipé perfectamente cómo iban a empeorar las cosas y entendí la intención de Jess: acabar con esto lo más rápido posible. En circunstancias normales no me hubiera importado, pero ésas no eran circunstancias normales. Esto se trataba de un lunático tembloroso que tenía por amigos dos vegetales con escopetas.

Miré a mi alrededor. Rojo estaba completamente electrificado: su cabeza se movía sin control; los codos le brincaban; su cara era un revoltijo de piel pálida y tics nerviosos. Los otros dos comenzaban a captar el mensaje de su líder. Las sonrisas habían desaparecido para dejar paso a un par de máscaras adustas. Sus ojos estaban alertas y fijos. Nate había sacado el conejo de su bolsillo y lo pendía por las orejas, balanceándolo ligeramente contra su pierna. El Flaco miraba con desdén a Jess mientras se rascaba la ingle.

Durante un minuto estuvimos sumidos en un silencio absoluto, un silencio de esos que carecen de tiempo y sensaciones. Podía oír el transcurrir del tiempo en mi cabeza: tic, tic, tic…

De pronto, Jess se dirigió a Rojo:

—¿Tu novio me piensa dar el conejo o no?

Eso bastó. En ese instante todo hizo *erupción*. Todo fue tan rápido, frío e indiferente que no me di cuenta de lo que estaba ocurriendo. El brazo de Nate surcó el aire y algo voló hacia la cara de Jess, donde aterrizó con un ruido apagado. La vi trastabillar hacia atrás con sangre en la cara al tiempo que el cuerpo del conejo caía a sus pies. Antes de que pudiera discernir si la sangre era de Jess o del conejo, el Flaco se me acercó y me apuntó a la cabeza con la escopeta.

—Al piso, muchacho —susurró.

Me arrodillé en el suelo mientras buscaba a Jess con la mirada. La vi ordenar a sus perros que atacaran a Nate y a Rojo. Rojo giró de un saltó y le quitó a Nate la escopeta de las manos justo cuando ambos perros corrían hacia ellos. En ese momento, Rojo jaló a Nate hasta colocarlo frente a él y le gritó:

—¡Mátalos!

Nate levantó la bota y le dio una patada a Finn, y mientras el perro chillaba y brincaba hacia el otro lado. Trip se escurrió por entre las piernas de Nate y se aferró al tobillo de Rojo, quien lo golpeó en la cabeza con la culata de la escopeta y el pequeño animal cayó de bruces. Chilló un poco y trató de incorporarse pero Rojo lo golpeó de nuevo con más fuerza. Oí un fuerte crujido… Esta vez el perro no se levantó.

Jess gritó.

Fue un sonido terrible: era el grito de un corazón desgarrado, un grito que convirtió el aire en hielo. Nate sonreía mientras perseguía a Finn. Jess le gritaba al perro que corriera y a Rojo que lo mataría…

Y yo no podía hacer nada. Estaba de rodillas en el suelo con el cañón de un rifle entre los ojos. El Flaco me lo enterraba en la cabeza tratando de hacer que me acostara, tratando de tirarme, tratando de *enterrarme*…

Sin embargo, yo no tenía ninguna intención de caer ahí.

Aguanté el dolor en la frente y fijé la mirada sobre Rojo mientras él se acercaba a Jess con la escopeta en las manos. Sonreía de nuevo. Era una sonrisa apretada y dura, salpicada de saliva. Jess le gritaba.

—¡Hijo de puta! ¡*Bastardo* de mierda! Te voy a…

—¿Qué? ¿Me vas a qué? —dijo Rojo.

—Te voy a matar —escupió Jess.

—No lo creo —sonrió—. Si te fijas bien, te darás cuenta que el único muerto aquí es la rata tullida.

Jess se le abalanzó, pero Rojo levantó la escopeta y le apuntó a la cabeza. Jess se detuvo justo frente a él mirando por el cañón de la escopeta. Pude sentir que estaba confundida entre el miedo y la furia. Quería desbaratar a Rojo en pedazos y estaba casi segura de que él no usaría la escopeta… Pero sólo estaba *casi* segura.

—Anda —le dijo él—. Rétame. Averigua si me atrevo.

Ella lo miró un largo rato a los ojos y al final dio medio paso hacia atrás.

—Pronto veremos a qué te atreves —dijo Jess en voz baja—. Veremos qué puedes hacer cuando estés despedazado y regado por el suelo.

Rojo solamente le sonrió.

—Toma el conejo —le ordenó.

—¿Qué?

Señaló el cadáver del conejo con la escopeta y repitió.

—Tómalo.

Jess miró el conejo. Se limpió la sangre de la cara y volvió a ver a Rojo.

—Vete al diablo —le respondió.

Rojo sonrió una vez más y miró a Nate, que pisoteaba la hierba alta lejos del círculo de piedras.

—¿Ya agarraste al perro? —gritó Rojo.

—Creo que se escapó —respondió Nate buscando a su alrededor—. El maldito animal se me escapó.

Rojo negó con la cabeza y nos miró al Flaco y a mí. Ahora sí comenzaba a dolerme. El cañón del rifle me había hecho una herida en la piel. Sentía la sangre correrme por la nariz. Tenía las piernas dormidas de estar hincado tanto tiempo..

—Oye, niño —me dijo Rojo—, ¿cuánto crees que valga tu vida?

Incluso con un arma apuntando directo a mi cabeza, me

pareció que aquella era una pregunta muy extraña... Por un momento hasta pensé en responderla: *¿cuánto* vale mi vida? Pero ese pensamiento no duró mucho tiempo.

Rojo le preguntó a Jess:

—¿Cuánto crees *tú* que vale su vida?

Jess negó con la cabeza.

—No entiendo de qué estás hablando. ¿Por qué no mejor te vas al...?

—Dispárale —le ordenó al Flaco.

El Flaco lo miró.

—¿Qué?

—Que mates a ese maldito mestizo.

El Flaco dudó un momento y luego cortó cartucho: clic, clic. Pude sentir la vibración de aquel sonido haciendo pequeñas ondas en mi cerebro.

—No seas estúpido... —comenzó a decir Jess.

—Tú agarra el conejo —le dijo Rojo.

—¿Qué?

—¡Sólo *hazlo*! Toma el conejo y le permitiré a tu amigo conservar la cabeza.

Jess me miró. Sólo estábamos a unos metros de distancia, pero me parecieron miles de kilómetros. Nuestros ojos se encontraron y durante un momento ninguno de los dos supo nada. Jess apartó la vista y la vi agacharse a recoger el conejo.

Se lo extendió a Rojo.

—Ahí tienes. ¿Contento?

—Cómetelo —le dijo él.

—*¿Qué?*

—Cómetelo.

—No me lo voy a...

—Sólo es carne cruda —sonrió Rojo—. Estoy seguro de que has comido cosas peores. Vamos... No es mucho pedir a cambio de la vida de un pequeño niño, ¿o sí?

—Estás completamente *loco*.

—Voy a contar hasta tres.

—Oye...

—Uno...

Jess sudaba y la humedad de su sudor se mezclaba con la sangre que le bañaba la cara. Tenía los ojos confundidos y enfermos. Me miró y trató de hablar. En ese momento sentí el corazón de mi hermano dentro de mí. No lo *sentía a él*, pero podía sentir de qué estaba hecho y ya nada me importó.

—Está bien —le dije a Jess con calma—. Dile que se vaya al carajo. No hará nada…

Rojo sonrió.

—Dos…

Yo le sonreí de vuelta, miré al Flaco y dije:

—Tres.

El Flaco pestañeó, su dedo apretó el gatillo y disparó. Una explosión ensordecedora me atravesó la cabeza.

# DIEZ

—El disparo salió de la escopeta de Rojo —le conté a Cole más tarde aquella noche—. La del Flaco no estaba cargada. Rojo disparó al aire al mismo tiempo que el Flaco jaló el gatillo —hice una pausa y reviví aquel momento en mi cabeza: volví a oír el chasquido de metal sobre metal, el disparo simultáneo de la escopeta de Rojo, la nada... Luego volví a sentir el líquido húmedo que me corría por la pierna...

—¡Por Dios, Rub! —suspiró Cole—. ¿En qué estabas *pensando*? Pudieron haberte *matado*.

—Sabía que la escopeta del Flaco no estaba cargada.

—¿*Cómo* lo sabías?

—Vamos, Cole: no me iban a disparar, ¿o sí? Son brutos pero no tanto. El Flaco no tenía el valor de hacerlo. No me hubiera matado ni para salvar su propia vida. Pude verlo en sus ojos.

—¿Eso es *todo*? —dijo Cole, incrédulo—. ¿Lo sabías porque lo viste en sus *ojos*?

—Ajá.

—Carajo, Rub...

—¿Qué?

Me miró negando con la cabeza. Traté de sonreírle pero su mirada no sonreía. Pude sentir una cosquilla húmeda formándose en mis ojos.

En ese momento no sentí nada, al menos no conscientemente. Supongo que mi cuerpo se conmocionó con el disparo de Rojo. De otra forma no me hubiera orinado, pero en mi mente no pasaba nada. Absolutamente nada. No tuve tiempo de pensar ni de sentir nada. No *hubo* tiempo. No vi mi vida pasar frente a mis ojos, no me arrepentí de nada, no hubo miedo ni oraciones finales…

No hubo tiempo para nada.

Sólo *¡BAM!* y todo se detuvo: el aire, el mundo, la hora, el día… Y un momento después, todo arrancó de nuevo. Yo era Ruben Ford. Estaba hincado en el suelo. Tenía la boca seca, los pantalones mojados, la cabeza sangrante. Y no estaba muerto. Podía ver el cielo azul, la hierba blanca, las piedras grises en la distancia. Podía ver a aquel maniático rojo. Podía escuchar el eco del disparo rebotando por el páramo y el sonido de la risa del maniático manchando el aire mientras él se alejaba colina arriba, sin siquiera tomarse la molestia de mirar atrás.

Jess estaba ahí arrodillada junto a mí, preguntándome entre lágrimas si estaba bien, y yo le decía que no se preocupara por mí, que fuera a ver al perro. Jess corrió hacia el cuerpo muerto de Trip, lo levantó y lloró sin tregua.

Regresamos en silencio. Bajamos la colina y caminamos cuesta abajo por el Camino de los Muertos, sumándonos a su tristeza y a su melancolía, por entre la luz de la catedral del bosque y por la verja de piedra al lado del camino donde habíamos comenzado la jornada. Ahí, Jess depositó al perro sobre una piedra soleada y nos abrazamos bajo las sombras moribundas de la tarde.

—Lo siento —me susurró al oído—. Debí haber cerrado la boca, pero no…

—No tienes que decir nada —le respondí—. No hay nada que decir.

Entonces me besó: posó sus labios sobre la herida que había dejado la escopeta, se dio la vuelta, recogió a Trip y se fue caminando con Finn a sus espaldas. La miré hasta que desapareció y me dirigí hacia la granja.

La imagen del perro muerto comenzó a perseguirme mientras descendía por el camino: su pequeño cuerpo extendido sobre el páramo, las tres patas inertes, la boca abierta, sus ojos mirando la nada. La imagen era más clara ahora de lo que había sido en aquel momento. En mi mente pude ver una de sus orejas moverse y por un segundo pensé en los milagros: *No está muerto, sólo está desmayado, inconsciente, en coma.* Pero claro, se trataba sólo del viento de la colina que despeinaba su pelaje.

Deseé haber hecho algo.

Lo único que podía imaginar era que ponía mi mano sobre su cuerpo y sentía la fría inmovilidad de la muerte. Aquello me estremeció y me hizo llorar.

Para cuando llegué a la granja, el sol se estaba cubriendo de nubes y había un ligero olor a lluvia en al aire. La casa y el jardín lucían tranquilos. Había marcas frescas de llantas en el jardín, pero la Land Rover no se veía por ahí, así que supuse que Vince había regresado y había vuelto a salir. La puerta principal de la casa estaba abierta. Entré y subí en silencio para no encontrarme con Abbie, y vi a Cole sentado en la cama, esperándome.

—¿Dónde has estado? —me dijo con impaciencia en cuanto abrí la puerta. Casi de inmediato vio la herida en mi cabeza y la voz se le congeló—. ¿Quién te hizo eso?

Entonces le conté todo: lo que había pasado con Abbie, cómo me había encontrado con Jess, lo que ella me había contado acerca del pueblo y del hotel y de John Selden, y lo de Rojo, Nate y el Flaco. Ahora estábamos sentados juntos en la cama, yo con los ojos llorosos y los de Cole llenos de una furia tranquila.

—¿Te hicieron algo más? —me preguntó—. ¿Te lastimaron o algo así?

Negué con la cabeza.

—Sólo trataban de asustarnos. No creo que hubiera pasado nada si Jess no hubiera hecho que Rojo quedara como un estúpido. Ese tipo es un psicópata, Cole; mató al perro de Jess sin pensarlo dos veces.

Cole asintió.

135

—¿Pero no te hizo daño a ti?

—No.

—¿Dijeron algo acerca de Rachel?

—En realidad, no. Rojo hizo alguna broma sobre muertos y fantasmas, pero eso fue todo. Sólo estaban haciendo lo de siempre, ya sabes: amenazas tontas, miradas espeluznantes, burlas. A Jess le tocó lo peor. Con ella sí que se ensañaron.

—Pues sí —dijo Cole encogiéndose de hombros—, pero ella es gitana, así que ya estará acostumbrada —me miró—. Si se parece al resto de su familia, es suficientemente fuerte como para soportarlo.

—¿Los conoces?

—¿A los Delaney? Sólo de nombre. Papá conoció a algunos Delaney de Essex hace tiempo. Creo que vivieron una temporada en el mismo campamento. Pero son un clan grande, así que no estoy seguro de qué tan cercanos son a la familia de Jess.

Se puso de pie, se dirigió a la ventana y encendió un cigarro. Lo observé un momento y dudé si debía decirle lo que me había contado Jess acerca de papá y los Docherty y Billy McGinley, pero decidí que ambos teníamos demasiadas cosas de qué preocuparnos como para ponernos a pensar en el pasado y en las cosas malas que habían ocurrido entonces. No era el pasado lejano, así que supe que en algún momento tendría que hablar de aquello, mas no por ahora.

—¿Cómo te fue en el pueblo? —le pregunté a Cole.

—No me fue —dijo fumando de mal humor—. Nadie dice nada. Nadie se me acercó, ni se diga hablar conmigo. Es como si fuera un leproso o algo así. Pude hacer algunas preguntas en la oficina de correos, pero no sirvió de nada —dijo mientras apagaba pensativo el cigarro—. Fue como hablar con zombis.

—¿Fuiste al campamento de los gitanos?

—Sí.

—¿Y?

Cole asintió.

—Bien. No dijeron gran cosa, pero tampoco esperaba que lo hicieran. Saben quiénes somos: yo, tú, Rachel, papá. Lo saben perfectamente.

—Jess me contó que su tío había visto pelear a papá —le dije—. Él le dijo que golpeabas como un Ford.

—Sí, lo sé. Hablé con él —dijo frunciendo el ceño—. En realidad el que habló fue él. Yo sólo lo escuché.

—¿De qué habló?

—De peleas, principalmente. Yo trataba de preguntarle acerca de Rachel, pero él sólo quería hablar de peleas a puño limpio: los viejos tiempos, las grandes peleas, los nombres famosos, todas esas cosas —Cole negó con la cabeza—. Es algo extraño.

—¿A qué te refieres?

—No sé, no estoy seguro. Es decir, es un *buen* tipo... No estoy diciendo que esté loco ni nada, pero hay algo extraño en él. Es como si no tuviera sentido de la realidad.

—Jess dijo que él también peleaba.

—Sí, lo sé. Me lo contó todo.

—Quizá le pegaron demasiado en la cabeza.

—Puede ser...

—Entonces, ¿qué tiene de raro? Es sólo un viejo al que le faltan algunos tornillos: hay muchos así.

—Sí, pero él es *jefe*, Rub. Es el líder. Cuando llegué al campamento e hice preguntas, lo único que me respondían era: "lo mejor será que hables con el jefe, amigo", y señalaban el tráiler del viejo. Cuando por fin salió y me invitó a entrar, todos se retiraron y nos dejaron solos —Cole me miró—. No está bien de la cabeza, Rub. ¿No te parece extraño que alguien así sea el jefe?

—Quizá por eso están aquí —sugerí.

—¿A qué te refieres?

—Tú mismo lo dijiste: aquí no hay nada para ellos, ¿o sí? No hay trabajo, no hay dónde vender nada, no hay ferias. Quizá esto es lo que pasa cuando se le hace caso a un boxeador lastimado como Razón. Terminan en medio de la nada.

—No —dijo Cole—, es algo más.

—¿Cómo qué?

Negó con la cabeza.

—No lo sé. Estoy seguro de que hay algo que no me dijo.

—¿Acerca de Rachel?

Se encogió de hombros.

—Puede ser.

—¿Crees que los demás sepan algo?

—Me sorprendería que no fuera así, pero no creo que nos digan. No quieren involucrarse y no los culpo. Ya tienen bastante con qué lidiar como para arrastrar nuestros problemas.

Estuvimos en silencio un momento, pensando las cosas, sopesándolas, tratando de entender qué significaba todo aquello.

Después de un par de minutos, Cole encendió un cigarro y volvió a ver por la ventana. Me paré junto a él. La luz del atardecer comenzaba a palidecer, y el sol se ponía y lanzaba sombras borrosas sobre las colinas distantes. El jardín estaba tranquilo y en silencio.

—Entonces —le dije a Cole—, no averiguaste nada en el pueblo.

—Sólo averigüé que es una porquería.

—¿Nadie te habló acerca del hotel que quieren construir?

—No.

—¿Ni de Henry Quentin?

—No…

—¿Y nadie mencionó a John Selden?

Cole me miró.

—Sí, está bien, Rub, ya te entendí. Tú averiguaste todo y yo no conseguí nada.

Le sonreí.

—No te sientas mal.

Su cara permaneció impasible, pero pude ver el asomo de una sonrisa en sus ojos.

—¿Cómo está tu cabeza? —me preguntó.

—Está bien… —comencé a responder tocando la herida en mi frente, y en ese momento entendí a qué se refería. Tenía razón: quizá yo había averiguado más cosas, pero me habían salido caras—. Pues sí —le dije—. Pero al menos yo no regresé con la manos vacías.

—Por poco no regresas.

Bajé la mirada y me di cuenta de que era verdad: por poco *no* regreso con vida. Pude haber terminado siendo otro cuerpo frío en el páramo... Como otro Trip... Otro Rachel. La idea me asustó tanto que me dieron ganas de vomitar. Sin embargo, eso no era lo peor. Lo peor era saber lo cerca que había estado de hacer que mi familia atravesara de nuevo el infierno. Ya sabía cómo era el infierno y no podía soportar la idea de que alguien pasara por algo como eso por *mi* culpa.

—Oye —dijo Cole posando su mano sobre mi hombro—. No te preocupes. Lo hiciste bien.

Lo miré y me sonrió.

—Si tuviera corazón, me sentiría muy orgulloso de ti.

—Gracias.

Nos miramos y algo pasó entre nosotros: algo que no había estado ahí desde hacía mucho tiempo: cierta intimidad, una cercanía más allá de la cotidiana que me recordó cuando éramos niños. Fue una sensación agradable.

Justo cuando comenzaba a disfrutarla, la sonrisa de Cole desapareció y él volvió a meterse en su cueva.

—Bueno —dijo apagando su cigarro—, quiero que me lo cuentes todo de nuevo, y esta vez quiero que lo digas *todo*. Regresa el video en tu cabeza y reprodúcelo palabra por palabra, escena por escena, desde el momento en que salí de la casa esta mañana hasta el momento en que volviste.

Un par de horas más tarde salimos de la casa y nos encaminamos por la vereda hacia el camino del pueblo. La luz del páramo se apagaba bajo una manta de nubes y el aire turbio se sentía pesado y húmedo. Todo parecía borroso y opaco: los sonidos, los colores, las superficies, las formas. Deseé que hubiera luces alrededor. Extrañaba la luz. Extrañaba la manera en que la luz iluminaba y definía las cosas... La forma que en suele mostrar el lugar en el que estás.

Me sentía cansado y hambriento.

Vince volvió a casa mientras nosotros hablábamos en la habitación. Lo oímos discutir con Abbie. Un poco después, Abbie subió y nos preguntó si queríamos algo de comer. Era la primera vez que la veía desde que había salido furiosa de la cocina, y por la forma en que me miraba pude ver que no había olvidado el incidente. No es que no fuera *amigable* conmigo… pero tampoco fue especialmente cálida. Cole le sonrió con su cara de niño bueno y le dijo que íbamos a salir, que muchas gracias por el ofrecimiento…

Así que no comimos.

Y la temperatura comenzaba a descender.

Me dolía la cabeza y las piernas de tanto caminar. Ahora trataba de seguirle el paso a Cole, que iba delante de mí. No esperaba con mucha ilusión las horas por venir.

—¿Qué te dijo Abbie de no irse de la granja? —Cole me preguntó por encima del hombro.

—¿Qué?

—Abbie. Te dijo que no se quería ir de la granja.

—Espérame —dije tratando de alcanzarlo.

Se detuvo y esperó a que le diera alcance. Seguimos caminando lado a lado.

—Era la casa de su madre —le dije recordando lo que Abbie me había contado—, por eso no se quiere ir. Significa mucho para ella. Su madre nació aquí y murió aquí.

Cole asintió pensativo.

—Si lo que Jess te contó es cierto, Abbie debe ser una de las pocas que no ha vendido.

—Sí, supongo… A menos que la gente del hotel no quiera su propiedad.

—¿Por qué no habrían de quererla? Ese tal Quentin ha comprado todo lo demás, ¿no? Y no me parece que sea el tipo de hombre que acepte una respuesta negativa. Te apuesto que les ha hecho ofertas generosas, y no es como si no necesitaran el dinero. La tierra de la granja ya no es suya y ninguno de los dos tiene trabajo fijo.

—¿Ni Vince?

Cole negó con la cabeza.

—Lo único que sabe hacer es trabajar la tierra. Le pregunté cuando me llevó al pueblo. De vez en cuando trabaja en alguna otra granja, pero la mayor parte del tiempo tiene que comprar y vender cosas.

—¿Qué tipo de cosas?

—Lo que sea: motocicletas, autos, caballos, cualquier porquería. No creo que obtenga mucho dinero…

Cole estuvo callado un rato y seguimos caminando bajo el crepúsculo del páramo. Pude sentir que Cole pensaba en todo lo que le había contado y en algo más. No sabía en *qué* estaba pensando, pero sabía que organizaba la información a su manera.

Cole siempre piensa las cosas con cuidado, sin confiar en su mente tanto como confía en sus puños, y eso siempre me ha dado envidia. De cierta forma nos parecemos mucho, pero cuando se trata de ser cautelosos, somos polos opuestos: mi mente trabaja a la velocidad de sus puños y mis puños son tan lentos como su mente. Claro que no tiene nada de malo pensar rápido, es sólo que a veces me gustaría que mi mente bajara la velocidad un poco para saber lo que hace.

Llegamos al final del camino y dimos vuelta sobre la calle que lleva al pueblo, junto a la entrada del bosque. Miré de reojo la masa negra que formaban los pinos y las colinas lejanas, tratando de ver el Camino de los Muertos; sin embargo, no lo encontré. Las colinas dormían bajo una sábana de nubes y lo único que se veía era un rocío espectral deslizándose desde las alturas, asfixiando el páramo con su silencio.

Desvié la mirada y seguí a Cole por el oscuro camino.

Cole llevaba la mochila al hombro; mientras caminaba, le rebotaba contra su espalda. Lo observé un momento, concentrándome en el ritmo, un constante tunc, tunc, tunc, y dejé que el sonido hipnotizara la parte de mí que quería olvidar lo que tenía que decirle a mi hermano.

No sé cuánto tiempo nos tomó; quizá cinco minutos, más o menos. Al final logré alcanzar a Cole otra vez y caminar junto a él sin el temor que me había estado molestando todos esos días.

Se giró para verme y me sorprendió viéndolo fijamente.

—¿Qué? —me dijo—, ¿qué te pasa?

—Nada. Quiero hablar contigo de algo.

—¿De qué?

—Hoy que estuve con Jess, mencionó algo sobre Billy Mc-Ginley.

—¿Quién?

Sonreí.

—Eso mismo le pregunté yo y tampoco conseguí engañarla. Los dos sabemos qué pasó.

—¿Ah, sí? ¿Y qué pasó?

—No soy estúpido, Cole.

—Nunca dije que lo fueras.

—Sólo porque no hablo del tema, no significa que no lo sé.

—¿Qué no sepas *qué*? —dijo molesto—. ¿Cómo quieres que sepa de qué estás hablando si no me lo dices?

—Está bien —suspiré—. Si así quieres jugar, está bien —lo miré—. Hablo de la pelea de papá con Tam Docherty, ¿de acuerdo?

—¿Qué hay con eso?

—Lo engañaron, ¿verdad?

Dudó un instante y luego asintió.

—Sí. La policía ya andaba detrás de papá por algunas cosas que había hecho antes: pólizas en blanco, autos robados, asuntos turbios de compraventa —negó con la cabeza—. Eran cosas menores, pero se había salido con la suya durante tanto tiempo que los policías estaban ansiosos por atraparlo con el pretexto que fuera. Así que cuando se enteraron de la pelea…

—¿Quién se los dijo? ¿Los Docherty?

—Probablemente —me miró—. Papá nunca les agradó.

—¿Por qué no?

—No lo sé… Es una de esas peleas entre familias, supongo. Los Docherty y los Ford se han odiado durante años. Fue hace tanto tiempo que ya nadie recuerda cómo empezó todo.

Lo miré a los ojos.

—Eso es pura mierda, Cole, y lo sabes.

Se detuvo y me miró fijamente.

—¿Qué?

—No hay ningún odio entre familias —le dije—. Nunca lo hubo. La razón por la cual los Docherty le avisaron a la policía fue porque querían vengarse de papá por matar a Billy McGinley.

Cole negó con la cabeza.

—No sé de qué estás hablando.

—Sí lo sabes —le dije—. Billy se llevó a una niña del campamento en Norfolk y la tuvo encerrada en su tráiler durante dos días. La niña era hija de Jem Rooney: Jem era el mejor amigo de papá —miré a Cole—. Solías llamarlo Tío Jem, ¿recuerdas?

Cole no dijo nada.

—No sé qué pasó exactamente —continué—, pero un par de días más tarde encontraron a Billy McGinley muerto en un terreno cerca de Cambridge. Le habían disparado en la nuca.

—¿Y? —dijo Cole encogiéndose de hombros.

—¿Y? Pues que la noche que mataron a Billy, papá y tú salieron y no volvieron hasta tarde. Y cuando regresaron al depósito de chatarra, guardaste algo en la cajuela del Volvo en el que papá guardaba el dinero sucio y esas cosas.

—¿Sabes *eso*?

—Lo he sabido por años. Solía abrir la cajuela para robarme algunos billetes de cinco libras —lo miré—. Por eso sé que esa noche guardaste ahí la pistola. La vi al día siguiente.

Cole iba a decir algo pero cambió de parecer y cerró la boca.

—Y sé que tienes la pistola en la mochila —le dije—. Te vi sacarla antes de irnos del depósito.

Volvió a encogerse de hombros y siguió caminando con los ojos fijos en el camino. Ya casi llegábamos, sólo teníamos que pasar la casa de piedra al final del camino. Las luces de la calle estaban encendidas, aunque no lo parecía. Aquel pueblo gris no hacía más que absorber aquella pálida luz anaranjada como hacía con todo lo demás: el ruido, el color, la vida. Todo allí se volvía gris.

—Entonces, ¿no lo niegas? —le pregunté a Cole.

—¿No niego qué?

—Lo de la pistola...

—No —dijo—, no lo niego. ¿Por qué habría de hacerlo? Es

sólo una pistola. No pasa nada. Sólo pensé que podríamos necesitarla, es todo.

—¿Así como la necesitaste antes?

—¿Cuándo?

—¿Cuándo mataron a Billy McGinley?

Se detuvo de nuevo. Se paró en seco, se dio la vuelta y me miró a los ojos.

—Billy estaba enfermo —dijo en voz baja—. Lo que hizo no fue su culpa. Estaba enfermo, loco. Encerrarlo no hubiera servido de nada: hubiera salido de la cárcel y lo hubiera vuelto a hacer. Otra niña hubiera tenido que sufrir.

—Así que lo mataste.

Cole negó con la cabeza.

—Yo nunca he matado a nadie. No estoy diciendo que no sepa qué le pasó a Billy, pero te puedo jurar que yo nunca he matado a *nadie*.

—¿Y papá?

Cole pestañeó una vez.

—Papá mató a Tam Docherty, pero eso fue un accidente…

—No estoy hablando de Tam Docherty. Estoy hablando de Billy McGinley. ¿Papá le disparó? ¿Es por *eso* que la policía estaba tras él? ¿Porque sabían que él había matado a Billy y no podían comprobarlo?

Cole me tocó el brazo.

—Lo siento, Rub —dijo con suavidad—. No puedo decirte nada más.

—¿Por qué no?

—Porque no puedo.

Nos miramos durante un buen rato, los dos cada vez más grises bajo la luz del pueblo, y yo no supe qué pensar. No sentía nada: no me llegaba nada de Cole y no me llegaba nada de mí mismo. Aun así, me sentía bien. No lo entendía, y no estaba seguro de que fuera correcto, pero eso era lo que sentía y eso era todo lo que tenía.

—Está bien —dije al fin—. Pero sea lo que sea lo que le ocurrió a Billy McGinley, más vale que esto no sea lo mismo.

—¿Qué quieres decir?

—Que sólo estamos aquí para recuperar el cuerpo de Rachel, ¿verdad?

—Así es.

—¿Y eso es todo?

—Eso es todo.

—¿No estás buscando nada más?

—¿Cómo qué?

—Venganza, justicia, represalias… Toda esa basura de las películas hollywoodenses. Dime la verdad, Cole: ¿es eso lo que buscas?

—No —dijo—, no es eso lo que quiero. *Yo* no quiero nada. No estoy haciendo esto por mí o por ti, ni siquiera por Rachel: lo estoy haciendo por mamá. Es lo único que *puedo* hacer. Mira, no estoy diciendo que nadie vaya a resultar herido, porque seguramente así será, pero no tiene nada que ver con venganza, castigo o justicia; si algo ocurre será porque así tiene que ser, ¿de acuerdo?

Lo miré de nuevo, pude ver la verdad en sus ojos, y asentí.

Cole me apretó ligeramente el brazo y desvió la mirada hacia la calle.

—¿Estás listo? —me preguntó.

—Supongo que sí. ¿Qué crees que pase?

—No lo sé —dijo caminando calle abajo—. Vamos a averiguarlo.

Entrar en el bar del hotel El Puente fue como haber viajado en el tiempo. Nada había cambiado desde el día anterior: se sentía igual, se veía igual, sonaba igual. Las mismas voces ruidosas, los vasos que chocaban, las risas alcoholizadas. Incluso nos recibió el mismo silencio de antes cuando cruzamos la puerta. El canal de deportes brillaba en el televisor y el bar estaba repleto con las mismas caras amargas que nos habían dado la bienvenida anteriormente. Todos estaban ahí: Nate y Big Davy, que llevaba un collarín en el cuello; Rojo y Henri Quentin; el Flaco y los metaleros; los tipos con gorras y camisetas ajustadas; Ron Bowerman y Will el cantinero. Cerca de la ventana vi a un grupo de jóvenes que no había notado antes, y por la manera en que miraban hacia fuera, supuse que estarían vigilando por si llegaban los Delaney a vengar la muerte del perro de Jess.

Rojo estaba sentado en un gabinete con la espalda hacia la pared. Levantó sonriendo su vaso para brindar con nosotros. Henry Quentin estaba a su lado, mientras el Gran Davy y Nate hacían guardia detrás de él.

Sentí nauseas, me temblaban las piernas. Quería *hacer* algo: moverme, hablar, darme la vuelta e irme… *Lo que fuera* con tal de olvidar esas miradas fijas… Pero Cole se quedó quieto observando a su alrededor, absorbiéndolo todo. Ni las miradas, ni las sonrisas, ni los murmullos existían para él. No significaban nada.

Lo vi clavar la vista en alguien que estaba en la parte trasera de la habitación. Cuando seguí la trayectoria de sus ojos, noté que se trataba de Vince, quien intentaba no ser visto. Acompañaba a una rubia de cara regordeta que llevaba un vestido demasiado corto. Estaban sentados muy juntos en una mesa esquinada, romanceando tomados de las manos. La chica no podía tener más de diecisiete años. Cuando Vince se dio cuenta de que lo mirábamos, soltó la mano de la chica y se separó de ella como un rayo, pero sabía perfectamente que no engañaba a nadie. Pude darme cuenta de que lo sabía. En menos de un segundo sus ojos pasaron de la preocupación a la rabia, de la rabia al plan. Finalmente, se ajustaron en el desafío: *Sí, está bien, ya me vieron. ¿Y qué? ¿Qué van a hacer al respecto?*

A Cole aquello no le importaba. No significaba para él nada más que un poco de información.

—Vamos —me dijo posando la mano sobre mi hombro y dirigiéndome hacia la barra.

Nos estrujamos en un espacio entre un par de ancianos granjeros y un tipo que tenía una lágrima tatuada bajo el ojo.

—¿Qué quieres? —me preguntó Cole.

—No lo sé —murmuré—, una Coca-Cola, supongo.

—¿Papas?

—Sí, papas sabor cebolla.

Cole sacó de su bolsillo un billete de £20 y lo sacudió frente a Will el cantinero. Después de hacer como que no nos veía durante cinco minutos más o menos, Will se acercó a nosotros.

—¿Sí? —dijo dirigiéndose a Cole.

—Dos cocas y unas papas sabor cebolla —dijo Cole.

El Hombre Lágrima bufó en su vaso y pude ver que Ron Bowerman sonreía con cara de borracho.

—¿Dos *cocas*? —sonrió el cantinero.

—Sí —respondió Cole—, y una bolsa de papas sabor cebolla. ¿Necesita que se lo anote?

El cantinero dejó de sonreír y miró un momento a Cole, negó con la cabeza y se marchó a buscar las bebidas.

Al fondo de la barra había un espejo. En él se reflejaba el resto del bar a nuestras espaldas y pude ver que todos habían vuelto a conversar y a beber. Como ocurrió antes, el bar volvía poco a poco a la normalidad. Sin embargo, todavía nos observaban con atención Ron Bowerman y, en especial, el Hombre Lágrima. Por el espejo vi que este último miraba a Cole; Cole lo ignoraba. El Hombre Lágrima siguió viéndolo un rato más y luego, chupando su labio inferior con cara de tonto e inhalando profusamente, comenzó a mirar alrededor del bar.

—Oye, Will —llamó—, ¿aquí hay ratas o algo así? Este lugar huele muy mal —añadió mirando abiertamente a Cole—. ¿Qué opinas? ¿Te parece que algo huele mal?

—Lo único que huele mal aquí eres tú —dijo Cole con calma, sin dirigirle la mirada.

El Hombre Lágrima azotó su vaso sobre la barra y se acercó a Cole, pero antes de que pudiera hacer algo, el cantinero lo detuvo y lo empujó hacia atrás.

—Aquí no —dijo viéndolo a los ojos—. Aquí no quiero problemas, ¿de acuerdo?

El Hombre Lágrima lo miró con desprecio y se volvió hacia Cole, maldijo entre dientes y regresó a tomar su cerveza.

El cantinero se acercó a Cole.

—Toma —le dijo dándole las bebidas—. Cuando terminen, los quiero fuera de aquí.

Cole le dio el dinero y tomó los refrescos. En cuanto me pasó uno y le dio un trago al otro, el Hombre Lágrima pasó junto a nosotros y nos empujó de camino al baño. El empujón hizo que el refresco de Cole se derramara y supuse que mi hermano se daría la vuelta para reventar su vaso contra la cara del Hombre Lágrima; sin embargo, no lo hizo. Es increíble, pero no hizo nada. Ni siquiera lo miró. Sólo limpió el refresco derramado en su manga, se secó la boca y encendió un cigarro.

—¿Estás bien? —le pregunté en voz baja.

Cole asintió soltando una bocanada de humo.

—¿Era uno de ellos?

—¿Quién?

—El tipo del tatuaje. ¿Era uno de los que te atacó hoy?

Negué con la cabeza.

—¿Están aquí?

Asentí.

—No los mires —me dijo—, sólo dime quiénes son.

Miré por el espejo.

—Nate es el gordo de la chamarra militar que está de pie detrás de Rojo. El Flaco está en la mesa con los metaleros: es el del sombrero.

Cole miró despreocupadamente hacia el espejo.

—¿El de la gorra de beisbol?

—Sí.

Cole asintió una vez más.

El cantinero estaba al otro lado de la barra hablando con Bowerman y gesticulando en dirección nuestra. No se veía muy contento.

—¿Qué vamos a hacer? —le pregunté a mi hermano.

—Nada.

Lo miré.

—No podemos quedarnos aquí…

—Todo estará bien —me dijo con calma—. Nos iremos en un par de minutos. Sólo quiero saber qué nos va a decir ese pedazo de mierda.

Seguí su mirada y vi a Ron Bowerman dirigirse hacia nosotros con una pinta de cerveza en la mano. Tenía los ojos vidriosos y la calva le sudaba bajo las brillantes luces del bar.

—Señor Ford —dijo arrastrando la voz y recargándose en la barra—. Qué gusto verlo de nuevo. Veo que decidió no irse a casa.

—Nos iremos pronto —le dijo Cole.

—Me da gusto oírlo. Ahora… —dijo haciendo una pausa y dando un largo trago a su cerveza antes de limpiarse la espuma de los labios y tratar de enfocar la vista en Cole—. Perdón, ¿qué estaba diciendo?

—¿Siempre hace lo que le dice el cantinero? —le preguntó Cole.

—¿Qué?

—No nos quiere aquí, no quiere tener problemas, así que lo envía a usted a decirnos que nos marchemos y entonces borra todo lo que tiene en su cuenta. ¿Así es la cosa? O quizá sólo está obedeciendo las órdenes de Henry Quentin, como el resto de la gente de este pueblo. Por cierto, ¿qué tal es trabajar para él? ¿Es un buen hombre? ¿Le paga bien?

El bar entero volvió a sumirse en el silencio. Todo el mundo estaba oyendo la conversación y viendo cómo la cara de Bowerman enrojecía mientras se acercaba a Cole.

—Mira, muchachito —siseó—. No sé qué es lo que te crees…

—¿Qué fue lo que sintió? —lo interrumpió mi hermano.

—¿Qué? ¿Qué sentí *cuándo*?

—Cuando estaba esperando ahí en la colina junto al cuerpo de mi hermana. ¿Qué fue lo que sintió? Quiero decir, me imagino que era una imagen estremecedora: destrozada, desnuda y muerta. ¿Cómo se sintió cuando vio eso?

—Por Dios, eres un *enfermo*.

—¿Le parece?

—Nunca había oído algo tan *desagradable*.

—¿Ya encontraron a John Selden?

Bowerman se congeló.

—¿Qué?

—John Selden: ¿ya lo encontraron?

Los ojos de Bowerman salieron disparados como dardos al otro lado del bar, y pude ver en el espejo que Henry Quentin lo miraba. Era una mirada de absoluta dominación. Cuando Bowerman se volvió a ver a Cole, su cara estaba bañada en terror.

—¿Quién te dijo lo de Selden? —musitó entre dientes.

Pero Cole ya no le estaba prestando atención: miraba fijamente a Henry Quentin. Éste le sostenía la mirada y los ojos de ambos rebanaban el silencio como un picahielos ardiente atravesando un témpano. Mientras Quentin analizaba a Cole, yo analizaba a Quentin a través del espejo. Era un hombre sin edad, adusto, oscuro e inmóvil. Tenía los ojos color ámbar, el pelo negro y grasoso, y una cara que parecía pertenecer a otro siglo. Llevaba puestos unos pantalones negros, un par de botas sucias y un abrigo militar con botones de bronce y las mangas enrolladas hasta los codos. Sus ojos eran los de un predicador ambulante.

—Te hice una pregunta —le dijo Bowerman a Cole.

Cole no respondió. Mantuvo la mirada en Quentin, apagó su cigarro y cruzó la habitación para dirigirse a él. Caminaba firme y ligero, como un fantasma flotando entre las nubes de humo de cigarro que colgaban del aire. Sus pasos no hacían ningún ruido. Cuando pasó junto a la mesa donde estaba el Flaco, lo miró.

—¿Todo bien? —le preguntó.

El Flaco soltó una sonrisa nerviosa y desvió la mirada mientras Cole avanzaba. Mi hermano se detuvo en la mesa de Quentin. Por un instante, nadie se movió. Rojo y Quentin observaban a Cole desde sus sillas, en tanto Nate y el Gran Davy permanecían inmóviles de pie a sus espaldas. Rojo levantó su vaso y le guiñó a Cole, al tiempo que Nate y el Gran Davy salían de detrás de la mesa. Cole no se movió, mantuvo la mirada fija en Quentin y, después de un momento, el hombre barbado levantó la mano para indicarles a Nate y a Davy que se mantuvieran en su sitio. Cole vio a Nate y regresó la mirada a Quentin.

—¿Henry Quentin? —preguntó.

Quentin no respondió.

Cole preguntó de nuevo:

—¿Es usted Henry Quentin?

—¿Qué puedo hacer por usted, señor Ford?

Su voz sonaba hueca y desalmada.

—¿Dónde está John Selden? —dijo Cole.

—¿Quién?

—John Selden, el hombre que asesinó a mi hermana. ¿Dónde está?

—Me temo que no sé de qué está hablando —respondió Quentin.

—Sí, sí lo sabe.

—Disculpe, ¿me está llamando *mentiroso*?

—Mire, señor —dijo Cole con calma—, yo sólo quiero saber dónde está John Selden. Puede decírmelo ahora o más tarde. Como usted elija. Pero si yo fuera usted, lo haría ahora.

Quentin sonrió mostrando unos dientes rotos y grises.

—¿Me está amenazando, señor Ford?

—Que no le quepa duda.

# ONCE

Llovía cuando salimos de El Puente. Era una lluvia tibia de verano que golpeaba el suelo sin hacer ruido, consiguiendo que la noche cayera en un negro y mortecino silencio. Cole también estaba callado. Encendió un cigarro y observó la calle de arriba abajo.

—¿Estás bien? —le pregunté.

Asintió.

—Deberíamos llamar a mamá —dije—, para decirle que estamos bien.

Cole asintió de nuevo, se dio la vuelta y comenzó a caminar calle arriba en dirección a la cabina telefónica. Lo seguí. Cuando llegamos, sacó algunas monedas del bolsillo y me las extendió. Deseé no haber dicho nada.

—No te tardes —me dijo.

No lo hice.

Mi madre sonaba realmente triste. Trató de ocultarlo haciéndome las preguntas de siempre: *¿Están bien? ¿Tienen suficiente dinero? ¿Están comiendo bien?* No obstante, me di cuenta de que estaba muy deprimida. Quería hablar con ella, y no necesariamente acerca de Rachel. Quería simplemente hablar, pero Cole me esperaba impaciente afuera de la cabina y mi madre esperaba una llamada de papá. En realidad no había mucho de qué hablar, así que la llamada fue corta. Nos despedimos y caminé hasta Cole.

153

—¿Cómo está? —me preguntó mientras caminábamos calle abajo.

—Le podrías haber preguntado tú mismo.

Noté su reacción en cuanto las palabras salieron de mi boca, y cuando lo miré me pareció de pronto pequeño, joven y vulnerable.

—Es distinto.

—¿Qué es distinto?

—Ya sabes… esto. Yo hablo con papá y tú hablas con mamá —me miró—. O sea, ¿por qué no hablaste *tú* con papá cuando llamó el otro día? No significa nada, ¿no? Simplemente así funciona esto.

—Sí, tienes razón. Lo siento.

Asintió lentamente y se encogió de hombros recuperando su tamaño normal. Me miró y dijo:

—Entonces, ¿mamá está bien?

—Sí, un poco deprimida, me parece.

—Te extraña.

—Extraña a Rachel.

Cinco minutos más tarde, nos refugiamos en un callejón frente a la calle donde estaba El Puente: nos refugiamos, esperamos, observamos la puerta del hotel. Cole no me dijo qué esperábamos, pero yo me hacía una idea de lo que era.

—¿Te puedo preguntar algo? —dije.

—¿Qué?

—Todo lo que pasó en el bar hace un rato… Ya sabes, lo que le preguntaste a Quentin sobre Selden.

—¿Sí?

—Tú sabes que está muerto, ¿verdad?

—¿Quién? ¿Selden?

—Sí.

—Sí, yo sé que está muerto. Me lo dijiste, ¿recuerdas?

Lo miré.

—Entonces, cuando preguntaste dónde está te referías a su cuerpo, ¿verdad?

—Así es.

—¿Y te das cuenta de que probablemente lo enterraron en el páramo?

—¿Y?

—Que el páramo es un lugar muy grande.

—Todo es un lugar muy grande —me observó—. Mira, Rub, es muy sencillo: averiguamos dónde está enterrado Selden, se lo decimos a la policía y lo desentierran. Cuando terminen con todo el asunto forense y comprueben que él es el asesino, nos entregarán el cuerpo de Rachel.

—Así de simple, ¿no?

—Así es.

—¿Y de verdad crees que Quentin sabe dónde está el cuerpo?

—No lo sé —dijo encogiéndose de hombros—. Sólo estaba pateando el barril de abejas.

—¿El qué?

—El avispero.

—¿Qué barril de abejas?

Negó con la cabeza, algo avergonzado.

—Olvídalo…

—¿Cómo que lo *olvide*? No puedes ponerte a hablar de un avispero y luego decirme que no es *nada*.

—Olvídalo, ¿sí? —dijo encendiendo un cigarro—. No quiero hablar de eso.

—¿Hablar de qué?

Suspiró cuando se dio cuenta de que yo no iba a cambiar de tema.

—Se trata de un sueño que tuve —dijo incómodo—. No *significa* nada. Sólo que vi una imagen anoche… Ya sabes, una imagen en la cabeza —hizo una pausa escrutando la oscuridad, cerró los ojos y comenzó a contarme lo que había visto—. Fue muy extraño… Todavía puedo verlo. Hay un chico, es como de mi edad, y está de pie junto a un barril manchado de alquitrán. Está vestido con un traje negro y tiene una vara en la mano, algún tipo de bastón. Del barril sale un ruido, un zumbido —Cole abrió los ojos y me miró—. Estaba lleno de abejas, abejas negras. Había miles, millones volando dentro de ese barril y no podían salir. No podían salir porque el barril tenía una tapa.

Y el chico, el chico del traje negro… No lo sé… En realidad no lo *vi* hacer nada, pero de alguna forma supe lo que él tenía que hacer. Sólo tenía que levantar la tapa del barril con el bastón, dar un paso atrás y observar lo que pasaba. Eso es todo. Sólo tenía que ver qué salía.

—¿Por qué? —pregunté.

Cole me miró.

—¿Qué?

—¿Por qué tenía que dar un paso atrás y ver qué salía? Seguramente ya lo sabía. Es decir, era un avispero; lo único que podía salir de ahí eran avispas.

Cole suspiró y negó con la cabeza.

—¿Ves? Justo por eso no quería contártelo. ¿Por qué siempre tienes que *analizarlo* todo, Rub? Sólo fue un sueño…

—Sí, ya lo sé.

—No significa nada.

—Ya lo *sé*. Sólo pensé que sería mejor si saliera alguna otra cosa del avispero, eso es todo.

—¿Mejor?

—Sí, o sea, el resto del sueño tiene sentido. El nido es el pueblo, obviamente, el chico de negro eres tú o yo, o ambos…

—Por Dios, Ruben. Fue sólo un *sueño*. Los sueños *no* tienen sentido. Si tuvieran sentido no serían…

Su voz se detuvo. Cole se quedó viendo al otro lado de la calle. Salían del hotel los dos metaleros y algunos motociclistas vestidos completamente de cuero. Hablaban, fumaban, reían, gruñían… Sus voces apagadas abarataban la noche. Se acercaron a una fila de motocicletas estacionadas, se subieron, arrancaron y se marcharon bajo la lluvia. El rugido de los motores tardó un buen rato en desaparecer.

—¿Avispas? —dije mirando a Cole.

—Avispas —estuvo de acuerdo.

—Pero no son las que estamos buscando.

—No.

Esperamos otra media hora antes de que salieran aquellos a quienes buscábamos. Mientras aguardábamos, una larga fila de caras conocidas empezó a salir del bar. Me gustó ser yo quien los observara a ellos, para variar. Los vimos en silencio: Ron Bowerman salió dando tumbos, su cara era como un faro sudoroso; intentaba encender un cigarro. Las risas de los tipos de las playeras ajustadas resquebrajaban la noche. Big Davy se frotaba la quijada y el cuello; Vince y la chica regordeta salieron abrazados por la cintura; salió el Hombre Lágrima, y los chicos que hacían de centinelas en la ventana…

Mientras estuvimos esperando lado a lado en la oscuridad, pude sentir la calma de Cole junto a mí. No pensaba nada, no sentía nada, nada. Sólo estaba de pie, mirando. Esperando. Respirando. Siendo.

—Ahí están —dijo en voz muy baja.

Al otro lado de la calle, Nate y el Flaco salían del hotel. Se detuvieron en la puerta y escudriñaron ambos lados de la calle. Cuando estuvieron seguros de que no había nada, se hicieron a un lado para que salieran Rojo y Quentin. Quentin le explicaba algo a Rojo, y éste asentía moviendo la cabeza arriba y abajo, como un idiota. Se detuvieron en la acera y siguieron hablando. Nate y el Flaco hacían guardia a los lados. Quentin dio a Rojo una palmada en el hombro y se alejó. Nate y el Flaco lo siguieron, pero Quentin se dio la vuelta y los despidió con la mano.

Sentí que Cole se tensaba a mi lado.

Pensé que nos moveríamos, que seguiríamos a Quentin calle arriba. Sin embargo, Cole no se inmutó. Se quedó ahí parado mirando a los otros. Encendían cigarros, hacían bromas, se molestaban unos a otros. Ahora que Quentin se había marchado, todos se veían más relajados.

—¿Cole? —susurré—. ¿Qué vamos a…?

—*Cállate* —dijo levantando la mano.

Me callé.

Oí que alguien imitaba un ladrido, un chillido, y luego reía. Cuando miré al otro lado de la calle, vi que Rojo y el Flaco actuaban la muerte del perro de Jess. Imitaban las patas sin vida, los ojos en blanco y la lengua colgante… con sus estúpidas caras sonrientes. Pude ver furia al rojo vivo… Vi violencia… dolor… Me vi haciendo cosas que nunca pensé posibles.

—¿Estás listo? —me susurró Cole.

—¿Qué?

—Vamos antes de que los perdamos.

Los tres hombres se habían separado: Rojo iba en su pick-up; Nate y el Flaco caminaban hacia un Astra azul marino. Cole se había descolgado la mochila del hombro y la sostenía frente a él, con la mano derecha dentro.

—*Vamos* —dijo jalándome del brazo.

El Astra estaba estacionado en nuestro lado de la calle, como a diez metros. Nate y el Flaco abrieron las puertas y subieron. Yo seguí a Cole corriendo agachado hasta la parte trasera del auto. Lo vi asomarse por el parabrisas posterior, me hacía una seña para que fuera por el lado izquierdo del auto. Justo entonces el motor arrancó tosiendo humo por el escape, directo hacia nuestras caras. Cole dio la vuelta, abrió la puerta de un tirón y saltó dentro. Para cuando yo hice lo mismo, entrando por el otro lado, Cole ya había sacado la pistola de la mochila y la apuntaba a la cabeza de Nate.

—Conduce —le ordenó Cole.

La cabeza del Flaco giró como un latigazo en el asiento del pasajero, pero antes de que pudiera decir algo, Cole le golpeó la cara y luego volvió a apuntar a la cabeza de Nate. El Flaco se recargó en el asiento y se llevó las manos a la cara, mientras Cole se acercaba a Nate para hablarle al oído.

—Conduce —ordenó de nuevo.

Y esta vez el auto se movió.

Las manos de Nate temblaban sobre el volante mientras conducía despacio calle arriba. El sudor que le corría por el cuello brillaba. Desde el espejo retrovisor pude ver el miedo reflejado en lo blanco de sus ojos. Era un miedo animal: inconsciente y bruto. Parte de mí sintió pena por él, pero era sólo una pequeña parte y no me costó trabajo ignorarla. En el asiento del pasajero junto a él, el Flaco gemía y maldecía con la cara entre las manos, por las que corría sangre.

—¡Carajo! —escupió—. Mierda... Tengo la nariz rota...

—Cállate —le dijo Cole.

El Flaco comenzó a girar sobre su asiento, pero se volvió rápidamente, reprimiendo un grito cuando Cole le dio otro golpe con la pistola, esta vez en la boca. Se encogió en el asiento con los ojos apretados de dolor y supuse que tenía un par de dientes rotos que ahora combinaban con su nariz.

—Da vuelta en U —le dijo Cole a Nate.

Los ojos de Nate se dirigieron nerviosos al espejo.

—¿Qué?

—¿Eres sordo además de estúpido?

Frunció el ceño.

—Es que no…

—Sólo da la vuelta.

Estábamos al final del pueblo. Nate bajó la velocidad y dio la vuelta. Pude ver la gran casa de piedra de Henry Quentin alzarse sobre nuestras cabezas entre la oscuridad. Una luz solitaria brillaba en una de las habitaciones superiores, pero el resto de la casa estaba a oscuras. Bajo la luz de la ventana, se podía ver la sombra de algunos árboles enredados en un jardín enorme que estaba en la parte trasera de la casa. Había media docena de vehículos estacionados en una entrada destartalada que daba al frente. Entre ellos se encontraban un par de Land Rovers, una de las cuales podía ser la de Vince, además de la pipa de gasolina que habíamos visto el primer día en la estación.

—¿Hacia dónde? —preguntó Nate cuando enderezó el auto.

—Por el único camino que hay.

Nate lo miró de reojo. Cole suspiró.

—Sólo conduce y ya.

Atravesamos el pueblo, cruzamos el puente de piedra y subimos la colina rumbo a la intersección que daba al camino del páramo. La oscuridad era espesa y silenciosa, y la lluvia era un rocío de negrura. Pasamos junto al campamento de gitanos. Las luces pálidas de los tráilers brillaban ligeramente tras los árboles del bosque. Me pregunté qué estaría haciendo Jess en ese momento. ¿Lloraría? ¿Estaría dormida? ¿Pensaría? ¿Trataría de olvidar? Recordé el grito desgarrador que le salió del corazón, el silencio mientras volvíamos del bosque y el beso triste que me dio bajo las sombras moribundas… Entonces cerré los ojos y pude ver su cara bajo una luz de otro tiempo.

Es temprano por la mañana, todo está frío y luminoso… No falta mucho tiempo. Quizá sea mañana. Jess está de rodillas, hablando con alguien. No sé quién es porque yo no estoy ahí. No sé dónde estoy. Jess parece triste, aunque no tan triste como antes. Es la tristeza de alguien que está haciendo lo que siempre quiso hacer, pero que está en el lugar equivocado, en el momento equivocado, bajo las circunstancias equivocadas.

Puedo oír el fuego producido por el gas y puedo oler los puros y el café, y veo que Jess baja los ojos y sonríe bajo la luz azul de las llamas…

Luego se me escapó.

Cuando volví a abrir los ojos, ya habíamos llegado a la intersección en la cima de la colina. Cole le indicó a Nate que virara a la izquierda y éste obedeció y manejó en silencio por el camino vacío. El cielo nocturno era inmenso, como una gran cortina de terciopelo negro sin estrellas. No había nada que ver y todo por imaginar.

Miré a Cole. Sus ojos estaban muertos. El arma que tenía en la mano era una pistola automática de nueve milímetros plateada y negra. Me di cuenta de que ya antes la había tenido en la mano: sentí claramente el recuerdo del peso sobre su mano, y estaba seguro de que también la había disparado. Sentí la memoria muscular de su brazo, el repentino latigazo del arma y la patada del disparo cuando flexionó el dedo y tiró del gatillo…

¿Había matado Cole a Bill McGinley?

¿En verdad quería yo saberlo?

Lo miré de nuevo. Sus ojos revisaban la oscuridad. De pronto me dio miedo lo que pudiera hacer.

—Detente aquí —le dijo a Nate.

—¿Dónde?

Cole no respondió, sólo le enterró la pistola en el cuello. Nate bajó la velocidad y se acercó a la orilla del camino. El motor ronroneó y suspiró y se mantuvo emitiendo un ligero murmullo. Nadie dijo nada. Vi a Nate mirar al Flaco y entendí que buscaba algún tipo de apoyo, pero el Flaco no estaba para eso: seguía acurrucado contra la puerta del pasajero, sosteniendo su cabeza con las manos, gimiendo en voz baja.

—¿Estás bien, Rub? —me preguntó Cole.

—Sí.

—Ten —me dijo dándome la pistola—, vigílalos un momento, ¿de acuerdo?

Tomé la pistola, apunte a la cabeza de Nate con mano temblorosa y Cole se dio la vuelta buscando algo en la oscuridad. Cuando se enderezó, tenía una escopeta en las manos. Antes yo la había mirado por el cañón suficiente tiempo como para reconocer que era la escopeta del Flaco. Cole revisó que estuviera cargada y la cerró. El Flaco dio un brinco cuando la escuchó.

Cole me miró y señaló con la cabeza la pistola que tenía en mis manos.

—¿Puedes seguir con eso un poco más?

—¿Por qué? —le pregunté—. ¿A dónde vas?

Primero miró a Nate y luego me miró a mí.

—Sigue apuntando a su cabeza. Si se mueve o hace algún ruido, dispara, ¿de acuerdo?

Antes de que pudiera responder, Cole abrió la puerta y salió del auto. Caminó hacia el frente, abrió la puerta del pasajero y le apuntó al Flaco.

—Sal de ahí —le dijo.

El Flaco no se movió, sólo volvió a agazaparse en el asiento y miró a Cole con los ojos blancos de miedo.

Cole le acercó la escopeta a la cara.

—¿Quieres que te rompa el resto de los dientes?

El Flaco negó con la cabeza.

—Sal del auto.

El Flaco dudó un momento y luego, con mucho dolor, salió del auto. Cole dio un paso hacia atrás y, apuntándole con la escopeta, le indicó que se parara enfrente del auto. Había dejado de llover, de modo que cuando el Flaco se paró frente a las luces de los faros, su cara manchada de sangre lucía rígida y pálida contra el fondo de la espesa y negra noche. Cuando Cole le ordenó que se detuviera, se quedó de pie a medio camino, flotando como un fantasma herido, sangrando, temblando, el cuerpo anguloso de puro miedo.

Cole abrió la escopeta y se la extendió para que pudiera ver los cañones. Flaco no tenía que verlos para saber que estaba cargada, pero no pudo evitarlo: bajó la mirada y comprobó la verdad que gritaban los dos cartuchos de bronce que brillaban a la luz del auto. Cuando Cole cerró la escopeta y dio un paso hacia atrás, los ojos del Flaco destellaron en su dirección, congelados por un miedo absoluto. Pudo ver el corazón vacío de Cole reflejado en sus ojos y supo qué significaba. Sabía sin rastro de duda qué era lo que seguía. Todos lo sabíamos.

Pero estábamos equivocados.

Miré con incredulidad cuando Cole bajó la escopeta, le dio la vuelta y se la ofreció al Flaco.

—Tómala —le dijo.

Lo único que pudo hacer el Flaco fue mirar la escopeta con los ojos muy abiertos.

—Tómala —repitió Cole.

El Flaco lo observó, su miedo empañado por la confusión. ¿Era una treta? ¿Una broma? ¿Algún tipo de juego? El Flaco volvió a ver la escopeta y después a Cole, y sus manos se extendieron con cautela hacia la escopeta. No quería agarrarla, pero le temía tanto a Cole que no podía hacer otra cosa. Sus manos temblaban, y sus ojos saltaban del arma a Cole, con la esperanza de que mi hermano se la arrebatara en cualquier momento. Pero Cole no lo hizo. No hizo nada; sólo se mantuvo quieto, perfectamente quieto, mirando y esperando. El Flaco puso una mano sobre la escopeta, después la otra, y Cole la soltó.

El Flaco estaba en posesión de la escopeta.

Sin dejar de mirar al Flaco, Cole dio un paso hacia atrás.

—Muy bien —dijo en voz baja—. Quiero ver que lo hagas.

El Flaco frunció el ceño, sonrió a medias y negó con la cabeza, confundido. El arma colgaba de sus manos.

—Comienza a contar —le ordenó Cole.

—¿Qué? —respondió el Flaco.

162

—Levanta el arma y comienza a contar. Sabes contar, ¿verdad? Cuenta hasta tres y tira del gatillo.

—Sí, pero… Mira —dijo el Flaco tratando de sonreír—. Mira, no fue mi intención molestar a tu hermano… Sólo estábamos…

—No me voy a quedar aquí parado para siempre —le dijo Cole—. O comienzas a contar o lo haré yo. Tienes tres segundos… ¿Tú o yo?

El Flaco negó con la cabeza.

—No quiero…

—Uno —dijo Cole.

El Flaco bajó la mirada hacia el arma que tenía en las manos, con los ojos perdidos de miedo.

—Dos…

—No, mira… Por favor… Lo siento…

—Tres.

El Flaco soltó el arma y dio un paso atrás, rindiéndose histéricamente: arqueó el cuerpo, levantó las manos y movió la cabeza de lado a lado. Dibujaba palabras inaudibles con la boca. Cole se mantuvo en su lugar, observándolo. Durante un instante sentí lástima por el Flaco. Pude sentir su debilidad, su vergüenza, su soledad. Sin embargo, también recordé cómo me sentí cuando me tuvo en el suelo con la escopeta apretada contra la cabeza, y aunque no lo culpaba por ello, no había manera de negar que lo había hecho. Él eligió: había tomado el lado de Rojo y ahora estaba pagando el precio.

Cayó de rodillas; Cole se le acercó, le quitó la escopeta de enfrente y le dio la espalda. El Flaco enterró la cabeza entre las manos y comenzó a llorar. Imaginé que sabía que nada volvería a ser igual para él jamás. Lo habían humillado, avergonzado, le habían arrancado la máscara, y lo peor era que Nate había sido testigo de todo. Y Nate y el Flaco no eran amigos. No se tenían lealtad. Simplemente hacían algunas cosas juntos, como animales en manada. Si Nate podía quedar bien contándoles a todos lo que había ocurrido (y seguramente era lo que pensaba que podía hacer), no lo pensaría dos veces. La historia pronto se esparciría, empeorando con cada narrador, y eso sería el fin del Flaco: nadie daría un carajo por él.

Cole abrió la puerta del pasajero y volvió a subir al auto sin dejar de mirar al Flaco, que seguía arrodillado a un lado del camino, temblando y estremeciéndose en la oscuridad.

Estaba tan muerto como si Cole le hubiera disparado.

—Llévanos a casa de los Gorman —le dijo Cole a Nate.

Sin siquiera mirar al Flaco, Nate dio vuelta al auto y regresó por el mismo camino por el que habíamos llegado. Estuve tentado a voltear a ver al Flaco, pero me dio miedo lo que podía encontrar, así que sólo cerré los ojos y confié en que Cole ya hubiera terminado por hoy.

Debí saber que no era así.

# DOCE

Dejamos atrás el páramo y nos dirigimos hacía el pueblo. Durante el trayecto, Nate dejó atrás sus peores temores. Seguía nervioso y tenso, pero sus manos habían dejado de temblar y conducía con mucha más confianza que antes. Supongo que estaría pensando lo mismo que yo: que Cole ya había derrochado todo su enojo en el Flaco. Desde el punto de vista de Nate, no era descabellado que pensara eso. A él no lo habían lastimado ni humillado, e iba en camino hacia la relativa seguridad que ofrecía la granja de los Gorman. Cole ya no haría nada más, ¿o sí?

Si yo hubiera estado en los zapatos de Nate, habría pensado lo mismo. Pero no lo estaba. Y, como dije, debí saberlo mejor.

—A la casa de Vince, ¿verdad? —le dijo Nate a Cole mientras atravesábamos el pueblo.

Cole asintió con la mirada fija en el parabrisas. Nate emitió un gruñido y pasó volando frente a la casa de Quentin. De pronto nos encontrábamos en el camino a toda velocidad.

Me di cuenta de que aún tenía el arma en la mano. Pesaba. Me dolían los dedos, así que la coloqué con cuidado en el asiento junto a mí. Cuando levanté la mirada, Cole se había girado desde el asiento del pasajero para verme.

—¿Todo bien? —preguntó.

Yo asentí.

—¿Pasa algo?

—No —dije—, no pasa nada.

Dejó los ojos sobre mí un momento más y luego se dio la vuelta para seguir mirando a través del parabrisas. Se veía cansado. Pude ver que Nate miraba de reojo la escopeta.

—Concéntrate en el camino —le dijo Cole.

Nate volvió la vista al frente y continuamos en silencio, rebanando la oscuridad del páramo con un callado rayo de luz blanca y fría. Yo miré por la ventana e imaginé todas las cosas que no podía ver: el mundo nocturno del bosque, el círculo de piedras, el espino, el Camino de los Muertos. Imaginé a los deudos cargando los ataúdes a lo largo del páramo, caminando cansados por la noche desolada, con frío, abrumados y cubiertos por el silencio, y me di cuenta de que todos estaban muertos… Absolutamente todos. Estaban muertos desde hacía siglos. Lo único que ahora quedaba de ellos eran huesos y polvo y pedazos de nada. Habían vivido, y peleado y pasado trabajos, y rezado…

¿Y todo para qué?

¿Esperanza? ¿Dios? ¿Nada?

*Vete a casa, Ruben,* me dijo Rachel. *Deja que los muertos entierren a sus muertos.*

Yo seguía sin entender a qué se refería.

Cuando volví a abrir los ojos, el auto reducía la velocidad para dar la vuelta en la entrada de la granja. Bajo las luces del auto pude ver la entrada del bosque y la piedra en la que Jess había colocado a su perro muerto.

—Detente ahí adelante —le ordenó Cole a Nate.

Nate detuvo el auto y Cole volteó para hablar conmigo.

—¿Puedes regresar solo a la casa desde aquí? —me preguntó—. No quiero que Vince y Abbie vean el auto.

—¿Y tú? —le dije—. ¿No vienes conmigo?

—Todavía no —dijo mirando a Nate—. Necesito hablar con él. Daremos una vuelta en el auto, no me tardo.

—No —dije negando con la cabeza—, de ninguna manera…

—No voy a hacer *nada*, Rub. Sólo vamos a hablar.

—No me importa lo que vayas a hacer, pero no lo harás sin mí.

Cole me miró, pestañeando lentamente mientras pensaba.

Pude ver que Nate volvía a ponerse nervioso. La idea de tener que conversar con Cole en mitad de la noche era suficiente como para poner nervioso a cualquiera, incluido yo.

—Está bien —dijo Cole.

—Está bien *qué*.

—Puedes venir conmigo, pero tienes que dejarme hacer las cosas a mi modo —dijo mirando a Nate y luego a mí—. No importa que no te guste, ¿de acuerdo?

Asentí. Pero algo no estaba bien. Podía sentir cierta falsedad en sus palabras y me pregunté si Cole estaría actuando para asustar a Nate: para que se asustara y hablara. Quizá todo el asunto del Flaco había sido también parte del plan.

¿Era Cole tan listo?

No me extrañaría.

—Necesitamos cambiar de asiento, Rub —me dijo acomodando la escopeta en las manos—. No me puedo mover en este asiento —abrió la puerta y me miró—. Pásate para adelante y yo me sentaré atrás.

—OK —dije abriendo la puerta.

—Primero dame la pistola.

Le extendí el arma y salí del auto para cambiarme al asiento del pasajero, pero antes de que pudiera llegar, la puerta se cerró de golpe, seguida casi de inmediato por la puerta trasera. Oí cómo se ponían los seguros.

—¡Oye! —grité mientras me agachaba para ver a Cole por la ventana. Cole tenía la pistola encajada en el cuello de Nate y le gritaba que encendiera el auto y condujera—. ¡Oye, Cole! —grité golpeando la ventana con la mano—. ¡Oye! ¡Oye! ¿Qué *haces*?

El motor rugió y el auto se alejó a toda velocidad, dejando atrás una lluvia de piedras y polvo. Me dejaron parado al lado del camino, viendo el auto como un idiota.

—Mierda —murmuré disgustado mientras me sacudía el polvo de la ropa—. Mierda.

Cuando llegué, la granja estaba en silencio. Había una luz en la sala. Entré y me escurrí escaleras arriba y escuché cómo le bajaban el volumen al televisor. Me di cuenta de que Abbie y Vince estaban detrás de la puerta tratando de oír, esperando, y me pregunté qué estarían pensando. Quizá lo mismo. Quizá cosas distintas. Quizá lo mismo de maneras distintas.

Fui al baño y cuando entré en la habitación y cerré la puerta, me acosté en la cama para pensar en Cole.

Yo entendía lo que me había hecho y por qué había tenido que hacerlo. Y estaba seguro de lo que le haría a Nate. En realidad era lo mismo de siempre: necesitaba información, sabía cómo obtenerla y sabía que debía estar solo para hacer lo que tenía que hacer. Yo también lo sabía. Si yo hubiera ido con él, habría llevado conmigo cierto sentido de la justicia, quizá sin querer, pero así habría sido. Entonces Cole no habría podido hacer nada. Lo que fuera que intentaba hacer (y yo sabía que haría lo necesario), sólo podía hacerlo inmerso en un vacío emocional: no hay buenos, no malos, no hay bien ni mal, no hay ningún sentimiento, sólo hazlo.

Mi hermano sabía muy bien cómo apagar su corazón.

Yo también quería apagarlo todo. Oprimir un botón y *clic*: apagarme a mí mismo. Apagar mi corazón, apagar mi mente, apagar mi cuerpo. Quería estar tirado ahí sin sentido, como un árbol dormido en el invierno, esperando el regreso de la primavera. O quizá aguardar incluso un poco más…

Yo no creo en la vida después de la muerte; sin embargo, estoy seguro de que la materia no deja de existir: simplemente cambia. Todo lo que nos da vida se marcha a otro lugar cuando morimos. Nuestros átomos, nuestras moléculas, nuestras partículas, todo se marcha y se ubica en otro lugar o en otra cosa. Se va a la tierra, al aire, al resto del universo. Rachel está muerta, nunca va a volver, pero dentro de mil años, sus átomos estarán por todas partes: en otras personas, en animales, en plantas… en los árboles dormidos que esperan el regreso de la primavera.

Si tan sólo yo pudiera esperar durante mil años…

Fue un pensamiento agradable, pero no era nada más que eso. Otro pensamiento inútil. Durante la siguiente hora tuve varios más, no obstante, ninguno conseguía cambiar las cosas. Yo seguía ahí, seguía esperando, seguía acostado en la cama. Abbie y Vince seguían abajo, viendo la televisión. Rachel seguía muerta. Y Cole seguía en algún lugar y seguía haciendo lo que siempre hacía.

Mi estúpida cabeza no era capaz de cambiar nada.

Deben haber sido cerca de las doce de la noche cuando regresó Cole. Oí un auto cerca de la casa, y cuando me asomé a la ventana, vi el Astra azul entrando por el jardín mientras sus luces iluminaban el granero y las letrinas. El auto se estacionó frente a la Land Rover de Vince y Cole descendió y dejó las luces encendidas. Gracias a las luces, pude ver que llevaba la escopeta en la mano y la pistola en el cinturón. También pude ver su cara sin emociones y supe que seguía en medio del vacío. Daba terror; hasta la noche parecía temerle. Se acercó a la Land Rover, abrió el capote con una llave inglesa y se asomó al motor. La noche se estremeció a su alrededor.

Yo no alcanzaba a ver lo que hacía mi hermano bajo el capote de la Land Rover. Estaba inclinado hacia el motor buscando algo, observando algo, tratando de agarrar algo…

—¡Oye!

La voz provenía de la puerta principal.

—¿Qué demonios estás *haciendo*?

Era Vince. Miré hacia abajo y lo vi salir de la casa y caminar hacia el jardín en dirección a Cole. No podía ver su cara, pero por su andar supe que estaba furioso. Su voz sonaba cada vez más fuerte.

—¡Oye, Ford! ¡FORD! ¡Te estoy *hablando*! ¡Oye! ¡*Oye*! ¡OYE!

Cole no reaccionó. Simplemente siguió haciendo lo que estaba haciendo: metía las manos en el motor, se revisaba la punta de los dedos y movía las manos hacia la luz del auto para ver mejor. No fue hasta que Vince llegó gritando a menos de un metro de distancia que Cole reconoció su presencia. Incluso en ese momento ni siquiera lo miró. Simplemente giró un poco, martilló la escopeta y lo golpeó en la cabeza.

Corrí escaleras abajo y llegué al corredor justo cuando Cole arrastraba a Vince por la puerta principal. Me detuve y los miré. Vince no se movía. Cayó cuando Cole lo golpeó y tenía los ojos cerrados. La cabeza le colgaba sin vida hacia un lado. Temí lo peor: estaba muerto… Cole lo había matado…

Pero a Cole no parecía importarle. Abbie llegó corriendo. Gritaba, lloraba; se abalanzó sobre el cuerpo de su marido. Cole siguió arrastrando a Vince hacia la sala, lo dejó en un sillón y dejó que Abbie hiciera lo suyo.

Abbie estaba histérica: sollozaba como loca, fuera de control, y también yo comenzaba a perder el control. Si Vince estaba muerto… eso sería el final. Si Vince estaba muerto, era como si Cole también lo estuviera. Lo encerrarían de por vida. Para siempre. Encerrado. Muerto.

Como todos los demás.

Perdido.

Encerrado.

Muerto.

Sin embargo, supongo que Cole tenía más confianza que yo: confiaba en sí mismo, en su fuerza, en el grosor del cráneo de Vince… Porque diez minutos más tarde, Vince estaba sentado sobre el sofá, gimiendo y quejándose mientras ponía una bolsa de chícharos congelados sobre el golpe.

Y nadie estaba perdido.

Y nadie estaba encerrado.

Y nadie estaba muerto.

Sin embargo, Abbie seguía histérica, caminando por la sala como una loca, escupiendo y maldiciendo a Cole.

—¿Qué demonios te *pasa*? ¡Pudiste haberlo *matado*, maldito idiota! ¡Eres peor que un miserable *animal*!

La cara de Cole no expresaba nada. Estaba parado al pie de la ventana con la escopeta en la mano y vigilaba a Vince muy de cerca. No es que pensara que Vince haría algo, pero no iba a arriesgarse.

—Quiero que se larguen de aquí esta noche —siseó Abbie—, en *este* momento. Tomen sus cosas y lárguense a donde pertenecen —añadió furiosa con los ojos a punto de salirse de sus cuencas. Cole la ignoró. Abbie negó con la cabeza y le dio la espalda—. Estoy a punto de llamar a la policía…

—Llámalos —dijo Cole.

Ella se detuvo y se dio la vuelta.

—¿Qué?

—Que llames a la policía. Ya es momento de que les digas la verdad.

Abbie se paralizó, sus ojos estaban helados de miedo. Trató de pestañear para disimularlo, pero el daño estaba hecho.

—No sé de qué estás hablando —dijo tratando de sonar enojada.

—Muy bien —dijo Cole—. Entonces llamemos a la policía —comenzó a caminar hacia el teléfono que estaba en la pared—. ¿Quieres que pida una ambulancia, ya que estamos en eso?

Abbie dudó; lanzó una mirada rápida a Vince, pero él seguía medio inconsciente y no entendía lo que estaba pasando. Cole levantó el auricular y comenzó a marcar.

—Espera —dijo Abbie.

Cole se detuvo sin soltar el teléfono.

—¿Estás lista para comenzar a hablar? —le dijo mi hermano.

Abbie volvió a ver a Vince y asintió. Cole colgó el teléfono y caminó hacia la ventana.

—Siéntate —le ordenó.

Abbie se sentó junto a Vince y le limpió un poco de sangre de la cara; él cerró los ojos con un gemido. Abbie puso la mano sobre la rodilla de su marido y se volvió hacia Cole.

—No tenías que golpearlo tan fuerte —dijo en voz baja.

—Tiene suerte de que sólo lo haya golpeado.

—No fue su culpa…

—¿Qué no fue su culpa?

—Nada… Todo… —pestañeó lentamente y bajó la mirada—. Rachel… No fue culpa de Vince. No sabía qué intentaban hacer los otros. Sólo…

—Cállate —dijo Vince tratando de incorporarse—. No digas nada.

—Ya lo *sabe* —le respondió Abbie—. Ya lo sabe…

—Idioteces de gitanos… No sabe ni un carajo…

—Vince, no... *Por favor*... Sólo vas a empeorar las cosas.

—Ella tiene razón —dijo Cole acercándose con la pistola en la mano.

Vince lo miró y le lanzó una sonrisa torcida.

—¿Qué vas a hacer? ¿Dispararme?

Cole asintió.

—Primero en las rodillas. Luego en los codos. Después ataré una cuerda alrededor de tu cuello y la ataré al auto para arrastrarte por todo el páramo —se detuvo frente a Vince y apretó el cañón del arma sobre su rodilla; se acercó lentamente y lo miró a los ojos—. ¿Qué? ¿Piensas que estoy bromeando?

Vince no respondió, pero su sonrisa había desaparecido.

Cole lo miró un largo rato. Al final añadió:

—No estoy seguro de cuánto tiempo más los voy a aguantar, así que acabemos con esto, ¿está bien? Sin más estupideces. Te vas a quedar ahí sentado sin moverte y no dirás nada. Si te hago una pregunta, sólo asentirás o negarás con la cabeza. Si haces cualquier otra cosa, no volverás a caminar. ¿Entendiste?

Vince asintió.

—Muy bien —Cole se dirigió a Abbie—. Te voy a decir lo que creo que pasó y tú vas a escucharme. Cuando termine, te voy a hacer algunas preguntas y vas a responderlas. Si quedo satisfecho con la respuesta, nunca tendrán que verme de nuevo. Si no, me verán en sus pesadillas por el resto de sus vidas. ¿Comprendes?

Abbie asintió.

Cole regresó a la ventana, encendió un cigarro y comenzó a hablar.

—Henry Quentin ha estado tratando de comprar este lugar durante mucho tiempo —dijo—. Lo necesita para dárselo a la gente del hotel, quienesquiera que sean, y ya está impaciente porque no se lo quieres vender —miró a Abbie—. ¿Es correcto?

Ella asintió.

—Pero ustedes necesitan el dinero —agregó Cole.

—Nos las podemos arreglar así.

—Eso no es lo que opina Vince, ¿o sí?

Abbie no respondió. Vince sólo miró al suelo.

—Vince no tiene trabajo desde hace mucho tiempo —siguió Cole—. Y los dos saben que el dinero que obtuvieron por la venta de la tierra no durará para siempre, así que cuando Henry llegó con una buena oferta, que seguramente era más que buena, Vince no pudo entender por qué tú no querías aceptarla. Es buen dinero, pueden comprar otra casa, una casa mejor; quizá hasta un auto. ¿Por qué *no* aceptan la oferta?

—Es mi casa —musitó Abbie—. Es la casa de mi madre.

—De acuerdo —dijo Cole—, pero Quentin está presionando mucho a Vince. Lo tiene con la soga al cuello: le ofrece más dinero, se está impacientando, se está poniendo violento. Y eso está afectando a Vince, así que *él* se está poniendo violento *contigo*. Pero no importa lo que haga o lo que diga, tú no cambias de parecer. Así que cuando Quentin le sugiere cambiar de estrategia, asustarte un poco, a Vince no se le ocurre nada más que estar de acuerdo.

—Lo hubieran hecho de todas formas —dijo Abbie en voz muy baja—. Lo hubieran hecho con o sin Vince.

—Sí, pero no lo hicieron sin Vince, ¿o sí? Vince les dijo cuál sería el mejor momento para hacerlo. Les dijo que irías a visitar a su madre después de que Rachel se marchara, y les dijo que estarías esperando que él fuera por ti. Les dijo que te diría que el auto no funcionaba y tendrías que regresar caminando sola —dijo Cole mostrándole la mano a Vince para que viera las manchas de aceite en sus dedos—. Revisé el carburador y hace años que no lo cambian. Mentiste, ¿verdad?

Vince comenzó a abrir la boca, pero cambió de parecer y sólo bajó la cabeza.

—Pedazo de mierda —le dijo Cole—. Emboscaste a tu propia mujer, por el amor de Dios. La dejaste regresar caminando en medio de la noche, a sabiendas de que Quentin iba a mandar a uno de sus locos secuaces…

—Se suponía que no iba a pasar nada —dijo Abbie—. Nadie debía salir lastimado. Sólo querían asustarme…

—¿Y eso está bien? —Cole negó con la cabeza—. Carajo… es tu *marido*. Se supone que debe cuidarte.

Ella negó con la cabeza.

—Vince no sabía que iban a mandar a Selden. Si lo hubiera sabido, no hubiera aceptado. Selden es un loco.

—Le prestaste una gabardina a Rachel, ¿verdad?

Abbie asintió y comenzó a llorar.

Cole sólo la miró.

—Selden pensó que Rachel eras tú. Vince le dijo a Quentin qué traías puesto. Quentin se lo dijo a Selden, y cuando Selden vio a Rachel con tu gabardina caminando hacia tu casa, pensó que eras tú. Sin embargo, en lugar de asustarla, la violó, la mató y la dejó tirada en el páramo —Cole hizo una pausa buscando la verdad en los ojos extraviados de Abbie, y en ese momento pude sentir el dolor de la muerte de Rachel absorbiendo todo el aire de la habitación.

No podía respirar. Nunca me había sentido tan frío y paralizado en mi vida. Fue sólo en ese momento que me di perfecta cuenta de que Rachel estaba muerta.

Estaba *muerta*.

*Mi hermana estaba muerta.*

Nunca iba a volver.

Estaba muerta para siempre, para siempre adolorida y fría y violentada y muerta muerta muerta muerta muerta muerta muerta…

Yo lloraba en silencio.

Cole me acompañaba, lloraba por dentro desde lo más profundo de su ser, pero nadie lo sabía, ni siquiera él. Simplemente observaba a Abbie y a Vince y hablaba en voz muy baja en el silencio de la noche.

—¿Qué pasó, Abbie? ¿Cómo se enteró Quentin de lo que había hecho Selden? ¿Se lo dijo Vince? Seguramente se sorprendió mucho cuando te vio llegar a casa sin que nada hubiera pasado.

—Estaba borracho —dijo Abbie con voz vacía—. No sé lo que pasó. Lo dejé en la sala y me fui a acostar.

Cole miró a Vince.

—¿Tú llamaste a Quentin?

Vince negó con la cabeza: *No*.

—Entonces, ¿cómo se enteró?

Vince se encogió de hombros: *No lo sé*.

Cole lo estuvo viendo un momento y dijo:

—¿Sabes dónde está el cuerpo de Selden?

*No.*

—¿Sabes quién lo mató?

*No.*

—¿Fue Rojo?

*No lo sé.*

—¿Quentin?

*No lo sé.*

—Pero la orden vino de Quentin...

*Quizá.*

—Sí o no.

*Sí.*

—¿Cuándo? ¿Esa misma noche?

*No lo sé.*

—¿Bowerman está involucrado? ¿Él sabe dónde está el cuerpo de Selden?

*No lo sé.*

—Sí o no.

*No lo sé.*

La habitación se llenó de nada: no había sonido alguno, no había aire, no había luz, no había oscuridad. No había emociones. El vacío era demasiado grande y no dejaba sentir nada. Cole no estaba ahí; tenía los ojos negros sin alma y el corazón quieto. Vince y Abbie no eran más que dos pedazos de carne. Y yo era Ruben Ford: sentado en el asiento trasero de un Mercedes en el depósito de chatarra al este de Londres. Veía la lluvia detrás de las luces blancas de la reja caer como piedras preciosas, y veía mis joyas en la oscuridad: mis montañas. Mis torres. Estaba solo con Rachel, caminando en medio de la noche por una vereda destrozada por la tormenta; estábamos mojados y teníamos frío y miedo y no sabíamos por qué.

*¿Qué estás haciendo aquí, Rach? Pensé que hoy volverías a casa.*

Yo era Ruben Ford. No estaba muerto. Podía ver cosas: un cielo ardiente, un campo de huesos, una cara de pesadilla tallada en piedra. Podía ver a un maniático rojo que pensaba en mí...

175

—¿Qué vas a hacer ahora? —preguntó una voz distante.

Abrí los ojos ante el eco del silencio. Abbie miraba a Cole, la pregunta aún colgaba de sus labios. Cole me miraba a mí. Pude ver en sus ojos el destello de mis pensamientos hasta entonces desconocidos: las luces, las joyas, los cielos, las caras. Sabía que él también podía verlos. Él las sentía en mi interior. Él estaba *conmigo*. Por primera vez en la vida, Cole sintió algo que provenía de mí, de la misma forma en la que yo había sentido siempre cosas que provenían de él. Y eso lo aterrorizó como si fuera el mismísimo demonio.

—No pasa nada —le dije—. Sólo estamos tú y yo.

Me miró durante un momento más y sus sentimientos aún estaban atados a los míos. Después pestañeó y todo desapareció. Todo: las imágenes, las emociones, los pensamientos, los miedos Los hizo desaparecer y lo único que quedó fue el ahora.

—Recoge tus cosas, Rub —dijo mientras guardaba la pistola en el pantalón—. Nos vamos.

Cuando estábamos a punto de salir de la casa, Abbie detuvo a Cole en la puerta y le preguntó a dónde se dirigía. Tenía la cara manchada por las lágrimas y sus ojos parecían embrujados; pero no por el espíritu de Rachel. Los únicos fantasmas que acosaban a Abbie eran sus propios fantasmas.

Cole ni siquiera la miró.

—¿A dónde van? —le preguntó Abbie de nuevo, implorando una respuesta al tiempo que ponía su mano sobre el brazo de mi hermano—. ¿Qué van a hacer? Me refiero a… nosotros. No fue culpa de Vince y yo no lo sabía…

Se detuvo cuando se dio cuenta de que Cole no la escuchaba, simplemente miraba la mano sobre su brazo.

—Lo siento —dijo soltándolo—. No fue mi intención…

—Nada es tu intención —le dijo Cole apartándola del camino para pasar—. Nunca lo fue ni lo será.

176

# TRECE

El aire era fresco y negro cuando salimos en el auto por el camino de la granja. Pequeñas mariposas negras revoloteaban entre los rayos de las luces delanteras, bailando en el aire como si fueran fantasmas de copos de nieve nocturnos. A lo lejos se veía un resplandor color carmín en la noche azabache. El interior del auto olía a miedo rancio. Había una mancha de sangre en el asiento del pasajero y un rastro rosa en el parabrisas estrellado del lado del conductor. Cole estaba tan taciturno y callado como el páramo que nos rodeaba.

—Detén el auto —le dije.

—¿Qué?

—Que te detengas un minuto… por favor.

Nos hicimos a un lado del camino que lleva al pueblo, y cuando Cole detuvo el auto por completo, descubrí que estábamos de nuevo en el bosque. Claro que no veía nada. No se veía absolutamente nada. Sin embargo, sabía que estábamos ahí, cerca de la entrada de piedra, del bosque, del Camino de los Muertos. Podía sentir que el bosque nos observaba.

Cole apagó el motor y encendió un cigarro. Bajó la ventana para dejar salir el humo.

—¿Estás bien? —me preguntó.

—No, en realidad no, ¿y tú?

Se encogió de hombros.

—Estoy bien —respondió soltando una bocanada de humo, y se dio vuelta para mirarme—. Ya casi termina todo esto. Pronto estaremos en casa.

Ambos sabíamos que eso era una mentira, pero a ninguno le importó.

—¿Todo eso sobre Rachel te lo dijo Nate? —le pregunté.

—No todo. Nate me dijo todo lo que sabía, pero no era todo. El resto lo adiviné. No estuve seguro hasta que revisé el auto de Vince.

—¿Por eso lo golpeaste?

—¿A quién?

—A Vince.

Cole se encogió de hombros una vez más.

—Necesitaba apartarlo del camino. Si no lo hubiera golpeado, nunca nos hubieran dicho nada.

Miré con indiferencia la mancha del parabrisas.

—¿Dónde está Nate?

—No lo sé —murmuró—. Seguramente donde lo dejé.

—¿Y dónde fue eso?

—En el lugar al que pertenece: revolcándose en mierda.

—Entonces, ¿está vivo?

Cole me miró.

—No me juzgues, Rub.

—No, no lo hago, sólo te pregunté si sigue vivo.

—Ya te lo dije: está en algún lugar arrastrándose por la oscuridad, tan vivo como siempre. ¿Está bien?

Asentí, satisfecho con la respuesta de mi hermano.

—¿Y el Flaco? —pregunté otra vez—. ¿Qué fue todo eso?

—¿A qué te refieres?

—Ya sabes a qué me *refiero* —dije—. Por Dios, Cole. ¿En qué estabas pensando? ¿Por qué le diste la escopeta? ¡Pudo haberte *matado*!

—¿Ah, sí? —sonrió—. Me pareció que habías dicho que no tenía el valor para hacerlo. ¿No lo viste en sus ojos? Eso dijiste, ¿recuerdas? Según tú, él no podría matar a nadie ni para salvar su propia vida.

—Su escopeta no estaba cargada.

Cole buscó algo en el bolsillo y lo sacó. Cuando extendió la mano abierta, vi los dos cartuchos anidados en la palma.

—¿Crees que soy un idiota? —dijo.

Negué con la cabeza, sin saber qué pensar. Yo lo vi mostrarle al Flaco la escopeta cargada... Vi ambos cartuchos brillar en la oscuridad. No pudo haberlos sacado en ese momento. Seguramente lo hizo después, cuando yo no estaba con él, pero yo sabía que Cole no mentía. No era un *idiota:* no le había dado al Flaco un arma cargada.

—¿Sabes lo que es la magia en realidad? —me preguntó.

—¿La magia?

—Sí, la magia: trucos, ilusiones, sacar conejos de un sombrero... Todas esas cosas. Mira.

Cerró la mano sobre los cartuchos, los apretó y volvió a abrir la mano. Los cartuchos ya no estaban. Durante un instante me quedé observando el espacio vacío, sin poder creer lo que veían mis ojos, y luego miré a Cole.

—No es magia —dijo—. Son manos rápidas.

No supe qué decir. Estaba asombrado. El truco en sí mismo era impresionante, sin embargo, lo que de verdad me maravillaba era que Cole pudiera hacerlo. Eso era lo que no podía creer. Él era mi *hermano.* Yo lo conocía por dentro y por fuera. Lo conocía tan bien como me conocía a mí mismo. Y sabía, sin lugar a dudas, que él *no* sabía hacer trucos de magia, ni por error. Los trucos eran frívolos y no tenían sentido, eran un asunto de autocomplacencia y vanidad. Eran cosas de niños, por el amor de Dios. Mi hermano *no* hacía cosas de niños. Ni siquiera hizo cosas de niños cuando era un niño.

—Es sólo un truco —me dijo.

—¿Qué?

—Que es sólo un truco. No tienes que *pensarlo* tanto.

Lo miré. Fue extraño darme cuenta de que había cosas de él que yo no conocía. No creo que eso haya cambiado las cosas entre nosotros, pero sí se removieron un poco. Fuera lo que fuera que nos convertía en *nosotros* (los lazos, la dinámica, la historia, lo que fuera), ahora existía una fracción fuera de sincronía. Fuera de ritmo. Nuestra pureza se había visto afectada por un zumbido apenas audible.

No era nada.

No me *gustaba*, pero sabía que no era nada. Todo lo que necesitábamos era un poco de sincronización.

—¿Estás listo? —me preguntó encendiendo el motor.

—¿Por qué te llevaste a Nate y al Flaco? —dije.

—¿Qué?

—Cuando estábamos esperando afuera del hotel, ¿qué te hizo ir por Nate y Flaco? O sea, ¿por qué no los otros? ¿Por qué no Rojo? Es decir, seguramente Rojo sabe más que Nate y el Flaco juntos.

—Y también es más listo —explicó Cole—, por eso no se quedó una vez que salieron. Se subió al auto y se marchó antes de que me diera tiempo de hacer nada.

—De acuerdo —respondí—. ¿Pero qué hay de Quentin? Iba a pie, solo… Incluso sabíamos hacia dónde se dirigía. Pudimos haberlo atrapado fácilmente.

Cole tiró el cigarro por la ventanilla.

—Flaco y Nate son débiles —me dijo—, por eso hacen todo lo que les dicen —subió la ventanilla—. No tiene caso intentar quebrar cocos cuando consigues lo que quieres quebrando huevos.

Le sonreí.

—Estás lleno de sorpresas esta noche, ¿verdad? Trucos de magia, proverbios… ¿Qué más tienes bajo la manga?

Extendió la mano e hizo un movimiento rápido. Los dos cartuchos cayeron sobre mi regazo. Los miré y miré a mi hermano. La sonrisa en su cara duró sólo un instante, pero fue más que suficiente para mí. El ligero zumbido desapareció de mi cabeza.

—¿De acuerdo? —preguntó.

Lo miré y sonreí.

—Vámonos.

No estábamos lejos de la casa de Henry Quentin: cerca del camino del páramo, por la vía serpenteante, rumbo al pueblo y a la gran casa de piedra que nos acechaba desde la izquierda.

Cole aminoró la velocidad y apagó las luces del auto, y yo bajé la ventanilla y miré la parte trasera de la casa a través de la oscuridad. El vasto jardín que había visto antes estaba ahora completamente cubierto por una alta pared de ladrillos con alambre de púas y vidrios rotos en el tope.

—¿Hay alguna cámara? —me preguntó Cole.

—No veo ninguna.

Seguimos conduciendo despacio junto al muro, mirando ambos la antiquísima casa de piedra. Estaba oscuro y con las luces apagadas. Del techo salían extraños tiros de chimenea que parecían un ejército de centinelas negros como el hollín.

—¿Qué te parece? —volvió a preguntar mi hermano.

Negué con la cabeza.

—Tendríamos que saltar el muro. Seguro que están vigilándolo. Y no sabemos qué hay del otro lado. Puede haber perros, cámaras… cualquier cosa.

Cole lo pensó un instante y asintió. Encendió las luces del auto y aceleró, alejándose por el camino.

Fuimos hasta el pueblo. Cole dio vuelta en U y se detuvo junto a la caseta telefónica, de cara a la casa de Quentin. Mi hermano apagó el motor y estuvimos sentados en silencio observando la casa. La entrada estaba llena de vehículos, incluida la pipa de gasolina. Sobre la calle había aún más autos y motocicletas.

—Parece que tiene visitas —dije.

Cole asintió.

Miré sobre mi hombro y vi la calle High. No había nadie en los alrededores. La calle estaba muerta: el hotel estaba cerrado, las casas dormían. Más allá del pueblo, el lejano páramo parecía un sueño difuso en el horizonte negro y gris de la noche.

—¿Crees que Quentin sepa que iremos a su casa? —le pregunté a Cole.

Asintió de nuevo.

—Seguramente Vince lo llamó en cuanto nos fuimos. Debe de estar esperándonos —me miró—. No tienes que venir conmigo. Lo sabes, ¿verdad?

—Claro que sí.

—Podrías esperarme en el auto…

—No seas estúpido. Seguramente en este mismo instante nos están observando. Si me dejas aquí, vendrán por mí en cuanto te marches. Y sin ti no tendré ni media oportunidad. De todas formas, ¿qué pasaría si vas solo y no regresas? ¿Qué se supone que haga entonces?

Cole no me respondió. No tenía que hacerlo. Yo simplemente le estaba diciendo lo que él ya sabía.

—OK —dijo después de un rato—, pero mantente cerca de mí, ¿está bien?

—Seré tu sombra.

—Toma —dijo sacando y entregándome la pistola que llevaba en el cinturón—. Se recarga automáticamente. No tiene puesto el seguro. Lo único que tienes que hacer es apuntar y tirar del gatillo. Si tienes que dispararle a alguien, tírale al pecho. Y no dudes. No des ningún aviso, no les des una segunda oportunidad, no digas nada: simplemente dispara, ¿OK?

—Sí...

Cogió la escopeta que estaba en el asiento trasero. Le entregué los dos cartuchos.

—¿Esto es todo lo que hay? —le pregunté mientras cargaba la escopeta.

Asintió y cerró la escopeta con un solo movimiento.

—¿Estás seguro? Quizá hay más cartuchos en la cajuela...

—Ya busqué.

—¿Crees que con dos nos alcance?

—Es todo lo que hay —me miró—. ¿Estás listo?

—Supongo...

—OK. Vamos a romper algunos cocos.

Me sentía un poco ridículo caminando por la calle a media noche con una pistola tan pesada en el bolsillo. Sencillamente no *iba* conmigo. Todo estaba fuera de lugar y de tiempo y de control. No encajaba bien, por lo menos para mí. Para Cole, por otra parte, encajaba perfecto. La escopeta en la mano, el aire frío en la piel, el suelo firme bajo sus pies: para él, las cosas eran justo como debían ser. Lo único que Cole sentía era un vacío rectilíneo en la cabeza y eso era todo lo que quería sentir.

—Árboles a la izquierda —dijo en voz baja.

—¿Qué?

—En los árboles a la izquierda de la casa hay alguien escondido.

Estábamos llegando; el camino subía hacia la entrada. Al final, entre la casa y la vereda angosta, distinguí un grupo de árboles altos. Traté de mirar en la oscuridad y vi algo moverse, pero no supe qué era. Fue un ligero movimiento nada más. Una figura borrosa.

—Quédate a mi derecha —me dijo Cole mientras llegábamos a la vereda—. No quites la vista de la casa.

Seguimos avanzando. Pasamos frente a los autos estacionados y yo traté de mantener la vista en la casa. En una ventana del piso inferior brillaba una luz apagada. Fuera de eso, la casa estaba por completo a oscuras. No pude distinguir a nadie que nos vigilara, pero la parte superior de la cabeza me vibraba de pura fragilidad.

Puse la mano en el bolsillo y sentí el frío acero de la pistola. Esta vez lo sentí bien. Era reconfortante. Ya no me parecía tan ridículo.

Seguimos caminando y nos detuvimos frente a una gran puerta de madera en un porche de piedra. Una suave brisa susurraba entre los árboles del jardín. Percibí un ligero olor a pino en el aire. La casa estaba en silencio. Nada se movía. Un pájaro chilló en la distancia. Mientras su escalofriante llamado se apagaba en el páramo, pude oír algo más. Algo cercano. Eran hojas. Un paso, y después, una voz rasposa.

—Los he estado buscando.

Volteé y vi al Gran Davy saliendo de entre los abetos junto a la casa. No llevaba el collarín al cuello, aunque por su voz se adivinaba que seguía sufriendo. Tenía la cabeza inclinada en un ángulo extraño y caminaba torcido, pero seguía siendo tan grande como siempre y tenía los mismos ojos de loco.

—¿Tienen permiso para portar armas? —sonrió señalando con la cabeza la escopeta de Cole.

Cole no dijo nada, sólo lo vio acercarse.

—Mira, lo que pasa es… —comenzó a decir, pero no pudo

continuar porque comenzó a toser con fuerza y se llevó las manos a la garganta—. Mierda —dijo con un hilo de voz, frotándose el cuello. Volvió a toser con violencia y escupió al suelo. Luego miró a mi hermano y se acercó a él, tambaleante, con los ojos repletos de odio—. He estado pensando en ti —carraspeó—. He estado pensando en lo que voy a hacerte…

Cole reaccionó con rapidez y lo golpeó fuertemente, de nuevo, justo en la garganta. Davy cayó sin hacer un solo ruido; ni siquiera alcanzó a respirar, sólo se revolcó silenciosamente en la tierra.

Cole le dio la espalda y se acercó a la puerta principal.

—Párate detrás de mí, Rub —dijo—, cuídame las espaldas.

Hice lo que me pidió: me paré detrás de él, de frente a la calle. El Gran Davy seguía revolcándose en el suelo con la boca muy abierta, suplicando que le entrara un poco de aire. Los ojos se le botaban de las cuencas por el dolor y el pánico.

—No se ve nada bien, Cole —dije.

—¿Quién?

—Davy.

—No te preocupes por él, sólo mantén los ojos bien abiertos por si viene alguien más. ¿Estás listo?

—Sí.

—Tápate los oídos.

Me cubrí los oídos con las manos. La escopeta estalló y el aire se llenó de una repentina lluvia de astillas y humo. Cuando me di la vuelta, vi la puerta colgando por las bisagras, con un enorme agujero donde solía estar la cerradura.

—Pudiste haber tocado —dije.

Cole no me estaba escuchando. Con la escopeta a la altura de la cadera, veía intensamente la oscuridad del pasillo de altos techos. No había ninguna luz. No había nadie. Sólo oscuridad, polvo y silencio.

Cole abrió la escopeta, sacó el cartucho percutido y lo tiró al suelo. Esperó un instante, se agachó y lo recogió. Un momento después volvió a meter el cartucho vacío en la escopeta y la cerró con fuerza.

Al principio no lo entendí, pero luego supe que si alguien estaba escuchando, asumiría que Cole había recargado el arma.

—¿Tienes la pistola? —me preguntó.

La saqué del bolsillo y respondí:

—Sí.

—Puede ser que la necesite. Si te la pido, sólo dámela, ¿de acuerdo?

—De acuerdo.

—Quédate detrás de mí.

Cruzó la puerta y buscó el interruptor de luz en la pared. Después de unos instantes, una luz tenue se encendió mostrando el tenebroso interior del corredor. Era muy largo y viejo: paredes viejas, alfombras viejas, muebles viejos. La pared estaba cubierta con retratos oscuros: caras, cuerpos, ancestros muertos, todos sucios y resquebrajados por el tiempo. Del lado izquierdo había una escalera con un maltratado barandal de madera. Al final del corredor había una puerta y dos más del lado derecho. Todas estaban cerradas.

—Qué bien —dije mirando alrededor—. Muy acogedor.

—Cállate, Ruben —respondió Cole.

—Estoy nervioso.

—Lo sé, pero cállate. Estoy tratando de oír.

Yo intenté escuchar junto con Cole, sin embargo, no había mucho que escuchar: un ligero suspiro de viento desde afuera, mi corazón palpitante, el caer de pequeños trozos de madera de la puerta.

Cole me tocó el brazo y avanzamos al mismo tiempo. Aunque la puerta estaba abierta de par en par, el exterior de pronto me pareció muy lejano. Estábamos dentro. En esa casa. Ahora ése era nuestro mundo.

Caminamos por la orilla del corredor y mis ojos parecían distinguirlo todo, cada pequeño detalle. Las manchas de humedad en las paredes. La alfombra gastada. El yeso expuesto del techo. Podía ver las vigas resquebrajadas y las tuberías. Huellas de botas lodosas. Colillas de cigarro. El resto marrón de una manzana. Había un ligero aunque persistente olor a gas en el aire, y el aire mismo no se parecía a nada que hubiera experimentado jamás. Tenía sabor. Sabía a mal aliento y a carne y a falta de cielo azul, a inercia y gasolina y ladrillo.

—Espera —dijo Cole extendiendo la mano para que me detuviera.

Me detuve detrás de él. Estábamos en mitad del corredor, fuera de una de las puertas. Cole la observaba fijamente, escuchando con atención y con la escopeta al nivel de la perilla.

—La pistola —susurró.

Le extendí la pistola y la tomó con la mano izquierda, sin dejar de apuntar con la escopeta. Lo oí respirar profundamente para calmarse y pensé que estaba a punto de atravesar la puerta con un nuevo estallido, pero lo siguiente que hizo fue dar la espalda a la puerta y apuntar la pistola escaleras arriba.

El piso de madera crujió y percibí un ligero movimiento detrás de la balaustrada del descanso de la escalera. Cole tiró del gatillo y la pistola tronó en medio del silencio. Se alzó una flama azul, la balaustrada se astilló y una voz masculina chilló de dolor.

—La siguiente irá dirigida a tu cabeza —gritó Cole.

De entre las sombras salió un sujeto: el Hombre Lágrima. Un poco de sangre le corría por el rostro. Una astilla se le había enterrado bajo uno de los ojos. Levantó las manos, descendió las escaleras con cuidado. Cole me dio la escopeta.

—Cuida la puerta —me dijo—. Si sale alguien, le disparas.

Vigilé la puerta. Cole se concentró en el Hombre Lágrima, que ahora estaba al pie de la escalera limpiándose la sangre de la cara.

—Ven acá —ordenó Cole.

El Hombre Lágrima dudó un instante.

—Yo sólo…

—Cállate y ven acá.

Se acercó a Cole con las manos extendidas en señal de rendición.

—¿Dónde está Quentin? —preguntó Cole.

El Hombre Lágrima miró nervioso escaleras arriba, al tiempo que se lamía los labios. Cole le apuntó a la cabeza.

—No me hagas preguntarlo de nuevo.

—Arriba —dijo temblando—, en la habitación trasera.

—¿Quién está con él?

—Rojo y Bowerman.

—¿Dónde están los demás?

—Están por todas partes…

—¿Dónde? ¿Cuántos son?

El Hombre Lágrima movió la cabeza hacia la puerta que yo vigilaba.

—Ahí dentro hay dos, dos en la otra habitación, dos en la cocina…

—¿Dónde está la cocina?

—Al final del corredor.

—¿Hay más?

—Arriba, en la primera habitación.

—¿Cuántos?

—Tres.

—¿Y afuera?

—Cuatro o cinco, quizá más —sonrió recobrando la confianza—. Todo está cubierto. No hay manera de que salgan de aquí.

—¿Tienen armas?

—Henry tiene un revólver. Bowerman un rifle. Algunos tienen cuchillos. No hay manera de que…

Cole lo interrumpió martillando la pistola cerca de su cabeza. El tipo se tiró al suelo y se quedó muy quieto.

Llevamos dos, pensé. Sólo nos falta otra docena. Seis abajo, cinco arriba y otros tantos afuera… No veía ningún modo de salir vivos de aquello. Miré a Cole. Él no dudaba. No dudaba, no pensaba nada, no se preocupaba. Su mente estaba en blanco. No estaba pensando.

—Son demasiados —le dije—. No puedes con todos. ¿Qué vamos a hacer?

—Vamos a atrapar a Quentin —respondió con calma—. Cuando lo tengamos a él, el resto será fácil.

Lo miré preguntándome cómo podía pensar con claridad y sin dudas.

Cole me dirigió una mirada llena de confianza.

187

—Es sólo un juego, Rub. Se gana o se pierde. No vale la pena preocuparse.

Seguí a Cole hasta el piso superior mientras cubría el pasillo con la escopeta. Hice mi mejor esfuerzo por no preocuparme, pero no era sencillo. Lo que más me preocupaba era que no podía *dejar* de preocuparme. *¿Qué si pasa esto? ¿Qué si pasa aquello? ¿Qué pasa si algo sale mal?*

—Si alguien abre una puerta, sólo dispara —me dijo Cole—. No te molestes en apuntar. Sólo cierra los ojos y tira del gatillo.

Sonaba fácil, pero todo ese asunto me aterraba a muerte. ¿Y si mataba a alguien? ¿Qué pasaría si me paralizaba? ¿Qué pasaría si lo arruinaba todo por estar preocupado de no arruinarlo todo?

—¿De acuerdo? —preguntó mi hermano.

—Sí, no hay problema.

Llegamos arriba y nos detuvimos. Cerca de la escalera había otra puerta cerrada.

Cole se volvió hacia mí.

—¿Todavía puedes ver el corredor desde aquí?

—Más o menos.

—Sigue vigilando. No te muevas hasta que yo te llame.

Me senté en el primer escalón y vigilé el corredor. Estaba vacío. Daba terror. Miré a Cole sobre mi hombro y lo vi moverse hacia la puerta y detenerse frente a ella mientras aseguraba el arma en el cinturón.

—El corredor, Rub —dijo con calma y sin mirarme—. No dejes de mirar el corredor.

Volví a vigilar. Las puertas seguían cerradas, pero me di cuenta de que algo estaba pasando. El silencio cambió: era un silencio a punto de quebrarse. Apreté con fuerza la escopeta y sentí que algo se movía. Una de las puertas crujió al abrirse. Cerré los ojos y tiré del gatillo.

El silencio explotó con el rugido de la escopeta. Mientras la detonación atravesaba el aire escuché otro estruendo tras de mí: era Cole que había derribado la puerta. De pronto todo hizo erupción y hubo una tormenta de ruido y confusión: gritos, alaridos, golpes, gemidos. Sonó un disparo. Yo estaba desesperado por voltear para ver qué estaba pasando, pero me forcé a no moverme de mi lugar y a mantener los ojos en el corredor. Brotaba polvo de un cráter en la pared y en el suelo había restos de un cuadro al óleo. No había nada más que ver. No había ningún cuerpo. Las puertas estaban cerradas. El escopetazo había cumplido su misión.

Me di cuenta de que la escopeta ahora estaba vacía; era sólo un pedazo de metal inútil entre mis manos, y eso no me gustó. Traté de convencerme de que nadie más lo sabía, así que no importaba. Sin embargo, esta idea no me hizo sentir mejor.

Tampoco me ayudó el silencio a mis espaldas.

Todo estaba demasiado tranquilo, como la calma después de una batalla. Ya no me quedaban ganas de voltear a ver. No quería saber qué estaba pasando. No quería ver a mi hermano lastimado o algo peor. Si no lo veía no se haría realidad.

—¿Te vas a quedar sentado ahí todo el día?

Su voz me recorrió como sangre fresca, y cuando volteé y lo vi de pie junto a la puerta, me sentí tan bien que me dieron ganas de llorar.

—¿Estás bien? —me preguntó.

Asentí, incapaz de hablar durante un momento. Lo único que pude hacer fue mirarlo. Cole respiraba con dificultad y tenía una pequeña herida sobre el ojo, pero aparte de eso, estaba bien. La habitación a sus espaldas estaba mal iluminada y polvosa, y el aire rancio se pintaba con el humo del disparo. Una luz amarilla y pálida brillaba desde una lámpara de mesa, mostrando las cortinas grises corridas sobre las ventanas, un sillón de piel gastada y muchos muebles de madera oscura. Uno de los metaleros estaba tumbado de cara en el sofá, el otro estaba encogido cerca de la puerta. En el extremo de la habitación, otro de los motociclistas del bar estaba sentado en el piso, de espaldas a la pesada puerta de roble. Mostraba los dientes y se agarraba la pierna tratando de detener la hemorragia causada por la herida de bala de su muslo. A juzgar por la cantidad de sangre que había en el piso, me pareció que no estaba consiguiendo su objetivo.

Miré a Cole.

—Tenía un cuchillo —dijo encogiéndose de hombros—. No tuve opción.

—¿Y los otros?

—Estarán bien.

Asentí y volví a mirar al motociclista; no lucía bien: tenía los ojos apagados y la cara pálida en contraste con la puerta oscura. Me pregunté si estaría muriendo. ¿Y qué pasaría si muriera? Huesos y polvo, pensé, pedazos de nada. Deja que los muertos entierren a sus muertos…

Una tabla del piso crujió y me arrancó los pensamientos de la cabeza. De pronto sentí que Cole me tiraba del brazo al tiempo que le disparaba a alguien en el corredor. La madera estalló y oí que alguien corría. Cole volvió a disparar. Algo se despedazó y una puerta se cerró de golpe. Regresó el silencio.

—Será mejor que nos movamos de aquí —dijo Cole mirando escaleras abajo—. No se van a esconder por siempre.

Se dio la vuelta, me ayudó a ponerme en pie y dijo que vigilara la escalera de nuevo. Luego se dirigió al motociclista herido y lo arrastró lejos de la puerta. El sujeto gemía y maldecía entre dientes, pero estaba demasiado débil para resistirse. Cole lo dejó recargado contra la pared y recogió el cuchillo del charco de sangre en el piso. Lo limpió con su pantalón y lo guardó en su bolsillo.

—¿Todo tranquilo? —me preguntó.

—Sí —respondí mirando hacia abajo.

Me llamó con una seña de la mano y me coloqué a su lado, cerca de la puerta. Me llevó hacia un lado y nos recargamos contra la pared para evitar el peligro.

—¿Estás bien? —me preguntó.

Lo miré tratando de entender lo que estaba sintiendo. Su mente estaba envuelta en sombras, ecos de las imágenes de lo que pretendía hacer: caras, siluetas, movimientos, recorridos, ángulos, acciones, formas…

Nada tenía sentido. Yo no entendía qué deseaba hacer Cole, pero sabía que no importaba; lo único que tenía que hacer era confiar en él.

Asentí.

Cole asintió también, aguardó un segundo y se apartó de la pared para lanzarle una patada a la puerta, que se abrió de improviso con un sonido apagado. Un instante después, Cole estaba de pie en medio de la luz astillada, esperando que se disipara el polvo.

# CATORCE

En el acero de los ojos de Cole vi el reflejo de las caras de Bowerman, Quentin y Rojo. Quentin estaba en la parte trasera de la habitación, sentado con rigidez ante un gran escritorio de roble. Rojo estaba de pie a su derecha, casi escondido tras el arco que formaba la ventana. Bowerman estaba parado en medio de la habitación, apuntando a Cole con un rifle. Estaba borracho: su cuerpo se mecía de lado a lado y el rifle dibujaba círculos en el aire. Cuando habló, su voz salió arrastrada y horrorosa.

—Cole Ford —dijo—, estás arrestado por posesión de un arma de fuego con intenciones criminales. No tienes que decir nada... Ah, mierda. Sólo dame el arma, muchacho. Vamos... no seas idiota. Soy un oficial de policía, por el amor de Dios —añadió con una risa estúpida—. No pensarás *dispararme*, ¿verdad?

Cole levantó la mano y disparó la pistola. Oí un estruendo tenue seguido por un grito de sorpresa y dolor, y luego un ruido metálico acompañado por el golpe seco que produjo Bowerman al soltar el arma y caer al suelo. Cole lo miró, levantó la vista y se concentró en el fondo de la habitación. Sentí que unos ojos color ámbar lo observaban a través de la luz polvorienta.

—Quiero hablar contigo —dijo Cole con voz calmada.

Hubo una pequeña pausa y Quentin respondió:

—Será mejor que entren.

193

Cole me hizo una seña y entramos juntos. La habitación estaba encerrada y oscura. Unas pesadas cortinas cubrían las ventanas. La única luz provenía de cuatro velas blancas que chisporroteaban desde una cruz de madera colgada de la pared.

Me paré junto a Cole y miré a mi alrededor. Bowerman estaba tirado en el suelo frente a nosotros. Cole le había disparado en el hombro. No había mucha sangre pero sus ojos estaban velados de dolor y sorpresa, y había vomitado sobre la alfombra. El rifle estaba tirado junto a él.

—Recógelo, Rub —me dijo Cole.

Recogí el rifle y se lo entregué a mi hermano. Lo revisó para cerciorarse de que estaba cargado y miró a Bowerman, quien trataba de levantarse. Cole lo observó un momento más, dio un paso al frente y le dio un culatazo en la cabeza. Bowerman cayó como un fardo en un charco de su propio vómito.

Cole centró su atención en Rojo.

—Muévete hacia allá —le indicó moviendo el rifle—. Contra la pared.

Rojo sonrió y se movió de su lugar. Cuando llegó a la pared, Cole le ordenó que se detuviera.

—Quítate la chamarra —ordenó Cole.

—¿Qué? —dijo Rojo sonriendo.

—Qué te la quites y la tires al piso.

Rojo se encogió de hombros e hizo lo que se le dijo, todo sin dejar de sonreír.

—Ahora los pantalones —le dijo Cole.

La sonrisa de Rojo se congeló.

—No pienso…

—Hazlo.

Rojo lo miró un instante con la quijada apretada, negó con la cabeza, se zafó el cinturón y se bajó los pantalones. Empezó a quitárselos agachado, pero Cole le ordenó que se detuviera.

—Déjalos ahí —dijo—. Párate derecho y mírame.

Rojo se enderezó con un odio desnudo en los ojos.

—Siéntate —dijo Cole.

—Me acabas de decir que…

—Cállate y siéntate.

Rojo se sentó lentamente en el suelo sin apartar los ojos de Cole.

—Eres hombre muerto, Ford —dijo en voz baja.

Cole lo miró con desdén, y luego a Quentin.

—Si se mueve o hace cualquier ruido, o si alguien entra por esa puerta, te voy a matar, ¿OK?

Quentin asintió casi imperceptiblemente. Su cara estaba inmóvil como una piedra; no mostraba nada. Estaba vestido como antes, con el abrigo militar con botones de bronce, pero ahora el abrigo estaba desabrochado y dejaba ver una camisa blanca sin cuello y un crucifijo de madera labrada que colgaba de su cuello en una cinta de cuero.

—Sácala —le dijo Cole.

—¿Disculpe?

—La pistola, de donde sea que esté. Sácala lentamente y ponla sobre el escritorio.

Quentin pestañeó: era la primera vez que lo veía hacer eso. Buscó algo en una gaveta debajo del escritorio.

—Despacio —le advirtió Cole.

Quentin se detuvo y muy despacio abrió la gaveta y sacó un antiguo revólver militar. Lo colocó suavemente sobre el escritorio frente a él, sosteniéndolo por la punta del cañón.

—Está cargado —le dijo a Cole—. Lo tengo para matar musarañas.

—Rub —dijo Cole sin mirarme.

Me acerqué a la mesa y tomé el revólver. Quentin me miró. Su cara permanecía impasible, pero había bajo su piel una sonrisa helada que me atravesó la carne y me llegó hasta los huesos. Bajé la mirada y di un paso hacia atrás, sintiéndome extrañamente agredido.

Cole se acercó al escritorio y recargó el rifle. Todavía tenía la pistola en la mano.

—Sé lo que pasó —le dijo a Quentin.

Quentin lo miró.

—¿Ah, sí?

Cole asintió.

—Sé lo del hotel, lo de la casa de Abbie Gorman, el trato que hiciste con su marido… Lo sé todo —vio a Rojo y regresó la vista hacia Quentin—. Nada de eso me importa. Sólo quiero saber qué hicieron con el cuerpo de Selden.

Los ojos de Quentin se colgaron de los de Cole.

—Me gustaría ayudarlo, señor Ford. De verdad que sí. Pero, como le dije antes, me temo que no tengo ni la menor idea de lo que está hablando. Lo único que sé de John Selden es que la policía lo está buscando en relación con la muerte de su querida hermana.

Cole levantó la pistola y disparó hacia la pared, a sólo unos centímetros de la cabeza de Quentin. La pintura y el yeso volaron y salpicaron al tipo con una ligera lluvia de polvo, pero él ni siquiera pestañeó.

—Última oportunidad —le dijo Cole—. La próxima vez que me mientas te voy a agujerar la cabeza.

Con mucha calma, Quentin se sacudió el polvo del abrigo. Se tomó su tiempo: quitó hojuelas de pintura, limpió los puños, y al final se frotó las manos y las colocó sobre el escritorio mirando a Cole.

—¿Usted cree en la venganza, señor Ford? —preguntó.

—Yo no creo en nada.

—¿Y qué me dice de la retribución?

—Me da lo mismo.

—¿De verdad? —dijo Quentin—. ¿Y le dio lo mismo cuando se trataba de un pecador llamado Billy McGinley? ¿O quizá fue todo culpa de su padre?

La cara de Cole permaneció en blanco.

—¿A dónde quieres llegar?

—¿Llegar? No quiero llegar a ningún lugar. Simplemente estoy tratando de decidir si tiene lo que se necesita para matar a un hombre a sangre fría.

Cole lo miró por un instante y levantó el arma, que quedó justo a la altura de la cabeza de Quentin. Él permaneció perfectamente quieto, ignorando la pistola y buscando algo en la profundidad de los ojos de mi hermano. Me di cuenta de que invadía el corazón de Cole: buscando, picoteando, minando su alma. Lo había sabido todo el tiempo. Si Cole tenía que matarlo, lo haría. Ésa era la realidad. No era nada a lo que hubiera que temer, era simplemente algo que debía aceptar. Un problema, una molestia, una complicación.

—La muerte de su hermana fue un error —dijo Quentin, indiferente—. Estaba en el lugar equivocado en el momento equivocado, eso es todo. Desafortunadamente, esas cosas pasan. La gente se mete en los asuntos de otros, algo sale mal… Estoy seguro de que usted sabe que así es, señor Ford. Los negocios son los negocios —se encogió de hombros—. A veces las cosas salen bien, a veces no.

—¿Qué hay de Selden? —dijo Cole—. ¿Él también fue un error?

—Sólo en sentido genético. En lo que se refiere al trabajo, él era perfecto, por eso lo usé —Quentin miró a Cole—. La inestabilidad de los vagabundos, señor Ford, es barata y desechable. No hacen preguntas y lo mejor de todo es que son aterradores —hizo una pausa para ver sus manos y sacudirse el yeso de entre los dedos—. Claro, cuando me enteré de lo que Selden había hecho, me di cuenta de que quizá subestimé su inestabilidad. Sin embargo, ahora que los conozco a usted y a su hermano, estoy más convencido que nunca de que mi juicio inicial era correcto —alzó la vista y la fijó en Cole—. Su hermana era una criatura hermosa, señor Ford, pero no creo que fuera su belleza lo que tanto irritó a Selden: la sexualidad física no era lo suyo. Sólo le gustaba mirar. Por eso le encargué el trabajo de la señora Gorman —sonrió con frialdad—. Nunca lo sabremos con certeza, pero yo creo que lo que enfureció a Selden fue la resistencia de su hermana —movió la cabeza hacia un lado—. Ella tenía el mismo espíritu que usted, señor Ford. Todos los de su familia parecen tenerlo: usted, su padre… hasta su raro hermanito —me miró de reojo y volvió a mirar a Cole—. Si tan sólo su hermana no se hubiera resistido, seguiría viva el día de hoy —su boca se torció en un gesto burlón—. ¿Qué le parece, señor Ford?

Cole le respondió en voz baja:

—Me parece que estoy a dos segundos de volarte la cabeza.

—Claro que no —espetó Quentin con calma—. Me necesita

vivo. Soy el único que sabe dónde está enterrado Selden. Y usted tiene razón: su cuerpo podría comprobar sin lugar a dudas que él mató a su hermana. Hubo mucha sangre, muchos rasguños y muchas otras cosas —observó a Cole para calcular cuánto lo estaba lastimando, pero Cole ya estaba más allá del dolor. Quentin se encogió de hombros y continuó—. Ése es mi problema, ¿comprende? Si encuentran el cuerpo de Selden, la policía no podrá ignorarlo. Tendrá que investigar y eso no sería bueno para nadie.

—Especialmente para ti —dijo Cole.

Quentin asintió.

—Tengo compromisos de trabajo. Hay mucha gente que ha depositado su confianza en mí. Su confianza y su dinero. Gente muy importante, gente con muy buenas relaciones. No puedo poner en peligro esa confianza.

—Querrás decir que no puedes dejar que se enteren de que les has estado robando.

Quentin se encogió de hombros.

—Robando, maximizando las ganancias, distribuyéndolas… Es un asunto de semántica.

—Si se enteran, la semántica será lo de menos.

—Exactamente, me da gusto que lo entienda. Si yo le dijera dónde está el cuerpo de Selden, yo mismo estaría muerto en cuestión de semanas.

—Y si no me lo dices, estarás muerto en cuestión de minutos.

Quentin negó con la cabeza.

—No lo creo. Si me mata, nunca encontrará a Selden. Eso se lo juro. Además, si me mata, los caballeros que están allá abajo los despedazarán, a su hermano y a usted —su sonrisa se afiló—. Yo sé que a usted no le importa morir, pero estoy seguro de que no quiere que nada le pase al joven Ruben, ¿verdad? —me miró de nuevo y esta vez pude reconocer el infierno en sus ojos. Mi infierno, el infierno de Rachel… Pude sentirlo, y Cole también. Quentin nos *obligaba* a sentirlo. Obligaba a Cole a ver las cosas horribles que podrían pasarme y Cole no pudo soportarlo más. Estaba a punto de perder el control.

—Imagínelo, señor Ford —susurró Quentin—. Imagine lo

que *eso* le haría a su madre. Su única hija violada y asesinada, y ahora su extraño hijito...

Cole se lanzó sobre el escritorio y metió la pistola en la boca de Quentin para retacarle sus palabras por la garganta, pero Quentin sabía qué iba a ocurrir y lo estaba esperando. Se movió a la velocidad de un rayo negro, tomó la muñeca de Cole y la azotó contra la mesa, mientras con la mano derecha lo golpeaba en la cabeza como un mazo, pero no soltó la pistola. El impacto hizo vibrar el aire. Cole cayó con fuerza sobre el escritorio *(crack, crack, crack)* y Quentin lo golpeó de nuevo, pero Cole no soltó el arma. Furioso, Quentin se puso de pie, levantó el puño por encima de su cabeza y lo dejó caer con fuerza sobre la muñeca de Cole. Algo se quebró y finalmente la pistola cayó de su mano.

Yo trataba de moverme para ayudar a Cole... pero el aire era demasiado espeso. No podía atravesarlo. Todo había reducido la velocidad hasta hacerla parecer un sueño. Quentin estaba de pie junto a Cole: lo jalaba del pelo y le levantaba la cabeza para azotarla contra la mesa una y otra y otra vez. Cole seguía consciente; yo podía ver sus ojos brillando entre la sangre. Me miraba tratando de decirme algo...

*La pistola, Rub... El revólver de Quentin.*

Yo aún sostenía el arma en la mano. Tenía el revólver de Quentin... estaba en mi mano.

*Úsalo, Rub... Dispárale a este bastardo...*

La velocidad del sueño se desvaneció. Solté la escopeta vacía y levanté el pesado revólver con ambas manos, tratando de apuntar a la cabeza de Quentin.

*Martíllala,* dijo Cole. *Es un revólver, lo tienes que martillar. Hazlo.*

Tiré con ambos pulgares y, cuando me di cuenta, Quentin había desaparecido. Lo único que vi fue a Rojo medio desnudo, sonriendo y golpeándome con la escopeta. *¡CRACK!* Una descarga de dolor recorrió mi brazo y el revólver cayó de mi mano. Lo siguiente que supe era que Rojo se me acercaba y me sujetaba de los hombros, mirándome con sus ojos retorcidos y sonriendo con su enorme sonrisa.

—Se acabó el juego —dijo.

Tomó impulso y estrelló la cabeza contra mi cara.

Caigo, me derrumbo, mis piernas se colapsan como tubos de cartón. Me voy de lado en tanto pienso por qué me caigo de lado. Y sé que no importa. Oigo gente correr, gritar, repartir patadas y golpes. Caigo lentamente al suelo y me doy vuelta sobre mi espalda, pero mi brazo se encoge y queda bajo mi cuerpo, así que estoy tirado sobre mi costado con la cabeza a medio levantar, mirando a Cole. El aire es brumoso, amorfo y maleable. Me golpea los ojos. Cole es un costal sangrante sobre el piso, a mil kilómetros de distancia. Está rodeado de caras salvajes y puños excitados, y cientos de piernas que lo patean y lo pisan hasta convertirlo en nada.

Alguien que parece un párroco está de pie y observa.

Mi cráneo gime. La habitación se oscurece. El párroco me mira con ojos ambarinos y yo sigo su luz. Estoy flotando entre la luz de sus ojos, a través de su pelo negro, hacia su cabeza y, por un instante, puedo verme en su vista: tirado en el piso, con la cara ensangrentada, los ojos entrecerrados y la boca abierta. Hay alguien parado a mi lado. Es un pequeño hombre rojo que me apunta con una escopeta.

—Asegúrate de no matarlo —dice el párroco.

La escopeta cae sobre mí como un pistón y todo se vuelve negro.

# QUINCE

Lo primero que veo al abrir los ojos es una enorme rata que roe la suela de mi zapato. Luce muy tranquila para ser una rata. Sus ojos brillan; su nariz se retuerce; tiene los dientes amarillos. No quiero molestarla, pues sólo me muerde el zapato, pero al fin me parece que debo hacerlo, por si acaso.

Cuando trato de mover el pie, nada ocurre.

Mi pie no funciona. Mis *pies* no funcionan. No sé dónde están. Sé *dónde* están: están ahí mismo, al final de mis piernas, donde suelen estar; no obstante, mis piernas no parecen reconocerlos.

No lo entiendo.

No lo *entiendo*.

Cierro los ojos tratando de comprender qué pasa, pero no puedo pensar. Me duele la cabeza. Me duelen las muñecas. Creo que voy a vomitar. Me duelen los hombros. Tengo los brazos paralizados.

Quizá estoy soñando.

Pero sé que no es así. Cuando vuelvo a abrir los ojos, la rata sigue ahí. La observo un momento, intrigado por su manera de morder, y vuelvo a pensar en mis piernas. Parecen estar estiradas frente a mí. Pienso en eso un rato más: *¿Por qué están mis piernas estiradas frente a mí?* Al final llego a la conclusión de que debo estar sentado. Y eso me hace pensar: *Si estoy sentado, debo estar sentado sobre algo.* Así que me concentro en las tablas color marrón que veo a ambos lados de mi cuerpo. No me toma mucho tiempo darme cuenta de que es madera, un piso de madera.

*Ya* voy entendiendo.

En resumen: estoy sentado sobre un piso de madera con las piernas extendidas frente a mí y una rata está mordiendo mi zapato.

Sigo sin molestarla; sin embargo, mis zapatos son viejos y la suela es muy delgada. Si la dejo morder más, pronto llegará a mis calcetines y luego a mi pies, y no quiero que eso ocurra. Creo que lo mejor será que intenté mover el pie de nuevo...

Y esta vez sí funciona. Mi pie se mueve, no mucho y no muy rápido, pero es suficiente. La ratita da un salto hacia atrás y se escabulle dejando una nube de polvo en su camino. Ahora no hago más que ver el polvo. Es fino y viejo, como si fuera el polvo de una habitación sin usar. También hay briznas de paja.

¿Paja?

Me parece recordar haber visto paja en algún sitio. ¿En dónde? ¿En el suelo? Vuelo a mirar la madera del piso. Madera sin barnizar. Polvorienta. Con pequeñas pintas amarillas.

El piso.

OK, ése es el piso. ¿Qué hay del techo?

Lanzó mi cabeza hacia atrás para mirar el techo, pero antes de que pueda ver algo, un dolor agudo me atraviesa la cabeza y el velo negro vuelve a cubrirme.

Sólo perdí el conocimiento por un segundo o dos, pero cuando abrí los ojos esta vez, todo fue claro. Supe lo que había pasado. Aunque seguía sin saber dónde estaba o cómo había llegado ahí, al menos podía recordar lo que había ocurrido. Recordaba haber estado en la casa de Quentin, que golpearon a Cole y que Rojo me golpeó con la escopeta. Podía sentir la herida en la cabeza. Sangraba de nuevo. Sangre fresca. Dolor fresco. Me dolía como el demonio, pero estaba bien porque ahora sabía lo que había pasado.

Cuando miré al techo me golpeé la herida contra una viga de madera tras de mí, una viga contra la cual estaba apoyado.

La viga a la que estaba atado.

Mis brazos no estaban paralizados. Estaba atados a mi espalda y ya no podía sentirlos.

Estuve sentado mirando la nada un rato más, tratando de bajar el ritmo de mi corazón y de no aterrarme. No fue fácil. *Quería* aterrarme. Estaba atado a una viga, mi cabeza se sentía extraña, no podía mover los brazos y no sabía dónde estaba mi hermano o si seguía vivo siquiera…

De verdad quería verlo. Nunca antes había deseado algo con tanta fuerza. Quería gritar, vociferar y llorar como un bebé. Quería que estuviera ahí conmigo. Quería saber que estaba bien. Quería que él me dijera que *yo* estaba bien, que todo *saldría* bien…

Lo *quería* ahí conmigo.

Lo *necesitaba* ahí conmigo.

Pero no estaba ahí. Además, no podía sentirlo. Y llorar como un bebé no serviría de nada, ¿o sí? De modo que no lo hice. Solamente me quedé sentado viendo la nada. Y cuando estuve seguro de que no lloraría, volví a mirar a mi alrededor.

Esta vez me aseguré de mantener la cabeza alejada de la viga.

Me tomé mi tiempo y dejé que mis sentidos absorbieran todo lo que había a mi alrededor: el piso, las paredes, el techo, el aire, la luz, el vacío, el silencio. Cuando terminé, estaba casi seguro de dónde me encontraba.

Era una construcción de madera con techo de madera. El techo estaba resquebrajado; las paredes también, y además estaban pintadas de negro. No había ventanas ni luces, pero un resplandor matinal se colaba por las rendijas y me permitía reconocer la silueta de las cosas: había una puerta en el suelo en un extremo de la habitación, costales vacíos, paja desperdigada.

Estaba en un granero.

El aire fresco se mantenía en calma bajo el peso del silencio. Cuando golpeé un pie contra el piso, percibí un eco debajo de mí.

Estaba en el tapanco de un granero.

Lo sabía.

También sabía que debía haber docenas de graneros en los alrededores de Lychcombe y que seguramente todos eran idénticos. Sin embargo, algo en ese lugar me decía que yo ya había estado allí. Sentía la memoria de mí mismo sonriendo como un estúpido. Podía verme al pie de una escalera, mirando hacia la puerta del pasadizo en el techo, pensando que seguramente no habría nada arriba y que no valía la pena investigar…

Yo había estado allí antes.

Lo sabía.

Estaba en el granero de la granja de Abbie y Vince.

Lo sabía.

Claro que eso no cambiaba las cosas. Todo el tiempo supe dónde estaba. Estaba atado a un viga, justo allí. Y después de tratar de soltar mis brazos durante unos minutos, retorciéndolos y doblando los dedos, lastimándome la piel de las muñecas, supe también que no iba a salir de ese sitio. La viga de madera estaba clavada al piso. Llegaba hasta el techo y era de al menos seis pulgadas de ancho. Era tan dura como una viga de hierro. No podía ver mis manos, pero supuse que estaban ceñidas con esposas de plástico. Seguramente eran de las que usan los policías, cortesía del señor Bowerman.

Tratar de escapar era una pérdida de tiempo y energía.

Así que no me tomé la molestia.

En lugar de eso, cerré los ojos y la mente, y traté de concentrar la energía en abrir cada célula de mi cuerpo. No sabía si Cole estaba vivo o no, pero si lo estaba, lo encontraría. Dondequiera que estuviera, lo encontraría.

Tenía que hacerlo.

Era lo único que podía hacer.

No sé cuánto tiempo me tomó porque había perdido la noción del tiempo, pero cuando al fin pude sentir a Cole dentro de mí, el sol había salido y el aire polvoriento del granero estaba iluminado por la luz de una mañana dorada.

# DIECISÉIS

Cole comienza a despertar. Ha estado inconsciente durante mucho tiempo y le cuesta trabajo recobrar el sentido. Sabes que está afuera, puedes sentir el aire sobre su piel. Hace frío, mucho frío. Todo es frío y húmedo y terroso. Cole tiene el cuerpo tieso y apaleado, y siente náuseas que identifica como miedo, el único miedo que conoce: teme por mí.

—¿Ruben? —dice con voz débil—. Ruben… ¿dónde estás?

*Aquí estoy*, le respondo. *Aquí estoy…*

Pero no puede oírme. Está a millas de distancia. No puede sentirme. Lo único que siente es el dolor y el frío y el miedo. Con los dos primeros no le cuesta trabajo lidiar; sin embargo, el miedo es otra cosa. No lo soporta. No lo quiere. No le hace ningún bien.

Así que cierra los ojos y trata de eliminarlo.

Permanece quieto un buen rato, pasando inventario, revisando el daño. Le han vaciado los bolsillos. No tiene armas, no tiene el cuchillo, no tiene cartera, no tiene nada. Su ropa está enlodada y rasgada. Tiene roto un dedo la mano derecha, una delgada fractura en la muñeca derecha. La mano izquierda está bien. Las piernas están amoratadas. Los pies están bien. Dos, quizá tres costillas rotas. Un hombro dislocado. Nariz rota, un par de dientes astillados, la boca partida. Una herida desagradable sobre el ojo derecho. Una mejilla inflamada, los ojos inflamados, la cabeza inflamada. Golpes, cardenales, moretones, más heridas…

Sobrevivirá.

Abre los ojos y la pálida luz del sol matinal le hace daño. Está boca arriba, mirando al cielo. Puede ver hierba, tierra roja, un galpón de madera. Tiene la nuca húmeda.

Está tirado en una zanja.

Está vivo.

Yo intento llamarlo de nuevo: *Cole… Cole… ¿Me oyes?* Pero no responde. Siente cada vez más frío, la humedad estancada atraviesa sus huesos magullados y percibe que algo le oprime el pecho… De pronto, lo único que siente es el río de sangre de su corazón al tiempo que una sombra gris se yergue sobre él.

Hay alguien a su lado en la zanja, alguien de pie, alguien que ahora se inclina…

Cole trata de incorporarse, lucha contra el dolor en las costillas, pero es demasiado. El dolor lo corta como un cuchillo y lo hace caer de nuevo sobre la tierra. Sólo consigue mirar la cara que se le acerca y aceptar lo que venga.

—¿Estás bien? —dice la cara—. Mírate nada más, ¡por Dios! Mierda.

El sol sobre los ojos impide a Cole ver quién le habla, pero yo reconozco la voz de inmediato.

*Todo está bien, Cole* —le digo con un suspiro de alivio. *No tienes de qué preocuparte. Es Jess.*

No puede oírme. Trata de cubrirse del sol en un esfuerzo por ver la cara, pero uno de sus brazos está atrapado bajo su cuerpo y el otro está estrellado contra la pared de la zanja.

—Quédate ahí —le dice Jess—. No te muevas.

—¿Quién eres? —pregunta mientras trata de verla—. ¿Qué es lo que quieres?

—Quédate *quieto* un minuto.

—No *quiero* quedarme quieto —objeta—. Quiero salir de esta asquerosa zanja.

—Te vas a lastimar si sigues así.

—Ya estoy *lastimado* —dice frunciendo el ceño con furia—. Si me quedo aquí más tiempo, me congelaré.

—Sólo estoy tratando de ayudarte —dice Jess indignada.

—Pues entonces, haz algo.

—¿Qué?

—No lo sé… lo que sea. Pero sácame de aquí.

Jess duda un instante, da un par de pasos y extiende una mano hacia Cole. Cuando lo hace, tapa el sol con la cabeza y Cole puede verla.

—Jess —murmura—. Jess Delaney.

Ella sonríe y tira con cuidado del brazo atrapado contra la pared. Cole la mira a los ojos y yo siento que algo se remueve dentro de él: es la sensación de cosquilleo que sentí cuando la vio por primera vez. Sigo creyendo que es algo que yo no debería sentir, pero no puedo evitarlo.

Se siente bien.

—Soy Cole Ford —le dice—. Ruben es mi hermano. Conocí a tu tío…

—Sí, lo sé —responde Jess tratando de liberar el brazo de mi hermano—. ¿Qué te parece si cooperas un poco? Ya me duele la espalda.

Después de tirar un poco más, de enrollar y jalar y levantar, Jess finalmente consigue sacar a Cole de la zanja. Se sientan sobre la tierra, respirando con dificultad, húmedos, sucios y exhaustos. Jess trata de limpiarse un poco y Cole observa a su alrededor para saber dónde está. Hay un arbusto espinoso frente a él, un parche de hierba y un murete de piedra. Más allá de la pared está el camino que lleva de la parada de autobuses al pueblo. Este último está a su izquierda, dormido y silencioso al final de la colina, y a su derecha puede ver el techo plano de la estación de gasolina que brilla bajo la luz de la mañana.

—¿Quién te hizo esto? —le pregunta Jess.

—¿Quién crees?

Ella asiente.

—Necesitas ir al hospital. Estás todo golpeado.

—¿Has visto a Ruben? —la interrumpe.

Jess niega con la cabeza, confundida.

—¿Por qué? ¿Qué pasó? ¿Acaso Quentin lo…?

—Tengo que regresar al pueblo —dice Cole tratando de ponerse en pie. Se tambalea, sigue muy mareado. Jess lo sostiene para estabilizarlo.

—No puedes ir a ningún lugar en este estado —le dice—. Lo que necesitas es... ¿qué es eso?

—¿Qué?

Jess se agacha y levanta algo del suelo.

—Esto... cayó de tu camisa.

Le entrega a Cole un sobre blanco manchado de lodo. Cole lo mira, lo abre y saca una hoja de papel doblada en dos. La desdobla y comienza a leer. Las palabras están escritas con tinta negra:

*Estimado Sr. Ford —se lee—. Su hermano está bien y a salvo. Para que las cosas continúen así, usted deberá abandonar el pueblo y regresar a Londres hoy mismo. Hay un autobús que sale desde Plymouth a las 14:32 y llega a la estación de trenes a las 15:21. El tren a Paddington sale a las 15:40. Lo estaremos vigilando durante el viaje. Cuando tengamos confirmación de su llegada a Londres, su hermano será liberado sin daño alguno y no llevaremos a cabo ninguna acción adicional.*

*Confío en que comprende que las consecuencias de rehusarse a partir serán definitivas.*

*Atentamente,*

El mensaje estaba firmado con el trazo de un crucifijo.

Dejé a Cole y a Jess un momento y regresé en mi cabeza a la soledad del granero. Quería estar solo. Quería pensar. Quería ordenar los hechos en mi mente para sopesar las opciones.

Hecho: era domingo por la mañana. Estaba atado en un granero y no podía salir. Cole no sabía dónde me encontraba. Si él no volvía a Londres hoy mismo, yo era hombre muerto.

¿Opciones?

No se me ocurría ninguna.

Lo pensé un buen rato, contemplando la situación desde todos los ángulos posibles. Pero sin importar cuántas veces lo hiciera, la circunstancia era la misma: no había nada que pudiera hacer. Todo dependía de Cole. O regresaba a Londres o no lo hacía. Si lo hacía, probablemente Quentin me dejaría ir. No había ninguna garantía, desde luego, pero *no* ganaría nada si no me dejaba ir, y ganar algo era lo único que le importaba. Mientras Cole hiciera lo que se le ordenaba, estaba seguro de que nada me pasaría, y para el final del día yo también estaría camino a casa y eso sería todo. No harían nada más. Quentin seguiría con sus asuntos, el cuerpo de Selden nunca sería encontrado, y nunca se culparía a nadie por el asesinato de Rachel.

*¿Sería tan malo?, me pregunté. ¿A quién le importa lo que haga Quentin? ¿A quién le importan las acusaciones de asesinato? La justicia no cambia nada. Y además, Selden está muerto de cualquier modo. Lo único que importa es recuperar el cuerpo de Rachel, y eso va a ocurrir tarde o temprano. Sólo tendremos que esperar un poco más.*

*¿Es tan malo?*

*Sin más dolor. Sin más muerte. Sin más Quentin…*

*Sin más Rachel.*

*Sin más Rachel.*

*Sin más Rachel.*

Todo regresaba poco a poco a mi memoria: Rachel estaba muerta. La realidad se acumulaba dentro de mí; flotaba desde las profundidades como una gran nube negra, y llenaba mi corazón de tinieblas y mis ojos de lágrimas.

No había nada que pudiera hacer. Sólo quedarme ahí sentado, llorando bajo la luz dorada, viendo cómo las lágrimas se convertían en lodo al tocar el polvo.

A la deriva…

Flotando…

Sintiendo…

El calor en el tráiler es somnífero de un color azul. Oigo sisear el calentador de gas. El aire tiene olor a humo de tabaco, café y sábanas recién lavadas que fueron puestas a secar. Puedo ver a Cole sentado en un sillón frente al calentador y a Jess de rodillas frente a él. Le está lavando y vendando la mano. Su tío prepara café en la cocina y su hermanita Freya, sentada en una cama plegable ubicada en la esquina, carga al bebé sobre el regazo. El bebé calla, se chupa el dedo. Freya observa a Cole en silencio.

Un reloj en la pared marca las nueve en punto.

Todo está en silencio.

Cole contempla el interior del tráiler. Le gusta lo que ve: platos de porcelana fina en las paredes, alfombras de buena calidad, fotografías enmarcadas que muestran niños sonrientes. Macetas con plantas, espejos barrocos, adornos de cristal en pequeñas y delicadas mesas…

—No muevas la mano —le ordena Jess.

Cole la mira. Siente un poco de vergüenza de ser atendido y cuidado y consentido, pero no le cuesta mucho trabajo soportarlo.

Cole sonríe y asiente. A través de una pequeña ventana puede ver el BMW blanco y una camioneta negra estacionados junto al tráiler azul claro. El tráiler tiene ribetes color oro y plata, y está decorado con canastos llenos de flores. A la derecha, un hombre que lleva puesto un sombrero de paja, pantalones y botas grasientos, lanza maderos a un tambo en el que hay una fogata. El humo de la madera sube formando espirales hacia el cielo de la mañana. Cole sonríe para sí. Ve algunos perros acostados junto a una viga de metal clavada en la tierra; un par de ponis amarrados a un poste; cubetas de metal; llantas; una palangana encima de una mesa; pieles de conejo; cilindros de gas; un camión de plástico rojo tirado en el lodo…

—Quítate la camisa —le pide Jess.

Cole la mira y sus ojos brincan apenados entre Razón y Freya.

—No seas tonto —añade Jess—, no son monjas. Sólo quítate la camisa y punto. Debo vendarte las costillas.

Cole comienza a desabotonarse la camisa y Razón llega con una taza de café que coloca en la mesa de madera junto a mi hermano. La carta de Quentin está sobre la mesa. Razón la mira y después a Cole, que ya se ha quitado la camisa, mostrando un reguero de golpes y moretones.

—Una vez vi a tu padre así de golpeado —dice Razón—. Fue después de una pelea con el grandote de Truro. Sus puños eran dos cañones.

Cole sonríe.

—¿Quién ganó?

—¿Quién crees tú? Baby-John lo apaleó durante una hora y le abrió un ojo —dice el viejo sonriendo al tiempo que saca dos puros del bolsillo del abrigo. Los enciende y le extiende uno a Cole. Después, señala la carta con la cabeza—. ¿Qué vas a hacer?

Cole fuma con calma.

—¿Usted qué haría?

Razón se encoje de hombros.

—No es mi hermano.

—¿Qué haría si fuera su hermano?

—Probablemente lo mismo que tú —dice mirando a Jess mientras se rasca la barba, pensativo—. Si necesitas ayuda, solamente dilo.

Cole asiente. El viejo le agrada; le agrada su simpleza... Le agradan sus puros baratos. Y también le agrada su sobrina, si es que es su sobrina. Cole lo duda. Claro que eso no importa. No le importa qué o quién sea: simplemente le agrada. Puedo percibir la atracción que siente hacia ella cosquilleándole en las venas, como sangre eléctrica.

También puedo sentir su incertidumbre. No está acostumbrado a que le agraden las cosas y no sabe qué hacer con esa sensación.

—Necesito un poco de aire —le dice a Jess—. ¿Podemos salir y dar un paseo?

La hierba clara está cubierta de rocío. Puedo sentir la pesada humedad bajo los pies de Cole mientras camina con Jess por el campo, a orillas del campamento. Caminan despacio y sin hablar, juntos pero cada uno con sus pensamientos. Me dejan a mí con los míos.

A la deriva...

Flotando...

Sintiendo...

En medio del campo, un pequeño caballo gris bebe de un abrevadero. Sus ojos son oscuros, su cabeza fuerte. La cola deshilachada espanta moscas a latigazos. Me pregunto si es el caballo que recuerda mi padre. Sé que no lo es —desde luego, es imposible—, sin embargo, hay algo… algo… No sé qué es. Puedo sentir la presencia de mi padre, pero no sé de dónde viene. Puede que tenga que ver con sus recuerdos que se mezclan con los sentimientos que recibo de Cole, o puede que tenga que ver con Cole mismo, que se mezcla con los recuerdos de mi padre. O puede que sea algo completamente distinto…

No lo sé.

Pero sea lo que sea, me lleva hasta mi padre.

Puedo sentir sus recuerdos y su tristeza contenida. Veo su cara dura y gastada, y sus ojos preocupados que observan las paredes blancas de su celda. Por un segundo escucho su voz: *Déjalo venir, Rub, sólo déjalo venir…* De pronto, desaparece otra vez.

El caballo gris también desaparece.

El campo está vacío. No hay abrevadero ni caballo. Sólo están Cole y Jess caminando lentamente mientras Finn, el perro callejero, se arrastra frente a ellos. Me preguntó por qué no me parece extraña la repentina desaparición del caballo gris; pero no lo pienso mucho rato. No me *parece* extraño. Y no me molesta en absoluto.

Finn el callejero no luce bien. Sus ojos están nublados y su pelaje es opaco. Sus movimientos ya no parecen tener sentido. Simplemente se arrastra frente a ellos, penando y revisando con los ojos las colinas distantes; esperando, como esperan los animales, a que regrese Trip. Jess también está pensando en Trip. De hecho, puedo sentir la enorme nube negra que cubre su interior. Le cuesta mucho trabajo volver a prestar atención a Cole.

—¿Estás bien? —le pregunta a mi hermano.

—Sí —Cole miente.

Puedo sentir su sufrimiento. Le duelen los huesos rotos. La cabeza le pulsa. La boca le lastima. Las costillas gritan con cada respiración y con cada paso. Cole trata de ignorarlo todo, no tanto por tratar de ser valiente, sino porque así hace él las cosas.

—Ven —le dice Jess tomando su brazo.

Lo lleva hacia una gran piedra de granito medio enterrada cerca de la orilla del campamento y lo ayuda a sentarse. Cole enciende un cigarro; ella se sienta a su lado; él mira alrededor. El brillo de la mañana ha dado paso a un gris opaco. Las nubes cargadas de lluvia se escabullen sobre las colinas y oscurecen el páramo con sus sombras. Cole se estremece. Oigo el susurro del viento. Los campos de hierba blanca ondean.

—Lo decía en serio, ¿sabes? —dice Jess en voz baja.

—¿Quién?

—Mi tío. Si necesitas ayuda…

—¿Por qué querrían ustedes ayudarme? —dice Cole de pronto—. ¿Qué he hecho yo por ustedes?

—No se trata de pagar una *deuda* —responde Jess—. No estamos diciendo que nos *debas* algo. Simplemente estamos ofreciendo ayuda.

—¿Por qué?

Jess se encoge de hombros.

—¿Eso qué importa?

—¿Quieres vengarte de Rojo porque mató a tu perro? ¿Es eso?

La voz de Jess suena fría.

—Se lo merece desde hace tiempo. Matar a Trip fue la gota que derramó el vaso. De cualquier forma le haríamos algo antes de partir, con o sin perro.

Cole la mira.

—¿Se marchan?

—Mañana —asiente Jess.

—¿A dónde?

—No lo sé… A dónde sea —se encoge de hombros—. Tan lejos de aquí como sea posible. No me importa a dónde.

—¿No te gusta este lugar?

—No hay nada que nos pueda gustar aquí.

Cole asiente.

—Ya decía yo que…

—¿Qué?

—Nada... No es asunto mío.

—¿Te preguntabas qué hacemos aquí?

—Pues... sí —observa el vacío a su alrededor—. Es decir, este lugar no tiene mucho que ofrecer, ¿o sí?

Jess le sonríe.

—No hay trabajo, no hay dónde vender nada. No hay ferias ni mercados. Ni siquiera es un campamento agradable.

Cole la mira con la boca a medio abrir.

Jess ríe en silencio.

—A decir verdad, no sé qué estamos haciendo aquí. Fue idea de mi tío. Vio el lugar en sueños.

—¿En sueños?

—Sí. A veces sueña cosas: viajes, lugares. No sabe lo que significan, pero está seguro de que significan algo.

—¿Y es así?

—Nadie lo sabe —se encoge de hombros—. Quizá signifiquen lo mismo que cualquier otra cosa.

Cole niega con incredulidad.

—¿Y de *verdad* siguen ustedes esos sueños? ¿Van a los lugares con los que *sueña* tu tío?

—A veces... si estamos aburridos o si no tenemos nada mejor que hacer. No ocurre con frecuencia, pero si no hay trabajo o si no necesitamos trabajar... —su voz va desapareciendo en tanto observa el páramo—. Sé que este lugar no es gran cosa —dice—, pero por lo menos es mejor que vivir en pueblos que apestan a cloaca y que se parecen a todos los demás pueblos apestosos a cloaca en los que has vivido.

Cole vuelve a asentir.

—La gente es igual.

—La gente siempre es igual.

Se quedan un rato sentados en silencio: Cole observa el paisaje y respira el aire fresco; piensa en sueños y en posibilidades. Jess mira a Finn con tristeza; está echado en la hierba a sus pies, con la cabeza en el suelo y los ojos marrón fijos en la nada. Jess quiere reconfortarlo pero sabe que no es posible: no se puede reconfortar a los que no comprenden. Jess deja salir un pesado suspiro y mira el sol, que se hunde rápidamente bajo las nubes cerradas y llena el cielo con una luz pardusca que convierte el mundo en cenizas.

—¿Crees que Ruben esté bien? —le pregunta a Cole.

—Más vale que sí.

Jess lo mira.

—¿Qué piensas hacer?

—Encontrarlo.

—¿Cómo?

—Es mi hermano... Lo encontraré.

—¿Y qué hay de Quentin? No está fanfarroneando, Cole. Si te quedas aquí y vas a buscar a Ruben, Quentin lo matará.

—Pues me iré.

—Pero acabas de decir que...

—Lo encontraré.

—No puedes hacer ambas cosas.

Cole la miró.

—Es mi hermano, Jess. Puedo hacer lo que sea.

# DIECISIETE

Estaba cansado. La cabeza me pulsaba. Tenía hambre, sed y frío. Luces negras parpadeaban en mis ojos y aquel dolor de agonía en mis brazos se extendió hasta los hombros, el cuello y el pecho, haciendo que gimiera como un animal herido. Tenía las nalgas adoloridas por estar sentado sobre el piso de madera tanto tiempo y sentí un dolor tan profundo en la vejiga que tuve que dejarme ir y me oriné en los pantalones.

No sabía lo que estaba haciendo.

La luz se fue apagando en el ocaso y me dejé flotar nuevamente a la deriva.

Cuando sale del tráiler, cae una lluvia fina y fría que pinta el aire de plata y negro. Las caras y las formas son indistinguibles. Lleva puesto un abrigo negro, un sombrero. Su mochila le cuelga del hombro. La mano derecha está vendada. Se mueve con cuidado, con dolor, y agacha la cabeza para protegerse de la lluvia. Al salir levanta un poco la mano y se despide de alguien que está dentro del tráiler. Cierra la puerta, se alza el cuello del abrigo y camina a través del campamento enlodado.

Siento el barro rojizo pegado a las suelas de sus zapatos.

El rocío helado de la lluvia.

El olor de la humedad en su ropa.

Mantiene la cabeza gacha y los ojos fijos en el suelo. Camina con el peso de la derrota en la mente. Pasa por las vías podridas, por los troncos enanos. Camina como un fantasma entre la lluvia en dirección al pueblo.

Un figura desconocida lo vigila desde un auto estacionado. No tiene que verlo para saber que el auto está ahí: escondido detrás de un roble al lado del camino, cerca de la base de la colina: él sabe que está ahí.

Se detiene al final de las vías, se encoge de hombros, acomoda la mochila sobre la espalda y vira hacia la izquierda para comenzar la caminata cuesta arriba.

La lluvia cae con más fuerza, arrastrando las nubes negras hacia el suelo. El páramo se mezcla con el cielo y se convierte en una enorme masa de oscuridad. Granito, piedra, tierra, tiempo. Espinos, carne, polvo y huesos. Todo es negro.

Sigue caminando cuesta arriba. Pasa la estación de gasolina, donde otra figura lo observa desde otro auto estacionado. La figura habla por un radio de onda corta. Alguien, en algún otro lugar, dice: *Entendido*. La radio enmudece.

Está empapado hasta los huesos. Los pies están mojados dentro de los zapatos. Avanza colina arriba sin importarle nada a su alrededor: las paredes de piedra, los muñones de los árboles, los dólmenes que sobresalen en las colinas distantes…

Puedo oler el recuerdo de los ponis, su aliento dulce en el aire. Puedo oler la tierra oscura y el humo de la madera y el tojo. Puedo ver lo que vi antes: las paredes de piedra incrustadas con costras de liquen, pequeños dedos cubiertos de sangre. Los cerillos del diablo.

Se detiene.

Hemos llegado a la parada de autobuses.

Estoy hipnotizado de nuevo por el silencio del páramo. No hay sonidos humanos. No hay tráfico. No hay voces.

Es un silencio de otra era.

De otro tiempo.

De otra parada de autobuses. De otro día. De otra noche.

Nada cambia.

El cielo siempre es negro por la lluvia. Rachel siempre se baja del autobús y trata de hacer una llamada en su celular. Corre hacia la cabina telefónica, trata de llamar a Abbie. El teléfono siempre está fuera de servicio. Roto, descompuesto, despedazado. No hay señal. No hay respuesta. Rachel siempre está sola. Siempre hace frío y siempre llueve y siempre hay oscuridad y viento, y siempre hay algo acechando, algo que no debería estar ahí...

*No pienses en ello...*

Está a mi lado con la mano en mi hombro.

*No puedo evitarlo*, le digo.

*Lo sé.*

Me aprieta el hombro con cariño y mira a Rachel. Nos espera del otro lado del camino.

*¿Qué haces aquí, Rach? Pensé que estabas muerta.*

Ella mira a la persona que está a mi lado con la cabeza gacha, el abrigo oscuro y el sombrero. *¿Ése es Cole de verdad?*

*A veces*, le respondo. *Otras veces no estoy tan seguro. La cara le cambia. A veces pienso que es el* anti-Cole.

Él me mira.

Me encojo de hombros.

Un par de luces aparecen entre la bruma, junto al traqueteo de un autobús que se acerca. Él extiende la mano. El autobús se detiene y las puertas se abren. Se sube, paga y camina por el corredor para sentarse en el fondo. El único pasajero además de él es un tipo de pelo lacio con una gabardina, que hace como que lee un periódico.

Miro el autobús alejarse con un gemido cansado, y veo la figura sin cara y la mano vendada en la ventana cubierta de lluvia; sin embargo, no siento nada que provenga de ahí. Es sólo una sombra, un fantasma, un anti-hermano... que se va a casa...

Se marcha y lo único que puedo ver son las estrellas borrosas que dejan las luces traseras del autobús, desvaneciéndose en la oscuridad sin sentido.

—Despierta —me dijo la voz.

Sentí que algo me golpeaba el pie y por un instante pensé

que la rata había vuelto. No entendía por qué me ordenaba despertar.

—Oye, imbécil —dijo la voz—, *despierta*.

Alguien me dio una patada y supe que no era la rata. Las ratas no patean. Tampoco hablan. Las ratas tienen ojillos brillantes y narices que se tuercen y dientes amarillos. A las ratas no les importa dejarme dormir.

—Quizá esté muerto —dijo otra voz.

—Más le vale que no. Quentin nos mataría a nosotros. Patéalo de nuevo.

Esta vez fue una patada en toda forma sobre el muslo, pero yo estaba demasiado cansado para reaccionar. Lo único que pude hacer fue abrir los ojos y ver la bota: raspada, con agujetas de piel viejas. Poco a poco levanté la mirada para ver a quién pertenecía. Un par de ojos fríos me miraron desde una cara agria y dura… No sabía quién era. Era sólo algún tipo. Un muchacho. Un humanimal que llevaba puesta una camiseta color marrón.

—¿Estás vivo? —sonrió.

Su pelo rubio estaba peinado con gel de tal manera que no parecía pertenecerle. Parecía el pelo de alguien más. Un pequeño crucifijo de plata pendía de su oreja. En el labio tenía una argolla de oro.

—Mira qué bien —farfullé.

Me vio de pronto y latigueó la cabeza como una gallina curiosa.

—¿*Qué* dijiste?

Su aliento olía a marihuana.

—¿Qué dijiste? —siseó.

No podía hablar, sólo lo miré. En el espacio entres sus dientes frontales se formó una burbuja de saliva. Supe que iba a golpearme otra vez. No obstante, estaba demasiado cansado para preocuparme. Bajé la cabeza y esperé el rugido de sus botas contra mi cuerpo, pero justo entonces habló otra voz:

—Déjalo, Sim. Suéltale las manos.

—¿Qué?

—Haz lo que ordenó Henry.

Levanté la cabeza y vi a Vince de pie junto a mí con una

botella de agua y una bolsa arrugada en las manos. Tenía el pelo mojado por la lluvia y brillaba bajo la luz de las rendijas. Sus manos estaban pálidas y tensas. No se veía muy cómodo. Tenía los ojos llenos de ese miedo que te da cuando sabes que has llegado demasiado lejos. Quería salirse de todo el asunto, pero sabía que ya era muy tarde. Estaba muy involucrado.

—¿Te estás divirtiendo? —me escuché decirle.

Me miró un momento y se volvió hacia Sim.

—Vamos, hazlo y vámonos de aquí.

Oí un crujido metálico. Sim se agachó a mis espaldas con una navaja en la mano. Se me atragantó un suspiro vacío, pero antes de que pudiera pensarlo mucho, noté que cortaba las ataduras de mis manos. No fue muy cuidadoso. Aunque tenía los brazos dormidos, pude sentir la navaja rasguñarme la piel. Sin embargo, eso no era nada comparado con el dolor que sentí cuando me soltó y la sangre comenzó a correr de nuevo. Era casi insoportable: los hombros se me desgarraron, la carne me quemaba, me parecía que mi piel era pinchada por miles de alfileres.

Las lágrimas comenzaron a correr por mi cara. Vince se agachó para dejar la botella de agua junto a mí.

—¿Estás bien? —preguntó.

—Sí, perfectamente.

Señaló la botella con la cabeza.

—Toma algo de agua.

—¿Dónde está Cole? —pregunté.

En lugar de contestarme, Vince abrió una bolsa y sacó un par de rebanadas de pan blanco seco y un pedazo de queso.

—Toma —dijo ofreciéndome la comida.

No me moví para aceptarla de sus manos, así que la dejó caer y luego miró su reloj.

—Tienes cinco minutos. Come o muérete de hambre. Como quieras.

—¿Dónde está Cole? —le pregunté una vez más—. ¿Cuándo me van a…?

—Cinco minutos —repitió y se dio la vuelta para ir al otro extremo del granero.

Sim lo siguió.

Durante un instante más no me moví; sólo los miré. Se sentaron en una paca de paja. Encendieron dos cigarros. Hablaban en voz baja. Yo no podía oír lo que decían, aunque no parecían prestarme atención. Por un instante pensé en salir corriendo.

Miré la puerta del pasadizo. Estaba abierta y sostenida con un palo de madera a no más de diez metros de distancia de mí. Vi a Sim y a Vince: seguían hablando y fumando. Pensé que podría llegar al pasadizo antes de que me vieran. Ellos estaban más cerca… pero quizá, si lograba tomarlos por sorpresa… Quizá si me movía muy rápido… Quizá si…

Quizá nada.

No tenía caso. No podría moverme con rapidez. No me podía mover en absoluto. Ni siquiera podía ponerme de pie.

Alcancé la botella de agua y le di un trago largo. La dejé a un lado y comencé a comer el pan y un pequeño pedazo de queso. Todo era maravilloso: la libertad, el agua, el sabor de la comida. El pan estaba viejo y el queso rancio. Me costaba mucho trabajo tragar, pero aun así, todo me parecía maravilloso.

Estaba tragando el último trozo de pan, ayudado por un poco de agua, cuando Vince y Sim volvieron. Sim mascaba chicle mientras sacaba una tira de plástico azul y la frotaba contra su pantalón para enderezarla. Esposas de plástico. De inmediato pude sentirlas cercenándome la piel.

—¿Ya acabaste? —preguntó Vince.

—Eso parece —respondí—. ¿Qué hay de postre? ¿Tienes pastel?

Vince le hizo una seña a Sim y éste sacó su navaja y se agachó a mis espaldas de nuevo.

—Dale las manos —ordenó Vince.

—¿Cuánto tiempo más?

—Pon las manos en la espalda y cállate.

Lo miré pensando en la posibilidad de decirle algo que pudiera convencerlo de ayudarme… pero Sim me jaló las manos hacia atrás alrededor de la viga de madera. El dolor hirviente me recorrió de nuevo, tuve náuseas y no pude pensar en nada más. Sentí las esposas cortándome la piel. Sim las apretó y las aseguró. Volví a estar en la misma situación de antes: completamente perdido.

Vince cogió la botella de agua y se preparó para partir. Podía sentir a Sim de pie a mis espaldas, guardando la navaja. Supe que volvería a estar solo en cualquier momento: solo con el dolor, temblando, llorando… Tuve que contenerme para no llorar en ese instante. *Quería* llorar. Quería romper en llanto y *suplicar* clemencia. Quería rogarles que me dejaran ir…

No sé por qué no lo hice.

Pero no lo hice.

Cuando se fueron sentí un poco de vergüenza. Sabía que no debía sentirla. No había hecho nada de qué avergonzarme. No había hecho nada malo. No había nada de malo en sentir miedo. No tiene nada de malo sentir deseos de llorar, de suplicar, de rogar. Nada de malo. Simplemente no me gustó que mi confianza en Cole se tambaleara, eso fue todo. Sabía que tampoco había nada de malo en ello, pero me sentí mal.

No quería sentirme mal.

*Nunca sientas culpa de nada,* me dijo mi padre alguna vez. *La vergüenza y la culpa son pérdidas de tiempo. Haz lo que vas a hacer y arréglatelas.*

Así que eso hice.

Me las arreglé.

Cerré los ojos y me dejé ir flotando hasta el páramo.

Es temprano por la tarde. La lluvia ha cesado pero el cielo sigue pesado y oscuro. Aunque falta más de una hora para que se meta el sol, la noche se percibe en el aire: las colinas adormecidas, las gallinas comienzan a cacarear, los colores del páramo se desvanecen hasta convertirse en un gris frío y amorfo. No hay luces ni gente ni movimiento mientras floto sobre el pueblo. El hotel está cerrado. Las casas están a oscuras. La calle, vacía y quieta. Hasta el río está callado: sus aguas color cobre se deslizan en silencio por debajo del puente de piedra.

Continúo flotando mientras sigo la curva de la colina, montando el viento con olor a lluvia sobre los campos de hierba y granito. En la distancia puedo ver las luces del campamento gitano. Es un resplandor azul, una luz que emite calor. Los tráileres están rodeados por un halo de luz del crepúsculo. Detrás de las ventanas cubiertas por cortinas distingo luces, llamas azules en las chimeneas de carbones fulgurantes. El campamento está cubierto por su propio manto de luz color zafiro.

Me acerco y siento que las cosas comienzan a moverse. Dentro de los tráileres, las sombras se mueven detrás de las cortinas. Los perros están inquietos: chillan, giran sobre su eje. Un poni relincha y patea. Es una actividad silenciosa, intermitente. Una puerta se abre. Un par de voces murmuran. La puerta se cierra. Un hombre con botas y abrigo sale cargando algo envuelto en una tela sucia. Cruza el patio, sube a una camioneta, coloca el bulto de tela sobre el asiento del pasajero y se marcha a toda velocidad sobre las vías podridas y a la izquierda, colina arriba.

Un rato después otra puerta se abre y más voces murmuran. Esta vez salen dos hombres jóvenes, ambos llevan pequeñas mochilas de lona al hombro. Parece que las bolsas pesan. Los hombres jóvenes se marchan en el BMW blanco: sobre las vías podridas y a la derecha, colina abajo.

Esto sigue ocurriendo. La gente sale y se marcha hasta que al final sólo queda un auto: un Mercedes rojo.

El calentador de gas brilla dentro del tráiler de los Delaney. Las ventanas están empañadas. Razón está sentado ante una mesa plegable, fumando uno de sus puros baratos y tomando brandy y oporto de un vaso. Tiene la cara roja por la mezcla de calor y alcohol. Hay una escopeta recortada en la mesa frente a él.

—No estoy diciendo que no *puedas* ir —le dice a Jess, que está en el fregadero llenando con agua un vaso—. Sólo estoy diciendo que…

—¿Qué? —le pregunta ella—. ¿Sólo estás diciendo qué?

Razón sonríe y mira a Cole.

—¿Tú qué opinas, muchacho?

Cole se encoge de hombros. Está sentado en el sillón con las piernas cruzadas, fumando un cigarro. Lleva puesta la ropa de alguien más: jeans, una camisa a cuadros y una vieja chamarra negra. Tiene los ojos cansados y los moretones en la cara se le están oscureciendo hasta parecer una tormenta: negro, azul, amarillo, púrpura.

Nunca dudé de él.

Mi fe en él puede haberse tambaleado un instante, pero nunca dudé de su presencia. Sabía que no se marcharía sin mí. Su presencia, lo que me llegaba de él, es lo más reconfortante que he sentido jamás. Me da energía. Me da poder. Me da vida.

Puedo sentir su corazón. Está listo, impaciente, en calma. No le gusta tener que depender de otros, pero sabe que tiene que ser así. Hay que hacer lo necesario: esperar, tolerar, hablar tonterías, confiar. Lo que sea necesario para llevar a cabo las cosas.

—¿Qué hora es? —pregunta.

Razón saca un reloj de bolsillo del pantalón.

—Pasadas las siete —dice—. Jake llegará a Londres en una hora.

Cole asiente.

Ahora veo cómo ocurrió. Puedo verlo todo: Cole cambia de ropa con un gitano llamado Jake; Jess le venda la mano a Jake; Cole le da su mochila; Jake se pone el abrigo negro y el sombrero y sale… Levanta un poco la mano y se despide de alguien que está dentro del tráiler; cierra la puerta, se levanta el cuello del abrigo y camina a través del campamento enlodado.

Siento el barro rojizo pegado a las suelas de sus zapatos.

El frío rocío de la lluvia.

El olor de la humedad en su ropa.

—Será mejor que nos vayamos —dice Cole.

Razón asiente, bebe las últimas gotas en su vaso, apaga el puro y se abotona el abrigo. Jess ya no está junto al fregadero, sino sentada en un sofá morado, tomando agua. Se ve sexy y *cool* con sus jeans negros y un suéter delgado del mismo color, pero sus ojos muestran cierto enojo.

—¿Y yo qué? —dice—. ¿Soy invisible?

—¿Quién dijo eso? —bromea Razón.

—No es *gracioso*. Me están ignorando —dice mirando a Cole—. Ambos me tratan como si no existiera.

Cole no sabe qué decir. No es asunto suyo. No es él quién decide si Jess los acompaña o no. Es un asunto entre ella y Razón. No obstante… la verdad, sí es asunto suyo. Él quiere estar con ella, pero no quiere que salga lastimada. Quiere que los acompañe, pero no sabe si la necesita. Puede que sea de utilidad, pero también puede ser un obstáculo. Necesita toda la ayuda que estén dispuestos a darle, pero no se puede dar el lujo de tomar ningún riesgo.

No sabe qué decir.

—No es asunto mío —responde.

Jess lo mira un instante y luego mira a su tío.

—Tengo *derecho* a estar ahí —le dice—. Rojo mató a mi perro. Tengo derecho a verlo pagar por ello.

Razón no responde de inmediato. Sigue abotonándose el abrigo, mira pensativo al piso; sus ojos fijos no muestran nada. Levanta la vista, sombrío y con una sonrisa triste en los labios. Observa a Jess con cariño durante un minuto y luego se vuelve otra vez hacia Cole.

—¿Qué opinas, muchacho?

—Creo que tiene razón —responde Cole mirando a Jess—. Ella es tan parte de esto como cualquiera.

Jess lo mira y el calor del tráiler se mueve a través del silencio entre los dos. Quieren estar en otro lugar, solos, juntos. Los dos pueden ver ese lugar: hierba fresca y cielo abierto, pero ambos saben que no va a ocurrir. Es otro lugar, otro tiempo, otra vida.

—Vamos —dice Razón interrumpiendo el momento—. Si no nos vamos ahora mismo, ustedes dos le van a estar aullando a la luna por siempre —coge la escopeta recortada y se la lanza a Cole. Cole la atrapa, gustoso de tener algo que lo distraiga de la vergüenza que siente.

—¿Puedes con eso? —le pregunta Razón.

Cole sopesa la fea arma que tiene en la mano.

—Sí, esto servirá —responde.

Unos minutos después, el tráiler está vacío y el Mercedes rojo va por el páramo oscuro, camino al pueblo. Mientras el auto se desliza por el valle, la titilante luz azul del campamento se desvanece en el fondo. El horizonte frente al auto emite una luz rojo sangre, como una pequeña llama de calor.

# DIECIOCHO

Nunca he estado tan lejos de mí mismo como lo estuve aquella noche. Era casi como si mi ser físico hubiera dejado de existir. Yo seguía justo *allá*, atado a una viga en un granero vacío. Todavía me dolía todo, seguía asustado y cansado, pero ése ya no era yo. Me había convertido en otra cosa. Me había elevado desde la piel de mi cuerpo, a través del techo de madera, hacia el cielo infinito, más y más alto, hasta que mi otro yo no fue otra cosa que una pequeña viruta en el suelo.

Floto. A la deriva. Vuelo por el cielo como una pluma al aire. No tengo control sobre nada. No puedo decidir para dónde voy o lo que veo o lo que siento, sin embargo, nada de eso parece importar. Esté donde esté, vea lo que vea, sienta lo que sienta, eso es todo lo que hay: eso *es* el mundo.

Sencillamente no hay nada más.

Ahí está la casa de Quentin, fría y gris, resplandeciendo en el atardecer. Los muros de piedra parecen crecer desde la tierra, las ventanas negras y sin luz miran hacia el pueblo como el par de cuencas de un muerto. Ahí está la puerta de madera hecha pedazos, tapiada con prisa. Ahí está el creciente susurro del viento en los árboles, el aroma eléctrico de la tormenta en ciernes. Ahí están los autos en la entrada: la pipa de gasolina, la camioneta Toyota, las motocicletas, todos estacionados en las sombras. Lejos de la casa, lejos de las luces esperan en sus autos los gitanos: una camioneta, el BMW… Un Renault, un Jeep y un Audi. Hay otros. Y en la casa están el hombre con la gabardina y el sombrero, y los otros dos más jóvenes que vi en el campamento.

El hombre con cabello de paja dirige a los demás hacia el otro lado de la casa, caminando cerca de las paredes, moviéndose despacio, cuidadosamente, en silencio. El Hombre de Paja tiene un par de pinzas en su mano. Los otros dos tienen trozos de cables en sus cinturones.

El Hombre de Paja se detiene en la esquina de la puerta y se da la vuelta.

—Quédate aquí y espera el llamado —susurra a uno de sus compañeros—. Vigila la puerta y las ventanas —dice y toca al otro en el hombro y apunta hacia el techo de la casa. El hombre mira hacia arriba y asiente. El hombre del sombrero le da una palmada en el hombro y ambos dan vuelta a la esquina de la casa para ocultarse bajo las frías sombras de piedra.

Dentro de la casa, una de las habitaciones ha sido convertida en un hospital improvisado. Las cortinas están cerradas y las luces brillan con fuerza. El aire huele a whisky y a sangre. Los heridos están tirados por doquier: sobre mesas, en sillones, sobre cobijas echadas en el suelo. Ahí está Ron Bowerman con un disparo en su hombro. El Gran Davy tiene la tráquea destrozada; los metaleros y el Hombre Lágrima tienen los cráneos rotos.

Fue idea de Quentin mantenerlos a todos ahí.

—Son muchos como para llevarlos al hospital —le dijo a Rojo esa mañana—. Si los llevamos nos van a hacer preguntas. Trae a Jim Lilley.

Y Jim Lilley está ahí, en esa habitación, vestido con su bata de médico, bebiendo whisky y atendiendo al motociclista que tiene un disparo en la pierna. Sabe que el sujeto puede morir y sabe que no hay nada que pueda hacer al respecto. Si Jim Lilley fuera médico, el motociclista quizá tendría alguna oportunidad; pero Jim Lilley no es médico, es un veterinario, y durante los últimos cinco años ha estado usando y vendiendo ilegalmente una droga llamada ketamina, un anestésico para animales. Henry Quentin lo sabe; es por eso que tiene a Jim Lilley ahí. Sabe que no puede rehusarse.

Quentin está sentado frente a su escritorio, en la habitación del piso superior, esperando a que suene el teléfono. Rojo lo mira desde un sillón al otro lado de la habitación. Los dos motociclistas que montan guardia en la puerta son parte de la banda que Quentin ha traído de Plymouth. Abajo hay otros dos y dos más en el jardín. Rojo no los juzga; no son más que mercenarios que hacen todo por dinero, pero no le importa. En lo que a él respecta, todo se ha ido a la mierda. Henry está volviéndose loco. Ha llegado demasiado lejos. Todo es demasiado complicado. Debió haber matado a los mestizos para después enterrarlos en el páramo.

—¿Qué miras? —le reclama Quentin.

—Nada —sonríe Rojo—. Sólo me preguntaba…

—¿Qué?

—Nada. Sólo estaba pensando.

Quentin lo mira con desprecio, harto ya de su sonriente cara de idiota, y luego vuelve a concentrar su atención en el teléfono.

—Todavía no ha llegado —dice Rojo.

—Ya lo sé.

—El tren llegará hasta dentro de diez minutos.

—Ya lo sé.

—No va a llegar antes de tiempo.

Quentin vuelve a mirarlo.

—¿No tienes nada mejor que hacer?

Rojo sonríe de nuevo.

—¿De veras piensas que Ford se marchó?

—Sí, se marchó.

—¿Estás seguro?

La cara de Quentin no cambia. El tono de su voz es gélido.

—Se subió al tren. No se ha bajado. Lo hemos vigilado todo el camino. Se marchó.

—¿Y qué pasa si regresa?

231

—No va a regresar.

Rojo señala con la cabeza a los dos motociclistas y pregunta:

—Y entonces, ¿ellos qué hacen aquí? Si Ford no va a regresar, ¿para qué los necesitamos?

Quentin no responde. Sus ojos resinosos atraviesan a Rojo, advirtiéndole que se está pasando de la raya. Pero o Rojo es demasiado estúpido para darse cuenta o simplemente ya no le importa.

—Y otra cosa —dice Rojo—: ¿qué piensas hacer con el niño? No puedes dejarlo ir y listo...

Lo interrumpe el timbre del teléfono: una voz aguda sale del auricular. Quentin respira y escucha la voz; Rojo resopla y se suena la nariz... Luego se oye un extraño clic desde el exterior y la voz del teléfono desaparece.

—¿Hola? —dice Quentin—. ¿Hola?

Sus ojos se encogen al no recibir respuesta.

Frunce el ceño.

—¿Hola?

—¿Qué pasa? —pregunta Rojo.

Quentin se queda mirando el auricular un rato más. De pronto su cara cambia. Se ha dado cuenta de algo. Suelta el teléfono y mira por la ventana.

El Hombre de Paja se detiene a medio camino mientras baja por la tubería y mira hacia el techo de la casa. La lluvia ha comenzado a caer y llena el aire de agujas plateadas y negras. La tubería, grasienta y resbalosa, se hace cada vez más difícil de subir, pero no importa. El trabajo está hecho. El cable del teléfono vuela al viento, golpeando ligeramente los canalones.

El hombre del sombrero mira hacia abajo y deja caer las pinzas en dirección de su acompañante, que lo espera abajo. Sigue bajando y, cerca ya del suelo, salta.

—¿Ves algo? —pregunta al tiempo que se seca las manos en el abrigo.

Su acompañante niega con la cabeza.

El Hombre de Paja asiente, consulta la hora en su reloj.

—Dos minutos —dice—. Vamos.

Su acompañante lanza las pinzas a los arbustos y entrega una escopeta recortada al hombre del sombrero. El hombre del sombrero la revisa, se asoma por la ventana y ambos se escurren hacia el lado trasero de la casa.

—¿Vince tiene radio? —pregunta Quentin a Rojo.

—¿Por qué?

Quentin sigue viendo el ocaso cubierto de lluvia a través de la ventana abierta. Se asoma y descubre que han cortado el cable del teléfono. En su cara no hay enojo ni sorpresa, sólo cálculo puro. Da un paso hacia atrás y voltea hacia Rojo.

—¿Vince tiene radio, sí o no?

—No.

—¿Y Sim?

Rojo niega con la cabeza.

—¿Qué está pasando?

—El teléfono está muerto. Alguien cortó el cable.

—Mierda —dice Rojo poniéndose de pie y acercándose a la ventana—. ¿Viste quién lo hizo?

Quentin no responde. Se sienta frente al escritorio y mira hacia el frente, pensando con esfuerzo. Rojo abre la cortina y revisa el cable de teléfono; busca a alguien abajo, en el jardín. Tiene la boca apretada y los ojos electrizados. No puede ver nada a través de la lluvia.

—Mierda —dice de nuevo mientras cierra la cortina y mira a Quentin—. Fue Ford, ¿verdad?

—Ve a casa de Vince —le ordena Quentin—. Recoge al niño y llévalo a El Puente.

Rojo lo mira con detenimiento.

—¿Ford está en Londres o no?

—No importa dónde esté, sólo haz lo que te digo. Sal por la puerta del sótano. Deja tu auto al frente y llévate el mío —le lanza un juego de llaves a Rojo—. Está estacionado en la calle atrás de la casa. Te veré en el hotel en un par de horas.

La puerta del sótano lleva a Rojo hacia un callejón estrecho detrás de la casa. Gracias a una zarza, puede caminar escondido

233

bajo la lluvia hasta la reja de metal que se encuentra al final del callejón. La reja está cerrada con candado y la parte superior está protegida con alambre de púas. Rojo la abre, la atraviesa y llega a un tiradero de basura en el páramo. Cuando llega, escucha un silbido agudo que atraviesa el aire. Rojo se detiene y mira hacia la casa. Oye un par de golpes apagados, pies que corren y gritos. Escucha un momento más, sonríe para sí y sigue caminando hacia el tiradero de basura en dirección al lado trasero de la casa.

Estoy perdido durante un rato. Floto sin control. Estoy en todos lados y en ninguno, y todo me da vueltas. Estoy en la casa de Quentin. Arriba, abajo. Arriba en su habitación, enredado en el tiempo de su voz antigua: *Ve a casa de Vince… Recoge al niño y llévalo a El Puente… llévalo a El Puente.* Estoy abajo, flotando entre el caos y la locura, entre un clamor de violencia y odio, entre el salvajismo y el dolor, entre tubos y navajas y cabezas que se golpean. *Los gitanos nacen para pelear.* Soy el hombre del sombrero y golpeo a un motociclista que está en la cocina. Soy un muchacho gitano de pelo negro y lanzo una piedra hacia uno de los tipos de gorra. Soy el Hombre Lágrima y me lanzo contra el chico con un bisturí en la mano: soy la furia en sus corazones. Estoy perdido en medio de todo. Floto sin control…

Estoy en el granero, acobardado ante el ruido de la tormenta. Tengo frío. Tiemblo. Está oscuro. Tengo miedo.

Rojo viene por mí.

Estoy roto.

Rojo viene.

Veo conejos y perros muertos, y espinos y piedras y ratas temblorosas con dientes afilados y amarillos…

De pronto se marchan. Todas la imágenes, todos los lugares, todos mis mundos diferentes… Todo se ha mezclado hasta convertirse en una sola cosa. Un lugar, un tiempo; aquí y ahora.

Estoy de vuelta en el corazón de mi hermano.

El caos ha cesado y la casa está en silencio. La pelea terminó. Lo único que queda es el murmullo después de la batalla: cuerpos que gimen, pies que se arrastran, respiraciones pesadas, toses, voces apagadas. La casa se vacía poco a poco. Casi todos los hombres de Quentin se han marchado hacia la noche. Los gitanos también se van. No hay nada más que hacer. Lucharon contra los hombres de Quentin, los sacaron a patadas, encerraron a los heridos en una habitación del piso inferior y hacen guardia en la puerta principal. Peinaron la casa para encontrarme, y tienen a Quentin en la habitación de arriba, mientras llega Cole.

Y ya llegó.

Conmigo en su corazón.

Está de pie frente a Quentin apuntando a su cabeza con la escopeta recortada. Razón está a su derecha fumando un puro. Jess está a su izquierda. Quentin está sentado frente a su escritorio. Sigue en calma, erguido, sonriendo bajo la piel. Analiza con cuidado a Razón y a Jess: los mira de arriba abajo, los evalúa como un granjero que compra ganado. Se detiene en el cuerpo de Jess, asiente para sí y se concentra en Razón.

—Me sorprende, señor Delaney —dice—. Esperaba mucho menos de usted.

Razón no responde. Mira a Quentin y escupe restos de tabaco.

Quentin mira a Jess.

—Si estás buscando a Rojo, querida, me temo que has llegado demasiado tarde: se acaba de ir. Pero estoy seguro de que pronto los encontrará.

Jess lo mira un momento y se vuelve hacia Cole.

—El auto de Rojo está allá abajo pero no hay rastro de él por ningún lado. Debe de haber salido por el sótano.

Cole asiente.

—Seguro fue a buscar a tu hermano —añade Razón.

Cole asiente de nuevo. En todo este tiempo no ha apartado la mirada de Quentin. Puedo sentir su dedo sobre el gatillo de la escopeta y sé que quiere tirar de él. Quiere la sangre de Quentin. Lo quiere muerto.

Sin embargo, tiene aún más deseos de recuperarme.

—¿Dónde está? —dice levantando la escopeta hasta su hombro.

Quentin mira más allá de los barriles de la escopeta, con la mirada tan firme como siempre.

—Me parece que ya pasamos por esto.

—Mi hermano, ¿dónde está?

—Ah, su *hermano* —dice Quentin—. Pensé que se refería a John Selden. ¿Ya no le interesa encontrar a Selden?

Es más de lo que Cole puede soportar. Ha sido suficiente. Suficientes juegos, suficientes palabras, suficiente pérdida de tiempo. Suficiente todo. Basta. Es momento de terminar con esto.

—Ve abajo y trata de averiguar a dónde fue Rojo. No creo que nadie lo sepa, pero pregúntales de cualquier manera. Avísame si sabes algo, ¿de acuerdo? —se dirige a Razón.

Razón asiente.

Cole mira a Jess y le dice:

—Acompáñalo.

—¿Y tú? —dice ella—. ¿Qué vas a hacer?

Cole le sostiene la mirada un instante, pero no le responde. Ella lo sigue mirando hasta que Razón la toma suavemente del brazo y la lleva hasta la puerta. Salen de la habitación y ella voltea a ver a Cole con los ojos llenos de emociones que no entiendo. Se marcha mientras el sonido de sus pasos se pierden en las escaleras.

Cole no siente nada. Se dirige hacia la puerta y la cierra con llave sin dejar de apuntar la escopeta a Quentin. Puedo sentir cómo su corazón se vuelve negro. Se está vaciando, no deja nada dentro, ni siquiera a mí. Regresa y se coloca frente al escritorio. Para entonces ya no lo siento en absoluto.

Quentin sigue sentado, mirándolo, inmóvil.

—No vas a matarme —dice casi sonriendo.

—No —dice Cole—. No voy a matarte, pero desearás que lo hubiera hecho.

En ese momento perdí todas las sensaciones. Floté un momento más junto a Cole y pude ver cómo jalaba el escritorio para quitarlo de enfrente de Quentin, pero yo ya no estaba con él. Ya no sentía nada. Sólo flotaba, miraba hacia abajo y veía cómo ocurrían las cosas. Luego esto también desapareció junto con Cole. Ya no flotaba y ya no miraba hacia abajo. Estaba atado en un granero empapado, viendo a través de las rendijas en la pared las luces de un auto que atravesaba la verja del jardín, rompiéndola.

# DIECINUEVE

Pude oír cómo se acercaba la camioneta derrapando por el jardín, rebotando de un lado al otro entre el lodo, y pude también ver el brillo de las luces como obstáculos a través de las rendijas en la pared del granero, que iluminaban el espacio con su resplandor blanco. Por un instante, me encontré flotando de nuevo en el negro viento sin aire del jardín. En ese momento pude verlo todo. Pude ver a Rojo a través del parabrisas de la camioneta (cara sonriente, traje rojo desgarbado, los ojos glaseados con concentración maniaca). Vi las luces que daban vueltas por el jardín e iluminaban la lluvia. Vi el granero, las letrinas, el cobertizo. Pude ver el páramo empapado más allá del jardín, los árboles azotados por el viento, los campos negros como ceniza, las colinas que se erguían desde un plano de oscuridad…

De pronto las luces desaparecieron, el granero volvió a ser negro y yo estaba de vuelta en mi propia piel con los pulmones llenos de olor a descomposición. El olor era tan fuerte que sentía su sabor. Era repugnante, nauseabundo, como una nube venenosa en el estómago. Era el olor de las cosas muertas, de las cosas podridas… El olor de los sueños terribles. Yo sabía que aquello no tenía mayor *significado:* era sólo la peste del humo del escape y del lodo revuelto, sin embargo, saber eso no me hacía sentir mejor. Mi estómago no es racional.

Respiré pausadamente y traté de mantenerme en calma, pero no lo conseguí. El estómago me dio una vuelta y vomité.

La camioneta se detuvo frente a la casa. No podía ver nada y era difícil oír bajo el clamor de la lluvia, pero tenía los sentidos aguzados por la ceguera y el miedo, de modo que podía escuchar lo que hiciera falta: el motor en descanso, el viento que soplaba, el motor apagado. La lluvia arreció unos instantes y volvió a ahogarlo todo, salvo el latir de mi corazón; una ráfaga de viento sopló sobre el jardín y la lluvia volvió a menguar.

Cerré los ojos y escuché los sonidos invisibles del jardín: un claxon que sonaba largo y fuerte, la puerta de la camioneta que se deslizaba hasta cerrarse, otra puerta que se abría (la de la casa), voces gritando entre la lluvia. Voces feas, duras y amargas.

—¿Quién es?

—Soy yo, Rojo. ¿Dónde está?

—¿Eh?

—El *niño*, carajo. Henry quiere que le lleve al niño. ¿Dónde está?

—En el granero.

—Ven acá. Trae cuerda y una antorcha.

Los siguientes minutos me mantuve sentado en la oscuridad, escuchando el sonido de la lluvia, el rugido del techo, las gotas que golpeteaban en el suelo polvoriento. No era como oír la lluvia en mi casa. No me hacía feliz.

Quería que se detuviera.

Quería que se detuviera todo: el ruido, el miedo, la peste, el dolor, las náuseas. No quería sentir nada ya. No quería hacer nada. No quería estar ahí. No quería estar asustado. No quería ser valiente. No quería ser fuerte ni débil ni listo ni estúpido ni valioso ni despreocupado ni muerto.

No quería *ser* nada.

Estaba exhausto.

Vacío.

Acalambrado y helado.

Me dolían los brazos.

Me dolían los ojos.

Olía mal: a vómito y orines, el aroma de mi miedo…

Venían hacia acá. Podía oírlos caminar a través del jardín; abrir la puerta del granero; atravesarlo; mover una escalera y colocarla en el pasadizo. La puerta del pasadizo se abría. El resplandor de una antorcha.

Las entrañas se me removían como una sopa eléctrica.

—Apestas.

Mantuve los ojos fijos en el suelo y no respondí. Rojo estaba de pie junto a mí, iluminando mi cara con la antorcha. Entretanto, Sim y Vince esperaban bajo las sombras a sus espaldas. No pensaba mirarlos. No pensaba hablar. No pensaba hacer nada.

—Oye —dijo Rojo golpeándome con la bota—, ¿qué te pasa? Mírame —me golpeó de nuevo—. Te dije que me *mires*.

No me moví, se agachó y me dio en la cara un golpe con la antorcha. Mi cabeza latigueó hacia atrás y sentí el golpe en la quijada, pero no me dolió. Tragué un poco de sangre y volví a fijar la mirada en el suelo.

La madera del piso tenía un nudo de forma oval con los extremos inclinados de manera extraña: ése fue mi santuario. Ahí podía concentrarme para no ser nada. Hundido en la madera. Perdido en la oscuridad. Ser nada. Aguantar el dolor.

Cuando Rojo me agarró del pelo y azotó mi cabeza contra la viga, no sentí nada, aunque esta vez me costó trabajo volver a concentrarme en el nudo. Rojo me sostenía la cabeza y me obligaba a mirarlo. Cerré los ojos. Podía percibir su aliento ácido recorriéndome la piel.

—Abre los ojos —siseó—. Mírame.

Imaginé el nudo en la madera. Mi santuario.

Se abrió una navaja. Sentí el acero helado contra el párpado.

—Abre los ojos o te los saco —dijo Rojo.

Mi santuario se tambaleó, el nudo desapareció y abrí los ojos ante la cara electrizada de Rojo. Estaba tan cerca que podía ver mi reflejo en sus ojos de loco. Me veía distorsionado y convexo, como una cara reflejada en la parte de atrás de una cuchara de plata. Era monstruoso.

Rojo me respiraba encima; su aliento era como silencio putrefacto. Cerré la boca y me observé en sus ojos. Mi yo monstruoso. Mi cara monstruosa. Mis ojos monstruosos. Dos nuevos santuarios. Mantuve la mirada fija un momento, pero Rojo pestañeó, la sonrisa se le torció y sentí la navaja recorrer mi mejilla. De pronto todo se marchó: la navaja, la cara, los ojos monstruosos. Vi a Rojo ponerse de pie y doblar la navaja.

—Eso está mejor —dijo observándome—. Cuando te digo que me mires, me miras. ¿Entiendes?

Asentí.

—Contéstame.

—¿Qué? —respondí.

—Que me contestes, no muevas la cabeza. *Contéstame.*

—Sí...

—Pues, sí —inclinó la cabeza hacia un lado y se rascó el cuello. Sorbió los mocos, arrugó la nariz y vi que sus ojos me recorrían las piernas mientras negaba con la cabeza—. ¿Siempre te orinas en los pantalones?

—¿Qué?

—Hueles a orines. Cada vez que te veo hueles a orines. Y ahora, además, vomitaste. ¿Qué diablos te pasa?

Era una de esas preguntas que no se pueden responder, una pregunta chupa-miedo: *¿Qué me ves? ¿Tienes algún problema?* Y mientras pensaba en eso, mi mente regresó al círculo de piedras y al árbol enano, con Jess y Trip y el Flaco y Nate y Rojo con su traje rojo, sonriente, con los hombros temblorosos, limpiándose la nariz con la manga del saco, esperando mi reacción...

Me pregunté qué me diría si le preguntaba por qué lo hacía. *¿Qué ganas con todo esto, Rojo? Es decir, todas las cosas malas que haces, los juegos violentos, las burlas, las amenazas... la danza de violencia... ¿Por qué lo haces?*

Pero no tenía caso preguntar. Yo sabía por qué lo hacía: por la misma razón por la que todos hacemos lo que hacemos. Lo hacía porque le gustaba.

—¿Extrañas a tu papito? —me dijo, burlón—. ¿Eso es lo que te pasa? ¿Te orinaste porque extrañas a tu papito?

No respondí.

Soltó una risotada socarrona.

—Mierda —dijo y escupió al suelo—. ¿Qué favor le hicieron a los Delaney? ¿Cómo consiguieron ponerlos de su lado? —volvió a sonreírme—. ¿Les pagaron? ¿Le conseguiste un perro nuevo a la muchachita? ¿Eso fue? ¿Le conseguiste un perro a la perra? —mostró los dientes y ladró. Sus ojos eran los de un loco—. Un perro para la perra, un perro para la perra —comenzó a canturrear, y de pronto se detuvo y me dijo con voz helada—. ¿Qué fue lo que hiciste?

—Nada —respondí.

Se acercó un poco más iluminando mi cara con la antorcha. Desvié la vista y cerré los ojos.

—Mírame —dijo.

No me moví. Había tenido suficiente.

—Abre los *ojos*.

Contuve el aliento.

Oí que la navaja se abría de nuevo y la sentí acercarse a mi cara. Sabía que era demasiado tarde para reaccionar. Mis ojos se quedarían cerrados, me gustara o no. Me apagué y me preparé para flotar sobre el dolor, pero cuando la navaja me tocó la piel y yo comenzaba a alcanzar la oscuridad dentro de mi cabeza, una voz habló desde las sombras:

—Vamos, Rojo. Eso es una estupidez.

Todo quedó en silencio.

La navaja dejó de moverse.

Rojo suspiró.

Me obligué a regresar desde la oscuridad.

La voz era de Vince.

Mantuve los ojos cerrados y traté de escuchar el silencio.

—¿Qué dijiste? —preguntó Rojo en un susurro.

—Que no hay tiempo de…

—¿*Qué* fue lo que dijiste?

—No hemos…

—¿Me llamaste *estúpido*?

—No, sólo estaba tratando de…

—¿Qué? ¿Sólo estabas tratando de *qué*?

Otro silencio.

En ese momento habló Sim:

—Él tiene razón, Rojo. Deberíamos irnos y sacar al niño de aquí. Si Henry quiere que…

—Yo *sé* lo que quiere Henry —la voz de Rojo sonaba más tranquila, menos trastornada—. ¿Qué crees que estoy haciendo?

—Sí, lo sé —agregó Vince—, pero si Ford averigua dónde estamos…

—No lo va a averiguar.

—Puede que sí, y si lo hace…

—¿Qué? ¿Crees que no puedo con él? ¿Crees que me estoy escondiendo de un *gitano*?

—No…

—No me estoy escondiendo un *carajo*.

—Nadie se está escondiendo de nada, Rojo. Sólo nos estamos ocupando de las cosas, eso es todo.

Silencio de nuevo. La antorcha ya no iluminaba mi cara. Levanté un poco la cabeza y entreabrí los ojos. Rojo me daba la espalda; los otros dos estaban frente a él. Vince se veía cansado y preocupado. Sim tenía una cuerda entre las manos. Vince me miró y nuestros ojos se encontraron por un momento, sin embargo, no pude leer nada en su cara. Volvió a ver a Rojo.

—Si no nos marchamos pronto, el camino va a estar inundado. Ya sabes cómo se pone…

—Sí, está *bien* —dijo Rojo molesto—. Ya nos vamos, ¿OK? —escupió con fuerza en el suelo—. Pues vámonos… ¿Qué esperan? Saquemos al mocoso de aquí.

Sim se puso a trabajar en el asunto de las esposas, quitándolas con el vigor habitual y Vince se agachó junto a mí para amarrar la cuerda alrededor de mi cuello. No hice nada por detenerlo. No hice nada. Sólo miré al vacío y traté de pensar. No fue fácil. Quería cerrar los ojos y abrir el corazón para flotar hasta encontrarme con Cole, pero sabía que no lo conseguiría. No había tiempo. Las cosas ocurrían. Aquí y ahora. Yo tenía que estar *ahí*. Tenía que ser yo.

Tenía que hacer algo…

Tenía que *pensar*.

Pensar, mirar a mi alrededor, pensar: *Rojo está del otro lado del granero, fumando. Sim está detrás de ti cortando las esposas. Vince está ajustando la cuerda alrededor de tu cuello, acercándose para apretar el nudo...*

—Mantén la boca cerrada y estarás bien, ¿de acuerdo?

El susurro salía de su garganta. Era tan sigiloso que apenas podía escucharlo. Lo miré. Su cabeza estaba agachada frente a mi cara y tenía los ojos fijos en la cuerda.

—No hagas nada —dijo—. No te voy a lastimar.

—¿Qué? —dije sin tomarme la molestia de bajar la voz—. ¿No me van a lastimar así como no lastimaron a Rachel?

Vince se congeló un instante y tiró de la cuerda cuando Sim habló desde mis espaldas.

—¿Qué dice?

—Nada —respondió Vince poniéndose de pie y mirando a Sim—. ¿Ya estás listo?

—Sí, ya casi.

Sentí un fuerte tirón en las muñecas y Sim me agarró de los brazos y me puso de pie. Vince dio un paso atrás, desenrolló la cuerda y le dio un tirón vengativo. La cabeza casi se me desprende. Si Sim no me hubiera estado sosteniendo, me habría desplomado. Me dio la vuelta y me empujó contra una viga de madera.

—Pon las manos en la espalda —me dijo.

Hice lo que ordenaron, pero cuando me soltó para buscar otras esposas en el bolsillo, mis piernas cedieron y caí al piso.

—Mierda —siseó Sim—. ¿Qué haces? Levántate.

Me dio una patada en las costillas. Traté de ponerme de rodillas, pero no pude pasar de ahí. Mis piernas estaban adormecidas luego de estar sentado durante horas en el suelo.

—¡Levántate! —repitió Sim y volvió a patearme.

—No puedo —respondí—. Las piernas no...

Sim me pateó una vez más, me derribó y puso las rodillas sobre mi espalda para sujetarme los brazos y ponerme las nuevas esposas. Se levantó, tiró de la cuerda atada a mi cuello y me puso de pie.

—Quédate ahí —escupió empujándome hacia la viga—. Si te vuelves a caer, te parto la cara.

Me soltó y dio un paso atrás. Mis piernas comenzaron a flaquear y su cara se tensó. Por suerte, conseguí mantenerme de pie recostándome en la viga y asiéndome de ella con las manos.

Sim se quedó mirándome y respirando con fuerza. Lo observé: tenía el pelo manchado, también los ojos. Eran los ojos vacíos de un idiota. Vince estaba de pie a su lado, con la cuerda entre las manos, viéndome como si yo fuera un perro que lo acabara de morder.

Yo seguía concentrándome en estar ahí. Trataba de hacer algo. Trataba de pensar. Pero aún no conseguía pensar nada. Rojo se estaba acercando con aire rudo y un cigarro apretado entre el índice y el pulgar. Levantó la mano y me lanzó el cigarro encendido. Me pegó en el pecho y rebotó hacia el suelo entre una llovizna de chispas.

—¿Qué está pasando? —dijo colocándose frente a mí.

—Nada —respondió Vince—, se cayó.

—No siente las piernas —agregó Sim—. No puede caminar. Estábamos tratando de…

—Cárgalo —dijo Rojo.

—¿Qué?

Rojo se acercó a mí y me golpeó en el estómago. El dolor salió en forma de un gemido y terminé en el suelo hecho un ovillo.

—Que lo cargues —repitió Rojo.

Me levantaron y me llevaron hasta la puerta del pasadizo. Vince me cargaba de los hombros y Sim de las piernas. La cuerda seguía atada a mi cuello. El lugar donde recibí el golpe seguía gimiendo de dolor. No me gustaban los sonidos que hacía: pequeños sollozos como de animal herido; pero no podía evitarlo. El dolor en todo el cuerpo me partía en dos y me carcomía. A Sim tampoco le gustaban mis gemidos. Me di cuenta de que estaba molesto, y cuando llegamos a la puerta me tiraron al suelo y dejó salir su enojo con una buena patada a mi cabeza.

—Carajo —escupió—, ¿puedes dejar de *quejarte*?

Me tragué el dolor y me quedé quieto mirando el techo.

—Carajo —murmuró.

Vince estaba callado, no se metió en el asunto. Haría lo que tenía que hacer, pero nada más. No sería cruel ni amable. No sentiría culpa ni correría riesgos. No tenía fe en sí mismo y yo lo odiaba por eso. Desde luego, los odiaba a todos, pero al menos Sim y Rojo eran honestos consigo mismos. No trataban de corregir sus errores ofreciéndome migajas de falsa piedad. Simplemente hacían lo suyo y eso era todo. No era de admirar, pero al menos eran honestos.

Rojo abrió la puerta del entresuelo y bajó por la escalera, mientras Sim y Vince se las arreglaban para bajarme. Moví un poco la cabeza y me asomé por la puerta. Abajo podía ver parte del granero iluminado por la antorcha de Rojo: el piso cubierto de polvo, las puertas de la entrada, y las nubes de tierra y paja que flotaban en la luz.

—Baja tú —le dijo Sim a Vince—. Yo te paso la cuerda.

Vince asintió; le entregó mi correa a Sim y comenzó a bajar por la escalera. Sim lo miró. La luz de la antorcha se desvanecía, así que supuse que Rojo se había alejado del pie de la escalera. Bajo la poca luz que quedaba, Sim se agachó hacia mí y me acercó un cuchillo a la cara. Lo miré. La cara se le retorció y las venas del cuello se le saltaron. Parecía un pájaro demente.

—Ahora sí estamos solos —susurró—. Sólo tú y yo.

—Magnífico —respondí.

Sonrió.

—¿Crees que Vince te va a ayudar?

—Vince es un cobarde.

—Sin duda —dijo pestañeando con rapidez, y puso el cuchillo contra mi nariz—. ¿Tienes miedo?

—¿Tú qué crees?

Sonrió de nuevo y me dio un pequeño golpe con el cuchillo antes de ponerse de pie, pero entonces Vince llamó desde abajo.

—Muy bien, Sim. ¿Estás listo?

Sim agarró el extremo de la cuerda y lo lanzó escaleras abajo.

—¿Ya lo tienes? —preguntó.

—Sí.

Sim se volvió hacia mí y señaló con la cabeza la puerta en el suelo.

—Vamos —dijo—, muévete.

Lo miré esperando que me quitara las esposas, pero no se movió.

—No puedo bajar con las manos atadas —dije—. Me voy a matar.

—Si no bajas, te mato yo.

—Sí, pero…

—*Muévete* —ordenó dándome una patada en la pierna—. ¿Prefieres que te *empuje*?

Giré sobre mi espalda y me arrastré hasta colgar las piernas por la puerta. Logré de alguna forma colocarlas sobre la escalera, pero después sólo quedé colgando con medio cuerpo dentro y medio cuerpo fuera. Estaba tan asustado que no podía moverme. Iba a caer. Lo sabía. Mis piernas ya no estaban adormecidas, ahora temblaban sin control. Y no tenía manos. No se puede bajar una escalera sin manos y con piernas temblorosas.

Pero Sim me empujaba con el pie y yo sabía que no dejaría de hacerlo hasta que me moviera, de modo que cerré los ojos, me acerqué cuanto pude a la escalera y comencé a bajar. Muy lentamente. Escalón por escalón, recargando la barbilla en cada uno de los peldaños…

—Fíjate cómo bajas —dijo Sim desde arriba.

… hacia delante, con cuidado, pulgada tras pulgada, hasta que llegué. Mis pies tocaron el suelo. Mi cuello no se había roto. Lo había conseguido.

Suspiré y me enderecé para aliviar el dolor en la espalda. Por un momento me sentí tan satisfecho que casi olvidé todo lo demás. Sin embargo, Vince tiró de la cuerda y todo volvió a ser como antes: el dolor, el odio, la furia, el miedo… mi incapacidad de pensar.

No estaba más cerca de conseguir algo que diez minutos antes. Seguía ahí. Las cosas seguían ocurriendo. El tiempo se acababa.

Tenía que hacer algo.

Tenía que dejar de pensar y tenía que hacer algo.

*Mira, no pienses, sólo observa a tu alrededor. Rojo está allá sentado sobre el rin de un tractor, iluminando el techo. Sim está bajando la escalera. Vince tiene la cuerda en la mano y te lleva a través del granero hasta donde está Rojo. Nadie te está mirando.*

*Haz algo.*

*Ahora.*

Corrí hacia Vince. No sabía lo que hacía, sólo fijé los ojos sobre su espalda y corrí como un loco. No sabía lo que haría cuando lo alcanzara. ¿Le caería encima? ¿Lo mordería? ¿Lo patearía hasta matarlo? No importaba: no alcancé a llegar. En cuanto sintió que la cuerda perdía tensión, Vince se volteó, dio un salto y tiró de la cuerda con fuerza. La cabeza casi me llegó hasta las rodillas, y lo siguiente que supe es que estaba tirado con la cara en el suelo.

Por un instante no pude respirar. No conseguía meter aire a los pulmones. Me quedé tirado, conmocionado y sin respiración, inconsciente e inútil.

No pude hacerlo. Lo intenté pero no pude.

No podía hacer nada.

Alguien tiraba de la cuerda para ponerme de pie. Supuse que era Sim. Me jaló con fuerza. Vince comenzó a acercarme tirando hacia él, arrastrando y pataleando. Cuando llegué a donde estaba Rojo, me dio una patada. Me puse de rodillas con dificultad y Rojo tomó el extremo de la cuerda, iluminándome con la antorcha.

—¿Eso es todo? —sonrió—. ¿Eso es todo lo que puedes hacer?

Lo miré y me encogí de hombros. Estaba tan cansado que ya nada me importaba. Rojo siguió mirándome un momento, negó con la cabeza y se volvió hacia Vince.

—Acerca la camioneta —le ordenó—. Deja encendido el motor.

Vince dudó un instante.

—¿Quieres que conduzca?

249

—¿Yo dije eso?

Vince frunció el ceño y agregó:

—No entiendo.

Rojo suspiró.

—Sólo acerca la camioneta hasta la puerta del maldito granero y déjala ahí; después regresa a la casa. ¿Crees que puedas hacer eso?

Vince asintió en silencio. Dio la vuelta y se marchó. Abrió las puertas del granero. La lluvia entró a ráfagas mientras la tormenta saturaba el aire. El viento se apoderó de una de las puertas y la arrancó de entre las manos de Vince, azotándola contra la pared. Vince se alzó el cuello del abrigo y salió hacia la lluvia mientras la puerta se azotaba a sus espaldas.

Después de un corto silencio, Sim le preguntó a Rojo:

—Entonces, ¿Vince se quedará aquí?

Rojo asintió.

—Ambos van a quedarse aquí.

Sim lo miró sorprendido.

—Pensé que habías dicho que debíamos llevar al niño al hotel.

—Cambio de planes —dijo Rojo, mirándome—. Lo voy a llevar a otro sitio. A un lugar más tranquilo —volvió a mirar a Sim—, ¿te parece bien?

—Pero Henry dijo que…

—Henry no está, ¿o sí? —añadió Rojo mirando a Sim—. Ustedes se van a quedar aquí y yo me voy a llevar al niño. ¿Algún problema?

Nadie más habló durante un rato. Todos esperábamos. Rojo estaba sentado abriendo y cerrando la navaja… abriendo y cerrando… abriendo y cerrando. *Clic, clic, clic.* Sim no lo miraba; a mí tampoco. Estaba de pie contra la pared del granero con la vista clavada en el piso. Yo no supe si, *en efecto*, Sim tenía algún problema con el cambio de planes de Rojo o si sólo estaba molesto porque no lo incluían a él. A mí me daba igual. Aunque no estuviera de acuerdo con lo que hacía Rojo, Sim no pensaba hacer nada al respecto.

No; el problema era sólo mío.

Y no encontraba manera de salir de él.

Una vez que me metieran en la camioneta, estaría perdido. Si me iban a llevar a El Puente, quizá tendría una oportunidad, pero no sería así. Iría a un lugar más tranquilo. Y eso sólo podía significar una cosa: Rojo me quería muerto.

No sabía si aquel era un asunto personal, algo que Rojo simplemente tenía deseos de hacer, o si era una decisión práctica: no dejar cabos sueltos, deshacerse de la evidencia. No lo sabía y no me importaba. Los motivos eran lo de menos. Lo único que importaba era que Rojo me iba a llevar a algún lugar del páramo, probablemente al círculo de piedras, y que una vez ahí, yo estaría perdido.

—¿Qué demonios está haciendo? —dijo Rojo de pronto.

Se oía que la camioneta hacía un esfuerzo por encender.

—No arranca —dijo Sim—. Es por la lluvia.

Traté de escuchar con atención, energizado por un nuevo asomo de esperanza. Vince dejó de forzar el motor y volvió a intentarlo. El motor chilló y gimió, rugió un instante a punto de arrancar, y después tosió, escupió y murió.

—Mierda —dijo Rojo.

Sin embargo, no tenía de qué preocuparse. Sim tenía razón: la camioneta estaba en perfectas condiciones. El motor estaba mojado, eso era todo. Lo supe por los ruidos que hacía. Seguramente arrancaría en el siguiente intento…

Antes de que me diera tiempo de pensarlo me lancé contra Rojo y le di una patada en la mano para que soltara la navaja. Estaba demasiado sorprendido como para defenderse y no hizo falta más. Le golpeé la cara con la cabeza, se le partió la nariz y le di otro golpe. La cuerda cayó de sus manos y comencé a correr hacia la puerta. Sim me perseguía, pero yo estaba corriendo para salvar la vida: no podría atraparme. Incluso con las manos atadas a la espalda, corrí más rápido que nunca. Rápido y con fuerza hacia la puerta. Nada podía detenerme. Corría tan rápido que atravesaría la puerta y seguiría corriendo hacia el jardín y hacia el camino y me perdería en la oscuridad…

Nadie podía detenerme ahora…

Nadie…

Ya casi llegaba… La puerta estaba a sólo un par de metros de distancia. Ya me podía ver rompiendo la puerta con la velocidad de mi cuerpo; podía sentir el aire helado y la lluvia sobre la cara y el lodo bajo los pies mientras corría por el jardín…

Todo desapareció en un instante, cuando Sim me dio alcance y se lanzó sobre mis piernas para derribarme. Mi cara golpeó el suelo, rodé un par de veces y sentí sobre la espalda a Sim, que me golpeaba la cabeza.

En ese momento me di por vencido. No podía hacer nada más. No tenía caso. Los puños de Sim seguían cayendo como lluvia sobre mi cabeza. Cerré los ojos y me apagué. No había a dónde ir. *Golpe.* Ningún lugar. *Golpe.* Nada. *Golpe.* Flotar. *Golpe.*

—Tráelo acá.

La voz sonaba vacía y lejana, muy lejana. Ahora yo flotaba, no podía verme pero estaba vagamente consciente de que los golpes habían cesado y que me arrastraban por el suelo de nuevo. Me pusieron de pie y me recargaron contra la pared.

—Sostenlo.

La voz estaba más cerca, pero igual de vacía.

Podía ver a Rojo. Podía vernos a ambos. Yo estaba pálido y mortecino, con la cabeza colgando, vacío. Rojo estaba frente a mí; la sangre corría desde su nariz y sus ojos estaban enloquecidos. Temblaba como un demente.

La lluvia gritaba y el viento sacudía el granero. Pude oír que la camioneta arrancaba afuera. Sentí que Rojo escupía sangre en mi cara. Me golpeaba de nuevo en el torso.

Golpe.

—Mantenlo de pie.

Golpe.

No dolía.

Golpe.

Yo ya no estaba ahí. Flotaba sobre su cabeza y lo miraba mientras se agachaba para recoger un tubo de metal del suelo y tomaba impulso para golpearme en la cabeza…

Me envolvió una calma absoluta.

Sonido, silencio, luz, oscuridad… Todo se detuvo y en un instante se convirtió en nada. Mi corazón y mi cuerpo estaban ahí. Sim estaba ahí viéndolo todo con ojos de gallina. Rojo me estaba matando. El tubo se acercaba con fuerza. Podía oír cómo atravesaba el aire. La lluvia se detuvo. El viento se desmoronó. Podía escuchar la camioneta atravesando el jardín.

Ya no importaba.

Yo no iría a ningún sitio.

Rojo me estaba matando.

El tubo estaba más cerca.

La camioneta se acercaba y hacía más ruido… El motor rugía en medio del silencio. Podía ver las luces a través de las rendijas de la pared…

Ya no importaba…

El tubo seguía acercándose…

No importaba…

Pero podía ver las luces…

Más cerca…

Y podía sentir el rugido…

Más fuerte…

De pronto supe dónde estaba. Las luces, el rugido… No era la camioneta. Yo sabía lo que era. Sentía que se acercaba. Lo sentía. Estaba flotando de nuevo… Seguía las luces… Seguía el rugido… Seguía mi corazón mientras me llevaba hacia la noche oscura y fría. Y ahora podía verlo todo. Podía ver la camioneta estacionada frente a la casa, oscura e inmóvil. Podía ver las luces de la pipa de gasolina por el camino, entrando en el jardín. Y podía ver al ángel diabólico en el parabrisas: la cara del asesino, el corazón infernal, los ojos negros brillando en la oscuridad.

Abrí los ojos y sonreí.

El rugido tronó, las puertas del granero estallaron y la pipa de gasolina entró en medio de un estruendo de metal y luz blanca.

# VEINTE

La pipa seguía avanzando cuando Cole abrió la portezuela y se lanzó desde la cabina. Las llantas chirriaron al detenerse; los frenos resoplaron. Vi a Jess sentada en el asiento del pasajero, tomando el volante para alejar el vehículo de Cole mientras él se lanzaba sobre Rojo y lo tiraba al suelo. La cabeza de Rojo golpeó el piso con un ruido seco y el tubo salió volando de su mano. Un segundo después Cole lo golpeaba, dejaba caer sus puños sobre la cara de Rojo como si fueran martillos —*bam, bam, bam*—, como un poseso.

Sim aún me sostenía, demasiado sorprendido como para soltarme. Miraba a Cole con los ojos abiertos de par en par; lo veía golpear a Rojo hasta dejarlo medio muerto. Yo sabía que Sim no quería tener nada que ver con el asunto. Quería correr. Podía sentir que temblaba y que se alistaba para moverse, pero justo entonces se dio cuenta de que yo era su única protección. Si me soltaba y corría, Cole lo perseguiría. Pero si me llevaba consigo…

Me tomó como escudo y comenzó a caminar de espaldas hacia las puertas del granero. Yo trataba de detenerlo y de soltarme. Sim maldecía y me jalaba y me torcía los brazos tras la espalda. De pronto: ¡BUM! Sonó el disparo de una escopeta y ambos nos detuvimos en seco. Vi a Jess caminando hacia nosotros con la escopeta en las manos.

—Suéltalo —le ordenó a Sim.

Sim la miró por un momento y me dejó ir.

—Aléjate —le ordenó Jess moviendo la escopeta—. Párate de aquel lado. Date la vuelta de cara a la pared.

—No estaba... —comenzó a decir.

—Cállate y muévete.

Caminó hacia la pared y se quedó parado de frente.

—Pon las manos sobre la cabeza —le dijo Jess.

Ella lo vio levantar las manos y ponerlas sobre su cabeza; luego sacó una navaja de su bolsillo y se acercó a mí. Me di la vuelta y extendí los brazos, que estaban atados a mis espaldas. Jess cortó las esposas con cuidado y me ayudó a recobrar el equilibrio cuando me giré hacia ella.

—¿Estás bien? —me preguntó soltando la cuerda y pasándola gentilmente sobre mi cabeza.

Asentí.

Los dos nos volvimos hacia Cole. El repentino disparo de la escopeta atravesó el vacío. Ahora estaba sentado sobre Rojo, respirando con dificultad y mirando fijamente la cara destrozada de su enemigo. Rojo no se movía. Tenía los ojos cerrados y su cara era un desastre. No dejé de verlo hasta que me cercioré de que su pecho se inflaba y se desinflaba. Entonces me fijé en Cole. La mano vendada estaba cubierta de sangre y su corazón era negro y estaba vacío. No sentía nada proveniente de mi hermano. Cole no estaba ahí, estaba en otro sitio más allá de los sentimientos.

—¿Cole? —lo llamé en voz baja.

Volteó pero pareció no reconocerme. Sus ojos vidriosos se fijaron en el arma que tenía Jess en la mano.

—Dame eso —le dijo con la voz helada y muerta—. Dame la escopeta.

Jess me miró dudosa. Durante una fracción de segundo estuve tentado a decirle que se la diera. *¿Por qué no?*, pensé. *Mata a ese bastardo. Mátalo y termina con su sufrimiento.*

¿Por qué no?

Miré a Jess un instante y luego vi a Cole. Ahora él tenía la vista fija en Rojo. Veía su cara ensangrentada sin prestarle mucha atención. Sus ojos eran un par de agujeros vacíos.

¿Por qué no? En realidad no se me *ocurría* por qué no debía hacerlo; lo único que sabía era lo que sentía.

—Anda, Cole —le dije en voz baja—. Vámonos.

Volvió la cara. Esta vez sí me miró.

—¿Ruben? —dijo.

Le sonreí.

Miró a Jess, pestañeó lentamente y me miró de nuevo.

—¿Estás bien?

—Sí —respondí—. ¿Y tú?

—Estoy bien —pestañeó de nuevo—. ¿Qué está pasando?

—Tenemos que irnos de aquí —le respondí.

Durante un instante no se movió. Se quedó sentado, mirándome. De pronto algo pareció descubrirle la cara, como un manto invisible. Asintió, se puso de pie y se alejó de Rojo sin siquiera mirarlo.

No supe qué pensar y no me importó. Cole estaba vivo. Estaba ahí. Caminaba hacia mí a través del granero. Nada más importaba.

—Toma —me dijo Jess tocándome el brazo y entregándome una bufanda de seda blanca—. Estás sangrando.

La observé; seguía apuntando a Sim con la escopeta. Me miré las manos: mis muñecas estaban cubiertas de sangre por las torpes ataduras de Sim.

—Gracias —le dije tomando la bufanda.

Comencé a limpiar la sangre y Cole se detuvo frente a mí. Nos miramos a los ojos durante un par de segundos para asegurarnos de que en verdad estábamos ahí. Cole extendió suavemente la mano ensangrentada y la posó en mi cara.

—Por Dios, Ruben —susurró—. Mírate.

Sentí que las lágrimas comenzaban a quemarme los ojos.

—Tú tampoco te ves muy bien que digamos —dije tratando de sonreír ante la cara golpeada de Cole.

—Esto no debió haber ocurrido —murmuró con tristeza—. No a ti. No debió haberte pasado…

No pude decir nada. Sólo lo miré. Miré a mi hermano.

Era mi *hermano*.

Pudimos habernos quedado ahí por siempre, juntos, sin palabras; no obstante, el silencio se rompió cuando la camioneta dio vuelta en el jardín y ambos volvimos a la realidad y al mundo.

—Es Vince —dije buscando el agujero que había hecho la pipa de gasolina en la pared—. Lo había olvidado. Está en la camioneta.

El automóvil salía del jardín hacia el camino. Me volví hacia Cole esperando que hiciera algo, pero Vince no parecía importarle. Sólo observó cómo desaparecía la camioneta dando brincos sobre la hierba. Cole me miró y me sonrió.

—¿Estás listo para irnos de aquí? —preguntó.

—¿Y qué hay de Vince?

—¿Qué con él?

—Está escapando…

—Que se vaya —dijo Cole encogiéndose de hombros—. No es nadie —agregó, y se volvió hacia Jess—. ¿Estás bien?

Ella sonrió. Cole hizo lo mismo y miró a Sim, que seguía de pie de cara a la pared, con las manos en la cabeza, pero ahora había girado un poco el cuello para ver lo que ocurría. Cuando se dio cuenta de que Cole lo observaba, rápidamente volteó el rostro hacia la pared.

—Arranca la pipa —le pidió Cole a Jess.

Ella asintió, se acercó a mí y me llevó hacia la cabina. Yo miré sobre mi hombro. Cole se acercó a Sim y pude oír que le decía algo en medio del pánico; sin embargo, Cole no lo escuchaba. Se acercó más y le dio un golpe en la cabeza estrellándolo contra la pared. La madera crujió y Sim cayó sin un solo ruido, como un saco de cemento. Cole lo miró un segundo y se encaminó hacia Rojo.

Rojo no se había movido. Seguía tirado en el suelo con el cuerpo flácido, la boca abierta y los ojos cerrados, inflamados. Estaba claro que no se movería en un buen rato. Supuse que Cole le daría una última patada en la cabeza o algo por el estilo, pero no lo hizo. Sólo lo miró un momento con la cara en blanco, se dio la vuelta y nos siguió a Jess y a mí hasta la pipa de gasolina.

Jess me había soltado el brazo. Llegamos a la pipa y ella subió a la cabina por el lado del conductor. Del motor salía vapor y el aire pesaba de tanta peste a gasolina. También olía a lodo putrefacto, pero ahora aquel olor era más fuerte. Como si hubiera un animal muerto. Observé la pipa: era un desastre: vieja, oxidada, rayada, abollada y la pintura blanca completamente cubierta de lodo.

Jess abrió la puerta, colocó la escopeta en el asiento y se dio la vuelta para hablar conmigo.

—Espérame ahí, Rub —dijo—. Sólo voy a…

De pronto su mirada se fijó en algo detrás de mí. Volteé y vi que del otro lado de la cabina emergía una figura que apuntaba con un rifle a la cabeza de Jess. Me tomó un instante darme cuenta de que se trataba de Abbie. Lucía avejentada y sin vida. Su piel era cetrina y seca. Sus ojos no se posaban en nada; sus movimientos eran duros y fríos.

—Bájate —le ordenó a Jess—, y deja la escopeta sobre el asiento —su voz era plana y monótona, como si estuviera en un trance—. Que te bajes ahora mismo —repitió.

Jess se movió despacio y bajó los escalones que conducían a la cabina, con la mirada fija en Abbie.

—Está bien —dijo Jess con calma, mostrando las manos—. No voy a hacer nada —. Le echó un vistazo al rifle: el dedo de Abbie descansaba sobre el gatillo. Jess le sonrió—. ¿Por qué no sueltas eso? Esto es un tanque lleno de gasolina…

—Cállate —dijo Abbie apretando el rifle. Pestañeó un par de veces mirando hacía el granero y de pronto su mirada se fijó en Cole, que se acercaba lentamente a nosotros. Abbie le apuntó con el arma.

—Quédate ahí —dijo.

Cole sólo la observó.

—No te muevas —le advirtió.

Cole la miró a los ojos.

—¿Qué quieres? —le preguntó a Abbie.

—No fue culpa de Vince… —murmuró—. No quería hacer ningún daño… Fue una equivocación…

—No, no lo fue —dijo Cole— y lo sabes.

Abbie negó con la cabeza.

—No quería hacerle daño a nadie.

—Te entregó. Te usó. Hizo que mataran a Rachel. Mantuvo a mi hermano amarrado como un perro…

—No —susurró Abbie llorando—. No fue él…

—Y ahora te dejó aquí abandonada. No le debes nada.

—Es mi marido —dijo ella temblando en llanto—. Es todo lo que tengo… —bajó la mirada un momento, perdida en su propia tristeza. Se limpió las lágrimas y levantó la cabeza apuntando a Cole con más firmeza—. No me lo vas a quitar —dijo—. No puedo permitir que hagas eso.

—Yo no te lo estoy quitando —respondió Cole—. Él ya se ha marchado.

Ella negó con la cabeza.

—Vas a hablar con la policía. Les dirás lo que hizo y se lo van a llevar. No puedo permitir que hagas eso.

Cole la miró y pude sentir que luchaba por comprenderse a sí mismo. La odiaba, la aborrecía, la detestaba… No quería sentir nada más que asco en su presencia. Pero no era así. No podía evitarlo. A pesar de todos sus defectos (cobardía, egoísmo, autoengaño), ella estaba haciendo algo por una persona amada. Y eso tenía un significado para Cole.

—Hablaré con él —le dijo Cole.

—¿Con quién?

—Con Vince —miró sobre su hombro en dirección al camino—. Ahí viene: mira.

Los ojos de Abbie se iluminaron y se volvió a ver el camino. En ese momento, Cole dio un paso al frente y le arrancó a Abbie el rifle de las manos. Cuando se dio cuenta de que había sido engañada, ella se lanzó hacia él dispuesta a arrancarle los ojos, pero antes de que pudiera alcanzarlo, Jess la sujetó por detrás y la detuvo. Abbie luchó, gritó, maldijo y escupió como una loca mientras Cole descargaba el rifle y lo estrellaba contra el suelo.

Los gritos de Abbie se convirtieron en llanto. Su locura se había extinguido. Ahora no era más que un bulto en los brazos de Jess, con la cabeza sobre el pecho, que subía y bajaba con cada gemido.

—Será mejor que la llevemos a la casa —le dijo Cole a Jess.

Jess lo miró sorprendida por su preocupación.

—¿Crees que eso sea una buena idea? Es decir, no podemos quedarnos aquí mucho tiempo más.

—Necesita ayuda —dijo acercándose y tomando a Abbie del brazo—. Vamos, yo te ayudo.

Los seguí fuera del granero, a través del jardín y hasta la casa. Abbie ya no lloraba… Ya no hacía *nada*. Su cara y sus ojos estaban en blanco, no parecía saber a dónde se dirigía. Tampoco creo que le importara. Si Cole y Jess no hubieran estado ahí para llevarla casi a cuestas, creo que hubiera caminado por el páramo hasta perderse en la noche.

Entramos en su casa y la llevamos a la sala. Jess la ayudó a recostarse sobre el sofá y la cubrió con una frazada mientras Cole buscaba algo en las gavetas cerca del teléfono.

—¿Qué buscas? —le pregunté.

—El teléfono de su suegra.

—¿Para qué?

—¿Quién más se va a hacer cargo de ella?

Lo vi revisar con calma las gavetas, buscando en directorios telefónicos y pedazos de papel. Supe que ya no luchaba consigo mismo. Ya no trataba de comprenderse. Algo le decía que hiciera lo que estaba haciendo y eso era suficiente para él. No necesitaba saber por qué.

Miré a Jess. Ella también observaba a Cole. Sus ojos estaban quietos, no veían nada más que a mi hermano. Pude sentir la silenciosa satisfacción que manaba de ella. Estaba *con* él y sentía lo que él sentía. Cuando Cole dio vuelta a las hojas de una pequeña libreta rota y encontró el número que buscaba, ella sintió también su incertidumbre.

—¿Quieres que yo lo haga? —le preguntó.

Cole la miró.

Jess le sonrió, se acercó y tomó el teléfono.

—¿Cuál es el número?

Cole le mostró la libreta y ella marcó. Era tarde. Era la madrugada del lunes. El teléfono sonó muchas veces antes de que alguien lo contestara.

—¿Señora Gorman? —dijo Jess—. Lamento despertarla. Estoy en casa de su nuera. Vince no está aquí y Abbie necesita de alguien que la cuide... No, no está lastimada pero no debe estar sola —Jess dejó de hablar un momento, una voz lejana ladraba preguntas desde el otro lado del auricular: *¿Quién es usted? ¿Qué es lo que pasa? ¿Qué tiene Abbie?* Jess no respondió. Miró asentir a Cole y colgó el teléfono.

Ella le sonrió de nuevo.

—¿Así estuvo bien?

—Sí, gracias —dijo Cole.

Se miraron un par de segundos, y cuando los vi pude sentir esas cosas que había sentido antes: las cosas buenas, las cosquillas, las cosas que no me parecía bien estar compartiendo, sólo que ahora era diferente. Era más profundo, más de lo que yo podía comprender.

Cole miró a Abbie, que seguía tumbada en el sofá sin moverse, observando fijamente al techo. Sus labios se movían pero no emitían sonido alguno.

Cole se volvió hacia Jess.

—¿Crees que vaya a estar bien si la dejamos sola un rato?

Jess se encogió de hombros.

—No podemos hacer mucho más —miró a Cole—. ¿Qué hay de los que están el granero?

—¿Qué hay con ellos?

—¿Quizá debamos llamar a una ambulancia?

Cole lucía confundido.

—¿Por qué?

Jess se encogió otra vez de hombros.

Cole la miró un momento, tiró la libreta dentro de la gaveta y se dirigió hacia la puerta.

—Andando —dijo—. Vámonos de aquí.

No noté el olor en la cabina de la pipa de gasolina hasta que íbamos a medio camino. Cole conducía y Jess iba en el asiento del pasajero mientras yo estaba sentado en el pequeño espacio que había entre ellos. Había dejado de llover. Cole tenía la ventanilla abierta y dejaba entrar una corriente de aire frío. Sin embargo, el olor era tan fuerte que la brisa no ayudaba. La peste se pegaba a todos lados. Al principio pensé que era yo por la ropa sucia, la sangre y el sudor, pero no parecía provenir de mí. Olía como el lodo del jardín: podrido, nauseabundo, asqueroso. Comencé a olisquearlo todo —los zapatos de Cole, los de Jess, los míos, el piso de la cabina—, pero no encontré nada. No obstante, empezaba a sentir algo. Era el recuerdo de un sueño, un sueño de muerte. Una sensación de piel y sangre y manos amoratadas. De tierra fría y cosas que reptan. El sueño acerca de un hombre muerto que me soñaba a mí...

Podía sentirlo.

Estaba ahí.

Podía olerlo.

Ahora no podía respirar. No podía moverme. No *quería* moverme. Pero mi cabeza comenzó a dar vueltas y después mis hombros, y cuando me asomé al asiento trasero, la piel se me paralizó y el aire en la garganta se convirtió en hielo. Ahí estaba: el Muerto.

—Mierda —susurré—. *Mierda*.

Estaba bien envuelto con bolsas de basura y cinta adhesiva, enrollado en una alfombra. La alfombra estaba mojada y manchada de lodo. Del lodo salían pequeños gusanos rosados y blancos y alrededor de la cinta amarilla en las bolsas de basura, revoloteaban pequeñas moscas.

Giré de inmediato a punto de vomitar y miré a Cole.

—Lo siento —dijo—, olvidé decírtelo.

—¿Lo *olvidaste*?

Asintió sin quitar la vista del camino. Habíamos dado la vuelta y nos dirigíamos al pueblo.

—Mierda —murmuré de nuevo.

Cole me miró pero no dijo nada. Miró de reojo a Jess y volvió a concentrarse en el camino, conduciendo sin dificultad la pesada pipa de gasolina a pesar de tener las manos despedazadas. Yo miré por el parabrisas. En la distancia, el negro horizonte comenzaba a brillar con los primeros rayos del sol que salía enrojeciendo el cielo. Vi el amanecer en el páramo y me di cuenta de que nada había cambiado: ahí seguían los campos desolados, la hierba blanca, las colinas, el bosque y los dólmenes distantes

Todo seguía ahí.

Vacío. Muerto.

—Es lo que vinimos a buscar —dijo Cole.

Lo miré.

—¿Qué?

—El cuerpo… Es lo que vinimos a buscar.

—Lo sé.

—Es sólo un cuerpo.

—Lo sé.

—Ya podemos irnos a casa. Podemos llevar a Rachel a casa.

—Sí. Lo sé.

—Entonces, ¿qué te molesta?

No sabía qué responder. No sabía qué era lo que me molestaba. Cole tenía razón. Tenía razón en todo. Nos habíamos propuesto encontrar al Muerto y lo habíamos hecho. Ahora podríamos irnos a casa. Podríamos llevar a Rachel a casa.

¿Tenía alguna importancia cómo había hecho Cole para encontrar el cuerpo de Selden? ¿Importaba cómo había conseguido que Quentin se lo dijera? ¿Importaba dónde estaba Quentin ahora?

Seguí mirando a través del parabrisas. Estábamos a punto de entrar en el pueblo. Pasamos frente a la vieja casa de piedra donde tantas cosas habían ocurrido. Tantas cosas que yo ignoraba. La entrada estaba desierta y las luces estaban apagadas. La casa estaba oscura y en silencio.

¿Importaba todo aquello?

Miré a Cole y lo noté exhausto. Su cara estaba pálida, los ojos le pesaban y el cuerpo le dolía.

—¿Ya terminó todo?

—Sí —dijo en voz baja—, ya terminó.

Sonreí para mis adentros y me recargué en el asiento. Yo sabía que no había terminado y que nunca terminaría. Todavía teníamos mucho por hacer y mucho por solucionar. Y nuestra casa estaba muy lejos. Todo estaba muy lejos: los lugares donde habíamos estado, el lugar en donde estábamos ahora y el lugar hacia el que nos dirigíamos.

Era un largo camino.

Pero íbamos juntos.

Y eso era más que suficiente para mí.

Mientras atravesábamos el amanecer de color rojo sangre y las colinas a nuestras espaldas iban desapareciendo en el cielo carmesí, cerré los ojos y me despedí del fantasma de Rachel. Entonces cerré la mente y me dejé flotar a la deriva.

# NOTA DEL AUTOR

Antes de comenzar a escribir este libro fui a Devon y pasé un par de días en un hotel remoto en medio de Dartmoor, donde ocurre casi toda la trama. Nací en el este, así que el páramo me era familiar, pero hacía mucho tiempo que no lo visitaba y quería refrescar mi memoria.

El hotel estaba lejos de todo. No había nada más en millas a la redonda: no había ningún pueblo, ni casas, ni tiendas, ni nada. Sólo un enorme cielo gris, colinas enormes, dólmenes distantes y mucho, mucho silencio.

Era todo muy hermoso, pero también era un poco aterrador.

Y las cosas se pusieron más aterradoras cuando salí a caminar por el páramo y me perdí. Tenía un teléfono celular conmigo, pero no había señal. Tenía un mapa, pero soy muy malo leyendo mapas, así que terminé caminando en círculos por horas y horas y horas por entre los dólmenes, por caminos serpenteantes, a través de la mortecina oscuridad del bosque de pinos altos como torres.

Fue así como me encontré con el Lychway: el Camino de los Muertos. No sabía lo que era en ese momento. Era sólo un camino más: una línea torcida en un mapa que significaba tan poco para mí como el resto de las líneas que aparecían en él. Pero me di cuenta, conforme caminaba por ahí, que me generaba una sensación extraña.

Sin tiempo.

Muy triste.

Muy muerto.

A pesar de que en ese momento no me gustó nada, lo extraño de aquel lugar se quedó conmigo. Seguía conmigo cuando al fin pude llegar al hotel, siguió conmigo durante el camino a casa, y siguió conmigo todo el tiempo mientras escribía el libro.

Y sigue conmigo en este momento.

K. B.

*El camino de los muertos,* de Kevin Brooks,
se terminó de imprimir y encuadernar en marzo de 2012
en Impresora y Encuadernadora Progreso, S. A. de C. V. (IEPSA),
calzada San Lorenzo 244, Paraje San Juan,
C. P. 09830, México, D. F.

El tiraje fue de 5 000 ejemplares